HEYNE <

W0024501

ANDREA TOZZIO

SCHWARZE TAGE

EIN TOSKANA-KRIMI MIT GABBIANO UND CARLUCCI

WILHELM HEYNE VERLAG
MÜNCHEN

Sollte diese Publikation Links auf Webseiten Dritter enthalten,
so übernehmen wir für deren Inhalte keine Haftung,
da wir uns diese nicht zu eigen machen, sondern lediglich
auf deren Stand zum Zeitpunkt der Erstveröffentlichung verweisen.

Penguin Random House Verlagsgruppe FSC® N001967

Originalausgabe 03/2023
Copyright © 2023 dieser Ausgabe
by Wilhelm Heyne Verlag, München,
in der Penguin Random House Verlagsgruppe GmbH,
Neumarkter Str. 28, 81673 München
Dieses Werk wurde entwickelt in der lit.factory, Germany.
Redaktion: Dr. Loel Zwecker
Umschlaggestaltung: Cornelia Niere unter Verwendung
von iStockphoto/samuel howell
Satz: Leingärtner, Nabburg
Druck und Bindung: GGP Media GmbH, Pößneck
Printed in Germany
ISBN: 978-3-453-42760-0

www.heyne.de

PROLOG

LANGSAM SENKTE SICH die Dämmerung auf die hügelige Landschaft an der Strada Provinciale Nr. 9 zwischen San Venanzio und Pievasciata. Seit Stunden lag der blaue Rucksack im überfüllten Mülleimer der Bushaltestelle nahe der Abzweigung nach Corsignano, und nichts hatte sich getan. Nur einmal hatte ein Bus dort gehalten, und zwei Kinder waren ausgestiegen und in Richtung des alten Hofguts Le Macie gelaufen, ohne auch nur einen kurzen Blick auf das vollgepackte Gepäckstück zu werfen.

Die Entführer hatten diese Stelle knapp zehn Kilometer nordöstlich von Siena mit Bedacht gewählt. Sie war übersichtlich, menschenleer, und nach allen Seiten gab es Ausfallstraßen und schmale Wirtschaftswege, die in Wälder und benachbarte Weinberge führten. Ideal für eine Flucht.

Zwei Millionen Euro in unterschiedlichen Scheinen befanden sich in dem Rucksack. Vor allem Hunderter und Zweihunderteuroscheine waren es, ansonsten hätte die

Summe unmöglich in dem Behältnis Platz gehabt. Doch noch etwas war in das Innenfutter eingearbeitet, unsichtbar und kaum größer als ein Zehncentstück. Mehrere GPS-Tracker, eingenäht in den groben Stoff des Rucksacks.

Vor zehn Tagen war Lucia am helllichten Tag entführt worden. Kaum fünf Minuten hatte die Betreuerin sie aus den Augen gelassen, weil eines der anderen Kinder gestürzt war und getröstet werden musste. Mitten in der belebten Innenstadt von Siena, direkt vor dem Kinderhort in der Via Santa Caterina, hatten zwei maskierte Personen Lucia in einen schwarzen Fiat gezerrt.

Drei Tage später stand fest, dass es sich um ein am Strand von Livorno gestohlenes Fahrzeug handelte. Der ausgebrannte Wagen wurde kaum zehn Kilometer von Siena entfernt in einem dichten Eichenwald bei Montecagnano gefunden. Von dem Mädchen und den Tätern keine Spur.

Lucias Vater, ein Rechtsanwalt, und ihre Mutter, eine Lehrerin, durchlebten ein Martyrium aus Hoffnung, Kummer, Pein und grenzenloser Trauer. Als sieben Tage später ein anonymer Brief in seiner Kanzlei einging, wurde zur Gewissheit, dass es sich um eine Entführung handelte. Zwei Millionen für das Leben der kleinen Lucia, so lautete die Forderung. Und keine Polizei. Die hatten die Eltern zu dem Zeitpunkt allerdings schon längst eingeschaltet.

Zweimal war der Motorradfahrer an dem Mülleimer vorbeigefahren, bevor er anhielt und abstieg. Argwöhnisch blickte er sich um, ehe er nach dem Rucksack griff und ihn nicht wie erwartet schulterte, sondern in einem metallenen Topcase seiner Geländemaschine verstaute. Dann brauste er mit hoher Geschwindigkeit die Strada Provinciale entlang und bog in dem hügeligen Gelände in einen Feldweg in Richtung Petroio ab.

Der Commissario zuckte zusammen, als er die Meldung erhielt, dass kein Trackingsignal zu orten war. Die Sender im Lösegeldrucksack hätten ihn zum Aufenthaltsort der vierjährigen Lucia führen sollen. Mit einem Spezialeinsatzteam wollte er die Kleine aus den Klauen ihrer Häscher befreien. Doch irgendwie war es dem Motorradfahrer gelungen, das Signal zu stören.

Mit einem Motorrad hatte der Commissario gerechnet und deshalb vorsorglich einen Hubschrauber der Polizia di Stato aus Florenz in das Einsatzgebiet beordert. Der Pilot verfolgte den Flüchtenden, nachdem die Zivilstreifen ihn aus den Augen verloren, weiter. Der Motorradfahrer wendete und fuhr wieder in Richtung San Venanzio.

Der Commissario wusste es sofort: Das waren Profis und keine Anfänger. Und sicherlich flüchtete der Motorradfahrer nicht zum ersten Mal vor der Polizei. Denn seine Fahrmanöver waren durchdacht, er war geübt darin, Verfolger abzuschütteln. Aber diesmal würden sie an ihm dranbleiben.

Beinahe wieder an der Bushaltestelle angekommen, setzte der Motorradfahrer seine Flucht in Richtung Norden fort. Noch waren die Zivilstreifen weit entfernt, doch andere Einheiten in der Umgebung standen bereit.

Erst als der Motorradfahrer San Venanzio hinter sich ließ und mit hoher Geschwindigkeit in Richtung San Fedele fuhr, konnten zwei Motorräder der Carabinieri die Verfolgung aufnehmen. Kurz vor dem Castello di Aiola in einer scharfen Linkskurve verlor der Flüchtende die Kontrolle über seine Maschine und schoss auf ein kleines Waldstück zu. Die Maschine kam ins Schleudern und schlitterte zwischen zwei Bäume. Der Fahrer prallte gegen eine Tanne. Er war auf der Stelle tot.

KAPITEL 1

JAHRE SPÄTER …

AUS DEM GEÄST erhoben sich feine Dunstschwaden des frühen Morgens. Der Tag war noch jung, und er war frisch. Überraschend frisch, nachdem das Thermometer gestern noch die Zwanzig-Grad-Marke überschritten hatte.

Commissario Vito Carlucci von der Polizia Criminale aus Florenz zog den Kragen seiner Jacke höher. Ihn fröstelte.

Er war nicht gerade begeistert, sich noch vor dem Frühstück durch das feuchte Gebüsch eines dichten Waldes zu kämpfen. Vom Spurensicherungskommando war mit blau-weißem Trassierband entlang der steilen Böschung ein schmaler Pfad gekennzeichnet worden. Seine Domenichelli-Lederschuhe waren bereits ruiniert und seine Hosenbeine nass.

Verdammt. Warum musste die Leiche des Mannes im Unterholz am Ende einer abschüssigen Böschung liegen. Erschlagen, so hatte es ihm die Dienststelle am Telefon mitgeteilt.

Gino Conte von der Spurensicherung war der erste der Tatortgruppe, der ihm auf seinem Weg hinab zur Leiche begegnete, als Nächstes stieß er auf zwei Kollegen der Carabinieri. Die beiden wussten nur, dass niemand den schmalen Waldweg passieren durfte, weshalb sie Vito zuerst auch nicht zum Tatort durchlassen wollten.

Conte war fast einen Kopf größer als der Commissario, maß an die zwei Meter und quälte sich mit seinen zweihundertfünfzig Pfund sichtlich den Pfad hinauf. Er steckte in einem weißen Papieranzug und wischte sich mit einem Taschentuch den Schweiß von der hohen Stirn, als er vor Vito stehen blieb, um erst einmal durchzuatmen. Er mochte wohl nicht mehr der sportlichste Polizist der Questura sein, doch auf seinem Gebiet war er ein ausgesprochener Spezialist. Seit über zwanzig Jahren leitete er die Polizia Scientifica der Abteilung in Florenz, und insgeheim war Vito froh, dass man ihm Conte zugeteilt hatte und nicht wieder einen der jüngeren und unerfahrenen Kollegen.

Conte nickte ihm zu, wischte sich noch einmal mit dem Taschentuch über die Stirn und steckte es in die Hosentasche. Mit ausgestreckter Hand wies er hinauf zum Waldweg, der entlang der Böschung verlief.

»Da oben hat es begonnen«, erklärte Conte keuchend. »Dort muss er auf seinen Mörder getroffen sein.«

Vito wandte sich um und schaute zu der gezeigten Stelle. »Heißt das, ich muss den ganzen Weg wieder nach oben?«

»Niemand hat gesagt, dass du hier herunterkommen sollst.«

Vito seufzte und stieg hinter dem schwer atmenden Conte

den Pfad hinauf. Im Verlauf des schmalen Waldwegs war eine weitere Stelle mit Trassierband markiert.

»Hier hat alles angefangen«, wiederholte Conte und blieb stehen. »Hier kam es wohl zu einem Streit zwischen dem Opfer und dem Täter.«

»Einem Täter?«

»Wir haben Schuhspuren von zwei Personen gefunden«, erklärte Conte. »Eine konnten wir dem Toten zuordnen, die andere muss vom Täter stammen, wobei auch eine Täterin in Frage käme, wenn du es genau wissen willst. Grobstolliges Profil, möglicherweise Gummistiefel, Größe vierzig bis zweiundvierzig, das haben auch viele Frauen.«

Vito nickte und fuhr sich nachdenklich mit dem Zeigefinger über sein unrasiertes Kinn.

»Zuerst schlug der Täter mit einem Ast zu, und dann, als das Opfer stürzte, bearbeitete er oder sie ihn mit der vanghetta. Wir haben drei tiefe Wunden festgestellt, und die vanghetta steckte noch in seinem Hals, als wir ihn fanden. Das Opfer muss sich wieder erhoben haben und ist die Böschung hinuntergestolpert. Er hat viel Blut verloren und ist weiter unten endgültig zusammengebrochen. So wie es aussieht, starb er wegen des massiven Blutverlusts.«

Vito runzelte die Stirn. »Eine vanghetta, was ist das?«

»Eine handliche, scharfkantige Hacke, mit der man die Erde auflockert, um an die Trüffel heranzukommen. Der Tote war offenbar auf Trüffelsuche.«

»Wissen wir auch schon, wer der Tote ist?«

Conte nickte. »Er hatte Papiere bei sich. Du wirst es nicht

glauben, es ist Stefano Simonetti. Die vanghetta gehörte ihm selbst, sein Name ist auf den Stiel graviert.«

»Simonetti, der Stadtrat?«

Conte schüttelte den Kopf. »Simonetti, der Chef des Tartufo, das Nobelrestaurant an der Piazza San Giovanni. Du kennst ihn sicherlich. Er hat mehrere Michelinsterne und ist berühmt für seine Gnocchi alla Romana con Tartufo bianco.«

Vito fasste sich an die Stirn. »Ja, das Restaurant kenne ich, da habe ich auch schon ein paarmal gegessen, aber warum war er hier auf diesem schwierigen Gelände unterwegs?«

»Simonetti ist ein ausgezeichneter tartufaio. Er besitzt ein paar preisgekrönte Suchhunde und ganz in der Nähe ein Chalet. Außerdem hat er dieses Waldstück gepachtet. Hier soll es qualitativ hochwertige und üppige Vorkommen des Tuber aestivum geben, und Simonetti ist der Einzige, der rund um Bucciano eine Lizenz hat.«

»Tuber … was?«

»Schwarzer Sommertrüffel.«

Vito runzelte die Stirn und schaute sich um. »Wie hat man ihn in dieser Einsamkeit überhaupt gefunden?«

»Hat dich Fraccinelli nicht informiert?«

»Ich weiß überhaupt nicht, wo der steckt. Ich bin direkt von zu Hause hergefahren, und um zehn muss ich im Büro sein, da kommt die Neue aus Rom.«

»Na dann«, seufzte der Spurensicherungsbeamte. »Ein junges Pärchen hat ihn gefunden. Sind hier durch den Wald gejoggt und hörten den Hund bellen und …«

»Welchen Hund?«

»Simonettis Hund, ein ausgewachsener Lagotto Romagnolo, ein Rüde, er hatte ihn bei sich. Das Pärchen ist dem Lärm gefolgt und fand den Toten. Allerdings ließ der Hund niemand an sein Herrchen heran. Die Kollegen brauchten eine ganze Weile, bis sie ihn eingefangen und ins Auto verfrachtet hatten.«

Vito lächelte. »Ein Lagotto ist weiß Gott kein Riese ...«

Conte winkte ab. »Mag sein, aber nicht ungefährlich, wenn er etwas zu verteidigen hat. Niemand lässt sich gern beißen.«

»Wo sind der Hund und das Pärchen jetzt?«

»Der Hund ist bei den Carabinieri. Und das Pärchen hat Fraccinelli mitgenommen. Er ist am westlichen Ende des Waldes und vernimmt die beiden.«

Vito schaute sich auf dem Weg um, der wenige Meter entfernt hinter einer Kurve verschwand. Auf der Seite, an der die Böschung relativ steil abfiel, stand eine kleine gelbe Tafel mit einer schwarzen Eins drauf, direkt dahinter waren die Tafeln mit den Nummern zwei und drei. Etwas weiter hinten bemerkte Vito mehrere Nummerntafeln. An einer Stelle, kaum mehr als drei Schritte abseits des Weges, waren die Blätter, die den Boden bedeckten, aufgewühlt. Hier musste das Opfer gestürzt sein, ehe es sich wieder aufgerafft hatte und die Böschung hinuntergestolpert war.

»Den Ast haben wir bereits eingetütet«, sagte Conte, der Vitos Blick gefolgt war.

»Kann man sagen, wann das hier passiert ist?«

Conte zuckte mit den Schultern. »Der Rechtsmediziner

ist schon weg, aber er meint, der Tod ist vor etwa zwei bis dreieinhalb Stunden eingetreten.«

Vito schaute auf das Ziffernblatt seiner Tissot. Es war kurz vor halb neun.

»Zwischen fünf und halb sieben, also«, murmelte er.

»Ja, so in etwa«, bestätigte Conte. »Er ist früh aufgebrochen, da ist der Boden besonders feucht und der Hund kann am besten riechen.«

»Da war es aber noch dunkel. Habt ihr eine Taschenlampe gefunden?«

Conte lächelte und wies den Abhang hinab. »Taschenlampe, ein kleiner Spaten und eine Umhängetasche, alles über die Böschung verteilt, und natürlich der Pickel, der steckt aber noch in seinem Hals.«

Vito nickte. »Wie lange braucht ihr hier noch?«

»Wir haben gerade erst angefangen.«

»Alles klar, ich nehme an, die Angehörigen wissen noch nicht Bescheid?«

»Da musst du Fraccinelli fragen, er sitzt im Bus der Carabinieri.« Conte wies den Weg hinab. »Einfach der Nase nach.«

Vito seufzte und zog sein Handy aus der Tasche, um im Büro anzurufen. Bis zehn würde er es wohl kaum zur Begrüßung der Neuen in die Dienststelle schaffen.

Er genoss den kurzen Fußmarsch und sog die Gerüche des Waldes in sich auf. Kastanienbäume wechselten sich mit hohen Tannen ab, und hin und wieder säumte eine massive Steineiche seinen Weg, der zum Ende hin immer breiter wurde und leicht anstieg.

Fraccinelli stand am anderen Ende des Waldwegs und vernahm die Zeugen, die den Toten und seinen Hund gefunden hatten. Er hoffte darauf, dass das Pärchen etwas gesehen hatte, das ihnen weiterhelfen würde. Simonetti war kein unbeschriebenes Blatt, und die Nachricht vom Mord an dieser schillernden Persönlichkeit würde sich wie ein Lauffeuer verbreiten. Er besaß mitten in der Stadt, an der Piazza San Giovanni im Schatten der großen Kathedrale, ein über die Region hinaus bekanntes Restaurant, das mit drei der begehrten Michelinsterne ausgezeichnet worden war.

Auf dem Weg zu seinem langjährigen Assistenten zückte Vito sein Handy und rief bei der Dienststelle an. Nach einer Weile erreichte er Maria Totti, die Sekretärin, und bat sie, alles über den Toten herauszufinden, das herauszufinden war. Vor allem interessierte ihn, wo er Simonettis Frau antreffen konnte. Bestimmt würde sich der Tod des Restaurantbesitzers und Chefkochs nicht lange geheim halten lassen. Simonettis Ehefrau sollte nicht durch irgendwen oder gar aus den sozialen Medien erfahren, dass ihr Gatte in den Hügeln von San Miniato erschlagen worden war.

Er erreichte das Ende des Waldwegs, und die sanft abfallenden Hügel der Region taten sich vor ihm auf. Der würzige Duft des Waldes wurde abgelöst durch das Aroma von Salbei, Lavendel und Rosmarin. Eine ausgedehnte Wiese lag vor ihm, und die unzähligen Mohnblumen wiegten sich im lauen Wind. Er verharrte und genoss die Aussicht auf das alte Gehöft Borgo Bucciano, aus dem inzwischen ein kleines, aber feines Hotel mit einem guten Restaurant geworden war, in dem er vor ein paar Monaten mehrmals mit

Chiara gegessen hatte. Chiara war inzwischen Geschichte. Vermutlich hatte es vor allem an seinem Job gelegen, mit einem Polizisten, noch dazu mit einem Kriminalbeamten des Morddezernats zusammenzuleben, gestaltete sich nicht einfach.

Er atmete tief ein und schob die Gedanken beiseite, es galt, einen Mord aufzuklären. Er blickte sich um. Der schwarze Bus der Carabinieri aus San Miniato stand in hundert Meter Entfernung im Schatten einiger Zypressen auf einem breiten, geschotterten Waldparkplatz. Der Dienstwagen, mit dem Fraccinelli zum Tatort kam, ein dunkelroter Alfa, den normalerweise er fuhr, parkte unmittelbar hinter dem schwarzen Ducato der Carabinieri. Fraccinelli und die beiden uniformierten Beamten standen in einer Gruppe zusammen und schienen sich köstlich zu amüsieren. Lautes Lachen drang zu Vito herüber. Er ging auf die Gruppe zu, die ihn noch nicht bemerkt hatte.

»... weswegen es den Orgasmus gibt?«, fragte Fraccinelli die beiden uniformierten Beamten, die locker am Bus lehnten und ihre Schirmmütze in den Händen hielten. Sie schüttelten beide den Kopf.

»Ist doch klar, damit auch wir merken, wann Schluss ist!« Während die beiden Uniformierten sich kurz anblickten und den Kopf schüttelten, lachte Fraccinelli lauthals los.

»Na, versteht ihr nicht, wann Schluss ist, der Orgasmus, das ist der Witz.«

Vito trat hinter dem Bus hervor, und Fraccinellis Lachen fror ein. Er richtete sich auf und salutierte.

»Guten Morgen, Commissario«, sagte er. Die beiden

Carabinieri erschraken, setzten ihre Mützen auf und salutierten ebenfalls.

Vito winkte ab. »Schon gut, unterhält er euch wieder mit seinen platten Witzen?«

Die Carabinieri nickten.

Fraccinelli war wie immer unpassend gekleidet. Er trug eine braune Hose, ein rot-blau kariertes Hemd, schwarze Schuhe und dazu weiße Hosenträger. Seine abgewetzte schwarze Lederjacke hatte er an den Außenspiegel des Ducatos gehängt.

»Hast du die Zeugen schon vernommen?«, fragte Vito.

Fraccinelli nickte. »Ein junges Paar aus Bologna«, erklärte er. »Studenten. Die machen hier Urlaub und haben sich in der Nähe auf einem Bauernhof eingemietet. Sie waren joggen. Das machen sie jeden Morgen kurz vor Sonnenaufgang. Diesmal sind sie hier durch den Wald gelaufen und haben auf einmal einen Hund bellen und winseln gehört. Sie sind dem Lärm gefolgt und haben den Toten gefunden. Zuerst dachten sie, der Mann wäre gestolpert und verletzt, denn der Hund ließ sie nicht an Simonetti heran. Erst als das Mädchen den Hund ablenkte, sah ihr Freund, dass Simonettis Augen geöffnet waren und ein Pickel in seinem Hals steckte. Dann haben sie die Notrufnummer gewählt.«

»Haben sie sonst noch was gesehen?«

Fraccinelli schüttelte den Kopf.

»Und gehört?«

»Nein, nichts«, erklärte Vitos Assistent. »Ich habe sie für morgen um zehn Uhr in die Questura bestellt. Wegen der Vergleichsspuren und so.«

Der Commissario überlegte einen Moment lang. Seine Hoffnung auf eine schnelle Aufklärung des Falles erfüllte sich nicht. Er seufzte und griff nach seinem Handy.

»Gut, dann wollen wir mal nach seiner Ehefrau schauen, ich habe Maria …«

»Die wohnt gar nicht weit von hier entfernt«, mischte sich einer der Uniformierten ein. »Die Simonettis haben ein Chalet in der Nähe des Parco Santa Barbara an der Straße nach San Lorenzo. Dort wohnt sie schon seit ein paar Monaten.«

»Sie?«, fragte Vito.

Der Carabinieri nickte. »Ja, sie, alleine. Die Stadt war ihr wohl zu laut und zu hektisch. Sie malt Bilder, ganz gute sogar. Die Landschaft, die Hügel, die Bauwerke. Im letzten Monat hatte sie eine Ausstellung in der Stadthalle in San Miniato.«

»Gut, Kollege, woher weißt du das?«

»Meine Frau malt auch, und ich wohne in Palagio, dort kauft sie manchmal ein, daher kenne ich sie ein wenig.«

»Heißt das, ihre Ehe war nicht ganz so rosig?«

Der uniformierte Kollege zuckte mit den Schultern. »Darüber weiß ich nichts«, erklärte er und wies auf ein Wäldchen am Fuße des benachbarten Hügels. »Da war Simonetti auch manchmal, aber nicht so oft. Das hier ist sein Wald, er hat die Lizenz zur Trüffelsuche und ausgezeichnete Suchhunde.«

Fraccinelli räusperte sich und schüttelte den Kopf. »Da sucht er hier nach modrigen Pilzen und wäre selbst beinahe vermodert«, bemerkte er mit süffisantem Lächeln.

Vito warf ihm einen bösen Blick zu. »Geh schon mal zum Wagen, wir fahren zum Chalet. Seine Frau soll von uns erfahren, was hier passiert ist. In welche Richtung müssen wir?«

Der Carabinieri wies nach Westen. »Den Weg entlang, dann am Borgo Bucciano vorbei und immer weiter, bis zur Abzweigung nach San Lorenzo. Das Chalet liegt rechts der Straße an einem Hügel.«

»Ist es weit?«

»Drei Kilometer, mehr nicht.«

Vito nickte und ging an Fraccinelli vorbei auf den Wagen zu. Kurz blieb er stehen und hob die rechte Hand. Fraccinelli verstand den Wink und warf ihm den Autoschlüssel zu. Sie stiegen ein und ließen die beiden uniformierten Kollegen am Waldrand zurück. Nachdem sie das erwähnte Gehöft passiert hatten, bog Vito wie beschrieben auf die Landstraße in Richtung San Lorenzo ab.

»Hast du auch etwas herausgefunden?«, fragte Vito kurz angebunden. »Oder wieder mal nur den Pausenclown gespielt?«

Fraccinelli lächelte, zückte sein Handy und hielt es Vito unter die Nase. Auf dem Display war ein Hund zu sehen, ein rostbrauner Lagotto Romagnolo, der sich wie wild gebärdete und mit einer Schlinge von einem uniformierten Polizisten eingefangen wurde.

»Das ist Gonzo, Simonettis preisgekrönter Suchhund, und so wie es aussieht, bislang unser einziger Zeuge.«

Vito schüttelte den Kopf. »Du kannst es einfach nicht lassen.«

KAPITEL 2

LAURA GABBIANO TRAT genervt durch den Rundbogen aus dem Innenhof der Questura di Firenze auf die Via Fausto Dionisi und eilte zu ihrem Auto. So hatte sie sich ihren ersten Arbeitstag hier nicht vorgestellt. Nicht nur, dass Kommandant Matteo Russo, Primo Dirigente der Kriminalpolizei, der einzige Mensch, den sie in der Questura kannte, aufgrund unaufschiebbarer Termine außer Haus weilte. Auch Direttore Generale Dottore Banchi würde nicht vor Mittag eintreffen. Und selbst ihr direkter Vorgesetzter, bei dem sie sich um zehn Uhr melden sollte, Commissario Vito Carlucci, war noch nicht da. Er hatte sich von einer gelangweilt wirkenden Sekretärin mit rot manikürten Fingernägeln und dem Lächeln einer Katze, die sich träge in der Sonne räkelt, entschuldigen lassen. Erst nachdem Laura sich als neue Kollegin von Carlucci vorstellte, blitzte in ihren Augen so etwas wie Neugierde auf.

Der Grund, warum ihr Vorgesetzter nicht wie vereinbart

auf sie wartete, ihr ein Büro oder zumindest einen Schreibtisch zuwies und sie mit den örtlichen Gepflogenheiten und Gegebenheiten vertraut machte, war so simpel wie beunruhigend: Man hatte ihn zu einem Tatort gerufen, und die Ermittlungen hatten schon vor weit über zwei Stunden begonnen.

Laura stieg in ihren Fiat 500 Abarth und verfluchte die Tatsache, dass sie quasi am ersten Tag zu spät und noch dazu total unpassend gekleidet an einem Tatort auftauchen würde. Die Sekretärin – »Nennen Sie mich Maria, cara, wir werden bestimmt gute Freundinnen werden, nicht wahr?« – hatte ihr die Adresse gegeben: Bucciano, eine kleine Ortschaft in den Hügeln von San Miniato.

Laura gab die Information in ihr Navi ein und fuhr zügig los. Sie war erst vor einer Woche aus Rom nach San Jacopo Al Girone gezogen, in ein kleines Häuschen mit fantastischem Blick auf den Arno – gerade nah genug an Florenz, um bequem zur Questura pendeln zu können, aber weit genug entfernt, um eine gewisse Distanz zu wahren.

Sie kreuzte zügig die Straßenbahnschienen und fuhr um die beeindruckende Fortezza da Basso herum. Nur eine der zahlreichen Hinterlassenschaften der Medici in dieser geschichtsträchtigen Stadt. Nach der hohen Festungsmauer passierte sie die Gleise, die zum Santa Maria Novella führten, dem Kopfbahnhof von Florenz, in unmittelbarer Nähe der namensgebenden gotischen Kirche und Klosteranlage. Hier herrschte reges Treiben, und sie musste höllisch aufpassen, keinen der selbstmörderischen Rollerfahrer zu touchieren, die aus allen Richtungen angeschossen kamen, oder einen der Touristen zu überfahren, die mit ihren Rollkoffern aus dem Bahnhof auf die Straßen strömten.

Nachdem sie endlich den Arno über die Ponte alla Vittoria überqueren konnte, ging es einfacher. Erleichtert nahm Laura mit ihrem Fiat Tempo auf. Es dauerte dennoch eine Weile, bis sie die lebhafte Stadt hinter sich gelassen hatte und die Autostrada erreichte, die sie am schnellsten zum Tatort brachte.

Der Commissario würde noch dort sein. Jeder gute Ermittler blieb vor Ort, bis alle Spuren gesichert und die Zeugen einer ersten groben Befragung unterzogen waren. Sie wusste, wie wichtig diese ersten Stunden und Eindrücke sein konnten und fluchte leise in sich hinein, weil sie diese verpasst hatte.

Als sie nach dreißig Minuten auf der Autobahn San Miniato erreichte, konnte sie schon von Weitem die Rocca Federico sehen, den riesigen rötlichen Turm, der majestätisch über der Stadt thronte. Bedauernd lenkte sie ihren kleinen Flitzer vom Turm und der historischen Stadt weg. Ein andermal würde sie sich den Ort in Ruhe anschauen.

Ihr Navi verriet ihr, dass sie nur noch zwölf Kilometer auf einer kurvigen Strecke vor sich hatte. Sie fuhr Richtung Süden und genoss kurz den Ausblick über die sanft ansteigenden Hügel, unterbrochen von pittoresken Weingütern mit kleinen Chalets, winzigen Ortschaften und majestätischen Bäumen.

Inzwischen war der trübe Morgen einem schönen Vormittag gewichen, die Sonne stand hoch am Himmel und hatte alle Nebelfelder mit einer sommerlichen Wärme vertrieben. Die hohen Zypressen, die die Straßen säumten und immer wieder den Blick über die Felder unterbrachen, die grünen Hügel, die in bewaldete Berghänge übergingen – Laura war angenehm überrascht, wie gut es ihr hier gefiel.

Sie hatte das Fenster heruntergelassen, der Wind, der nun nicht mehr schneidend kühl wie am Morgen war, sondern angenehm warm, zerzauste ihre dunklen Haare. Es war richtig gewesen, Rom den Rücken zu kehren und Matteos Angebot, in Florenz zu arbeiten, anzunehmen.

Unwillkürlich fragte sie sich, wie Vito Carlucci wohl tickte. Sie hatte ein paar Erkundigungen über ihren neuen Kollegen eingeholt und wäre enttäuscht von ihm gewesen, wenn er sich nicht auch etwas näher über sie informiert hätte. Er war geschieden, hatte einen ausgezeichneten Ruf als Ermittler und schien sich von den sozialen Netzwerken fernzuhalten. Sonst hatte sie nichts herausgefunden.

Fast hätte sie über ihren Überlegungen die Abfahrt verpasst. Bucciano lag noch ein paar Kilometer vor ihr, und nur einem an der Straße stehenden Wagen der Carabinieri mit blinkendem Blaulicht war es zu verdanken, dass sie nicht vorbeifuhr.

Sie bremste scharf ab. Der Streifenwagen stand an einem kleinen Feldweg, der zu einem Waldstück führte. Als sie auf ihn einbiegen wollte, stellte sich ihrem Fiat ein junger Mann in dunkelblauer Uniform mit weißem Bauch- und Brustgurt und Schirmmütze in den Weg. Er sah nervös aus und bedeutete ihr, auf die Hauptstraße zurückzufahren.

Laura seufzte und ließ die Scheibe herunter, der junge Carabinieri trat mit durchgedrücktem Rücken an ihr Fahrzeug und musterte sie streng.

»Scusi, Signora, hier ist abgesperrt. Sie müssen auf der Hauptstraße bleiben.« Er versuchte die Tatsache, dass er noch grün hinter den Ohren und nur zur Absicherung der Zufahrtsstraße eingesetzt war, mit übertriebenem Eifer wettzumachen.

»Ich bin Commissaria Laura Gabbiano. Und ich möchte zu Commissario Carlucci. Er leitet die Ermittlungen.«

Sie konnte sehen, wie der junge Mann angespannt überlegte und sie und ihr Fahrzeug musterte. Laura seufzte ein weiteres Mal, sie war heute nicht auf einen Tatort, sondern auf eine formelle Begrüßung in der Questura eingestellt gewesen. Sie wusste selbst, dass sie aussah wie eine Anwältin auf dem Weg zum Gericht, die sich mit ihren Stöckelschuhen in die falsche Szenerie verirrt hatte. Sie atmete durch, griff dann gereizt in ihre Handtasche auf dem Beifahrersitz und holte ihren Ausweis hervor.

Einen Moment später rumpelte ihr Fiat über den ausgefahrenen Feldweg in Richtung Wald. Sie konnte noch einen kurzen Blick auf die Weinberge und Olivenhaine werfen, bevor die ersten Bäume die Aussicht verstellten.

Das Blätterdach des Kastanienwäldchens schluckte die Sonne, schlagartig wurde es kühler. Am Rand des Weges standen mehrere Fahrzeuge, ein Jeep, der einem Förster gehören musste, zwei weitere Fahrzeuge der Carabinieri, ein Leichenwagen mit offen stehenden Türen, dessen Laderaum noch leer war, ein anthrazitfarbener Audi A6 und ein altersschwacher Alfa Romeo mit Rostflecken und unzähligen Beulen.

Die Commissaria hielt hinter dem Jeep an und stieg aus.

Sofort sackte sie mit den Absätzen der Pumps in den weichen Boden ein. Auch der Hosenanzug und die Bluse waren overdressed für einen Waldtatort, aber das konnte sie jetzt nicht mehr ändern. Ihre Waffe, eine Beretta 92F 9mm, ließ sie im abgeschlossenen Handschuhfach. Sie würde sich unter dem leichten Blazer deutlich abzeichnen, hier unnötig sein und fehl am Platz wirken.

An der blau-weißen Absperrung standen Carabinieri, die verstohlene Blicke auf sie und ihren weißen Stadtflitzer warfen. »Auf in den Kampf«, murmelte sie, bevor sie auf die Absperrung zu ging.

»Scusi?« Einer der beiden Carabinieri, die den schmalen Waldweg bewachten, musterte sie argwöhnisch.

»Commissaria Laura Gabbiano. Ich möchte zu meinem Kollegen, Commissario Carlucci.«

Ihr Blick wanderte zu den kleinen gelben Markierungen, die am Abhang aufgestellt waren. Ohne die Antwort der Carabinieri abzuwarten, trat sie über das Absperrband und ging vorsichtig den kleinen, morastigen Waldweg entlang. Als sie an der ersten Markierung ankam, betrachtete sie das, was mit Trassierband abgegrenzt worden war, genauer. Es waren mit Gips ausgegossene Fußspuren, sie zählte mindestens sechs der Vertiefungen.

»Wer sind Sie und was machen Sie an meinem Tatort?« Die Stimme hinter ihr klang tief und grollend.

Laura fuhr herum. Sie musste sich einige Strähnen ihrer schulterlangen Haare aus dem Gesicht streichen, um ihr Gegenüber ansehen zu können. Die Gestalt – fast so breit wie hoch und dreißig Zentimeter größer als sie – blickte mit dunklen Augen auf sie herab. In dem weißen Einwegoverall wirkte der Mann wie ein riesiges, bedrohliches Michelin-Männchen.

Laura versuchte, sich nicht durch die pure Größe und die laute Stimme verunsichern zu lassen. Sie straffte die Schultern, suchte einen stabilen Stand auf dem unebenen Boden und sah dem Mann fest in die Augen.

»Ich bin Commissaria Laura Gabbiano. Ich suche Vito Carlucci. Ich bin seine neue Partnerin und hier, um ihn zu unterstützen.«

Die Miene des Riesen hellte sich auf, und ein Lächeln breitete sich über dem Gesicht aus.

»Sehr erfreut, Sie kennenzulernen, Commissaria Gabbiano. Mein Name ist Gino Conte. Ich bin der Leiter der Spurensicherung und gerade dabei, das Schlamassel hier zu dokumentieren. Unten sind wir fast fertig, die Leiche wird gleich abtransportiert. Es hat alles länger gedauert, als mir lieb war. Das Gelände ist uneben und ziemlich morastig, und das Opfer ist den ganzen Hang hinuntergestolpert, bevor es liegen blieb. Der Bestatter ist auch erst vor einigen Minuten angekommen. Er wird den Toten gleich mitnehmen.«

Er musterte sie neugierig, sein Blick blieb an ihren Pumps hängen, die jetzt schon mehr als nur ein wenig lädiert waren.

»Es ist mein erster Tag. Ich war für den Innendiensteinsatz gerüstet.«

Contes Lächeln wurde zu einem verständnisvollen Grinsen. »Dann willkommen in der Truppe, Signora Gabbiano.«

Offenbar brachte ihr die Tatsache, dass sie ihre Schuhe

ruinierte, um zu ermitteln, ein wenig Respekt ein. Sein Lächeln wirkte ansteckend, und sie streckte ihm die Hand entgegen. »Nennen Sie mich bitte Laura.«

»Dann nennen Sie mich Gino.« Er schüttelte ihre Hand mit einer Sanftheit, die sie ihm gar nicht zugetraut hätte.

»Der Commissario hat die Zeugen, die den Toten gefunden haben, schon befragt. Der arme Kerl wurde mit einer vanghetta ermordet, das war eine ziemliche Sauerei. Da muss jemand verdammt sauer auf ihn gewesen sein, eine vanghetta ist nicht besonders spitz und als Mordinstrument auch eher unüblich.« Bei diesen Worten deutete er auf die trockenen Gipsabdrücke, die vor ihnen im schlammigen Waldboden lagen. »Ich bin hier fast fertig. Der Commissario ist mit Assistente Fraccinelli zur Frau von Stefano Simonetti gefahren. Die Simonettis haben hier in der Nähe ein Chalet. Der Commissario informiert gerade die Witwe über den Tod ihres Mannes.«

»Stefano Simonetti? Doch nicht der Stefano Simonetti, dem das Tartufo gehört?« Laura blickte erstaunt zu Gino auf, der ernst nickte.

»Doch, genau der. Du kennst ihn?«

»Nein, ich habe ihn in einer Sondersendung letzten Dezember über das Kochen mit Trüffeln gesehen und hatte vor, sein Restaurant mal auszuprobieren.«

Sie schaute den Hügel hinunter und konnte zwischen den dicken Kastanienstämmen sehen, dass am Fuß des Abhangs ein offener, leerer Blechsarg stand.

»Kann ich mir die Leiche ansehen, bevor sie abtransportiert wird?«

»Ja, aber es ist kein schöner Anblick. Es war auch kein schöner Tod, den der arme Simonetti gestorben ist. Und der Hund, den er dabeihatte, hat das Blut noch verteilt. Er lag auf seinem Herrchen und hat versucht, ihn zu schützen. Es war ziemlich schwierig, das Tier von ihm runterzubekommen.«

Laura überlegte, während sie Gino Conte den Abhang hinunter folgte, bemüht, nicht zu stürzen. Sie verfluchte ihre unpassenden Schuhe wie auch die Tatsache, dass Carlucci schon bei der Witwe war. Sobald sie sich die Leiche angeschaut hatte, würde sie sich schnellstmöglich auf den Weg zu Signora Simonetti machen.

Gino Conte hielt ihr die Hand hin, um sie den letzten, sehr steilen Abschnitt zu stützen. Kurz überlegte sie, die Hilfe abzulehnen, aber das wäre albern gewesen.

»Gino, könntest du den Assistente anrufen und ihn bitten, die Adresse von Simonettis Frau durchzugeben? Dann würde ich hinfahren, sobald wir hier fertig sind.«

Er nickte, half ihr die letzten Meter die Böschung hinunter und ließ sie dann los, um sein Handy aus der Tasche zu ziehen. Der Bestatter, ein kleiner Mann mit hagerem Gesicht, stechend grauen Augen und einer Halbglatze, nickte ihr reserviert zu und breitete dann weiter den Leichensack neben dem Toten aus.

»Warten Sie einen Moment.« Laura trat näher. Sie hatte schon einige Tote gesehen, Unfallopfer, eine Frau, die von ihrem Mann fast totgeschlagen worden war, einen schwer verletzten Mafiosi nach einer Messerstecherei – aber Simonetti sah wirklich besonders schlimm aus.

»Der Täter hat den Mann zuerst mit einem Ast, danach mit der vanghetta bearbeitet.« Contes ruhige Stimme hinter ihr drang zu ihr durch, während sie die Leiche musterte und die Verletzungen am Gesicht und Hals begutachtete. Sie schluckte. Wer auch immer den Starkoch ermordet hatte, diese Tat war mit Wut und Zorn ausgeführt worden, der Mörder hatte die Beherrschung komplett verloren.

Was die Tat noch grotesker wirken ließ, waren die blutigen Pfotenabdrücke auf der beigefarbenen Weste des Opfers.

KAPITEL 3

SIMONETTIS CHALET LAG so, wie es der Kollege aus San Miniato beschrieben hatte, versteckt hinter Zypressen mitten an einem sanft abfallenden Hügel, geschützt von einer Mauer aus Natursteinen. Ein hoher Zaun umgab das gesamte Areal, zu dem ein schmaler Weg führte. Vor dem offen stehenden schmiedeeisernen Tor stand ein schwarzer Mercedes-Geländewagen der G-Klasse mit einem Kennzeichen aus Florenz.

Fraccinelli deutete auf den Wagen. »Der muss Simonetti gehören.«

»Woher weißt du das?«, fragte Vito.

Sein Kollege tippte gegen sein Smartphone. »Ich sag nur soziale Netzwerke. Bei Facebook gibt es ein Foto auf seiner Seite. Er steht neben diesem Wagen und präsentiert dabei stolz die Ausbeute einer frühmorgendlichen Trüffeljagd.«

Fraccinelli rief das Bild auf seinem Handy auf und wollte

es Vito zeigen. Doch dieser schaute nachdenklich zum Wagen. »Ich frage mich, weshalb er hier draußen steht und nicht auf dem Grundstück.« Dann gab er Gas, fuhr durch das Tor auf das Areal und parkte hinter einem gelben Porsche.

»Und das ist wohl das Auto seiner Frau«, sagte Fraccinelli.

»Halte dich bitte zurück«, entgegnete Vito, als sie aus dem Wagen stiegen. »Ich werde erst einmal alleine mit ihr reden, bevor du wieder einen deiner dummen Sprüche klopfst. Du bleibst hier.«

Das Chalet war aus Natursteinen gemauert und mit reichlich Holzapplikationen und einer Glasfront versehen, die von einer Seite bis zur anderen reichte. Es war riesig und glich eher einem Wohnhaus als einer einfachen Bleibe für ein Wochenende. Ein schmaler, von Büschen gesäumter Weg führte zu einer massiven Eichentür.

Vito lief hinauf, während Fraccinelli am Wagen zurückblieb. Neben dem Hauseingang hing eine Glocke. Noch bevor er daran zog, wurde die Tür geöffnet. Eine Frau im Morgenmantel mit hochgesteckten schwarzen Haaren und einem fragenden Gesichtsausdruck stand vor ihm. Sie war einige Jahre jünger als der getötete Chefkoch.

»Signora Isabella Simonetti?«, fragte Vito.

Die Frau nickte.

»Ich bin Commissario Carlucci von der Kriminalpolizei Florenz, ich muss mit Ihnen sprechen.« Er zeigte seinen Dienstausweis. »Können wir uns drinnen unterhalten?«

Die Frau trat zur Seite und ließ ihn ins Haus. Sie führte ihn durch einen kleinen Flur in das Wohnzimmer und bot ihm einen Platz auf einer weißen Ledercouch an. »Ist etwas passiert?«, fragte sie, als sie sich ihm gegenüber in einen Sessel setzte.

»Es tut mir leid, ich muss Ihnen mitteilen, dass Ihr Mann verstorben ist«, sagte er.

Die Frau presste die Lippen zusammen und schaute schweigend aus dem Fenster. Vito beobachtete ihre Reaktion und schwieg ebenfalls. Erst nach einer Weile wandte sie sich wieder ihm zu. »Was ist passiert?«, fragte sie, ihre Stimme klang brüchig, doch Tränen sah er nicht in ihren Augen.

»So wie es aussieht, wurde er ermordet.«

Erneut beobachtete er ihre Reaktion, doch ihre Miene war wie versteinert.

»Er wurde heute Morgen von ein paar Joggern nicht weit von hier im Wald gefunden.«

Vito wartete einen Moment. Noch immer keine Regung bei ihr. »Frau Simonetti, sehen Sie sich in der Lage, mir ein paar Fragen zu beantworten?«

Sie nickte kaum merklich.

»Können Sie mir sagen, wann er heute früh zur Trüffelsuche aufgebrochen ist?«

»Ermordet«, wiederholte die Frau jetzt. Ihr Blick war entrückt und ging in die Leere.

»Offenbar wurde er mit seiner eigenen vanghetta getötet«, fuhr Vito fort. »War er denn alleine, als er heute losging?«

Seine Worte holten die Frau in die Gegenwart zurück. Sie blinzelte kurz, ehe sie sich mit der Hand über die Augen fuhr.

»Entschuldigen Sie, Signora Simonetti. Ich muss Ihnen leider diese Fragen stellen. Nur so können wir herausfinden, wer hinter dem Mord an Ihrem Gatten steckt.«

»Wollen Sie einen Espresso?«, fragte sie, erhob sich und ging zur Tür.

Vito hatte schon viele Todesnachrichten an Angehörige und Ehefrauen überbracht. Die Reaktionen waren sehr unterschiedlich. Manche brachen zusammen, lösten sich in Tränen auf, und andere saßen einfach nur stumm da und fügten sich schweigend in ihr Schicksal. Einige aber erfassten überhaupt nicht, wovon er sprach. Doch diese Frau, die an der Tür stand, schien ihre Gefühle zu unterdrücken, sofern sie überhaupt welche hatte.

»Entschuldigen Sie, Signora, es wäre wirklich wichtig …«

Sie blieb stehen und wandte sich um. »Ich weiß es nicht. Ich habe ihn heute noch nicht gesehen.«

»Das heißt, er war gar nicht hier und hat hier auch nicht übernachtet?«

Sie schüttelte den Kopf. »Es ist … wie soll ich sagen … es ist schwierig …«

»Steht sein Wagen deshalb draußen vor dem Tor?«

Sie ging zurück zum Sessel und setzte sich. »Hören Sie, Commissario«, sagte sie, und Vito meinte, ein Seufzen zu hören. »Mein Mann und ich waren in einer schwierigen Phase, und wir hielten es für besser, eine Zeit lang etwas Abstand voneinander zu haben.«

»Sie wohnen schon lange ohne ihn hier in dem Haus?«

Sie nickte. »Wissen Sie, es ist nicht einfach, mit einem Mann zusammen zu sein, der nicht viel mehr als seine

Arbeit und seine Hunde kennt. Vielleicht ist es eben der Lauf der Dinge. Aber in seinem Leben gab es immer weniger Platz für mich. In der Stadt fühlte ich mich immer mehr eingeengt, es nahm mir die Luft zum Atmen. Ich wollte nicht nur ein Ding sein, das er besitzt, mit dem er sich beschäftigt, wenn es gerade passt. Stefano hat sich verändert, mehr und mehr, und mir blieb nichts anderes, als neben ihm zu stehen und ihm dabei zuzusehen, wie er mir immer fremder wurde. Verstehen Sie das, Commissario?«

Vito nickte. »Das heißt, Sie haben sich getrennt?«

»Auf Zeit, ich hielt es für besser, wenn wir uns erst einmal aus dem Weg gehen«, erklärte sie. »Manchmal muss man etwas verlieren, bevor man merkt, dass es einem fehlt. Insgeheim habe ich natürlich immer noch gehofft, dass er eines Tages vor der Tür steht und alles wieder so wird, wie es früher war.«

Vito erhob sich und schaute sich im Zimmer um. »Wie war es denn früher?«

Isabella Simonetti lächelte. »Er war zärtlich, und er trug mich auf Händen.« Sie folgte dem Commissario mit ihrem Blick. »Damals hatten wir ein Restaurant an der Piazza Mentana, es war klein, nicht mehr als vierzig Sitzplätze. Stefano kochte, und ich machte den Service. Wir waren glücklich und zufrieden. Doch dann kam der erste Stern, und plötzlich wurde alles anders. Wissen Sie, es war für ihn wie eine Sucht. Er wollte immer mehr, immer höher hinaus. Vielleicht wäre alles anders gekommen, wenn wir ein Kind bekommen hätten, nur leider war uns das nie vergönnt.«

Vito blieb vor ein paar Gemälden stehen, die dort an der Wand hingen. Bildnisse, die toskanische Landschaften zeigten, sehr gut gelungen, wie Vito fand. Am rechten unteren Bildrand war in schwarzer Farbe der Name Isa zu lesen.

»Haben Sie diese Bilder gemalt?«

»Malen ist meine Leidenschaft, ich verbringe oft Stunden draußen in der Natur, nur mit meiner Staffelei, den Farben und meinen Pinseln.«

Der Commissario ging zu der Kommode, auf der neben drei Bildern von Hunden ein großer Pokal nebst einigen Plaketten stand.

»Auf den Fotos sind die Hunde meines Mannes«, erklärte Isabella Simonetti, deren Blick Vito durch das Zimmer folgte. »Der schwarze, links, das ist Picco. Leider ist er vor einem Jahr gestorben. In der Mitte, die mit den weißen Pfoten, das ist Ambra, und rechts, der braune, das ist Gonzo. Ambra hat schon mehrfach Preise gewonnen. Sie ist eine echte Expertin, wenn es um das Finden von Trüffeln geht. Gonzo ist ein klein wenig verspielter, aber auch ein hervorragender Suchhund, um den Stefano viele beneiden.«

Vito nickte anerkennend. »Sie kennen sich wohl gut mit den Hunden aus.«

»Zwangsläufig, wenn sie mehr und mehr zur Konkurrenz werden.«

»Wie meinen Sie das?«

Sie winkte ab. »Lassen wir das Thema. Wie geht das jetzt weiter, ich meine, mit meinem Mann und so?«

Vito wandte sich zu ihr um. »Das kommt auf die Ermittlungen an.«

Sie nickte.

»Ihr Mann war heute Morgen mit Gonzo im Wald unterwegs. So wie es aussieht, ist er recht früh aufgebrochen. Wo waren Sie, sagen wir, zwischen fünf und sieben Uhr?«

Sie wies nach oben. »Ich war hier, ich habe geschlafen.«

»Alleine?«

»Was denken Sie!«, antwortete sie wie aus der Pistole geschossen. Zum ersten Mal zeigte sie so etwas wie eine ehrliche Regung.

»Sie haben nichts gehört?«

Isabella Simonetti schüttelte den Kopf. »Ich habe tief und fest geschlafen.«

Vito nahm erneut Platz und kratzte sich am Kinn. »Ich frage mich, weshalb Ihr Ehemann seinen Wagen hier geparkt hat und nicht bis zum Wald gefahren ist?«

Sie wies mit dem Zeigefinger aus dem Fenster. »Das macht er immer so. Hinter dem Haus gibt es einen Pfad, der direkt zum Wald führt. Man braucht gerade mal zwanzig Minuten zu Fuß. Und am Morgen, wenn der Boden noch feuchter ist, sind die Düfte noch stärker. Vermutlich ist er den Pfad entlanggegangen, so wie er es immer tut. Es wundert mich nur, dass er heute kam. Normalerweise ist das Restaurant dienstags geschlossen, falls er keine Sonderveranstaltung geplant hat.«

»Wer wusste alles, dass er hier in den Hügeln zur Trüffelsuche geht?«

Sie verzog ihre Mundwinkel. »Sie kennen wohl die Gesetze nicht. Man braucht eine Lizenz und natürlich auch ein entsprechendes Gelände. Seit über zehn Jahren geht er in diesen Wald. Hier gibt es im Herbst auch weiße Trüffel. Glauben Sie mir, dass wusste jeder, der sich dafür interessiert. Die Vergabe der Flächen ist öffentlich.«

»Hatte Ihr Mann Feinde?«

Ein gequältes Lachen war zu hören, kalt und unnahbar. »Sie sollten wohl besser fragen, ob er noch Freunde hatte. Er ist … er war Chefkoch und besaß ein Dreisternerestaurant. So etwas bekommt man nicht geschenkt, da steckt harte Arbeit dahinter und ein immenser Druck, Druck, den man auch an andere weitergibt.«

»Ich dachte, man bekommt die Sterne, weil man gut kocht.«

Sie schüttelte den Kopf. »Sie waren wohl noch nie in einer Küche, ich meine, in einer Restaurantküche. Da herrscht ein rauer Ton. Jeder Handgriff muss sitzen, alle Rädchen müssen ineinandergreifen, wenn man den Status erhalten will. Vom einfachen Küchenjungen über den Saucier, den Gardemanger, den Souschef bis zum Chefkoch. Und natürlich muss auch der Service passen. Als Chef macht man sich dabei keine Freunde, vor allem, wenn man hohe Ansprüche hat.«

»Ich verstehe«, entgegnete Vito. »Gibt es denn jemanden, dem Sie diesen Mord zutrauen würden?«

Isabella Simonetti überlegte einen Augenblick, schließlich schüttelte sie den Kopf. »Anfeindungen, mal ein Streit unter Männern, ja, aber Mord? Ich glaube nicht, dass jemand aus unserem Bekanntenkreis so weit gehen würde.«

Vito erhob sich. »Vielen Dank, Signora Simonetti. Das war's erst einmal. Wir werden Sie vermutlich noch einmal befragen müssen. Und … ja, Gonzo befindet sich derzeit auf der Polizeistation in San Miniato. Es wäre schön, wenn Sie ihn dort abholen könnten.«

KAPITEL 4

DAS CHALET DES Mordopfers stand inmitten der Weinberge, zehn Fahrminuten vom Tatort entfernt. Man musste den Wald quasi einmal umfahren, um zu dem Anwesen zu gelangen.

Die Rebstöcke um das Haus auf dem Hügel schimmerten in üppigem Grün. Die Sonne würde noch einige Wochen benötigen, um aus den kleinen runden Früchten die prallen blauen Chianti-Trauben zu zaubern, die die Region auszeichneten. Das Chalet selbst war ein grauer Bau aus grobem Naturstein, der auf den ersten Blick rustikal wirkte, aber durch viele kleine Details vermittelte, dass es sich um kein einfaches Gehöft handelte, sondern um ein luxuriöses Domizil. Diesen Eindruck unterstrich auch das Fahrzeug, das vor der hohen Mauer des Grundstücks parkte: ein schwarzer Mercedes-Geländewagen.

Das schmiedeeiserne Tor der Einfahrt stand offen. Laura konnte am Ende der Auffahrt einen gelben Porsche und den dunkelroten Alfa sehen, den Inspektor Gino Conte ihr beschrieben hatte. Also waren Fraccinelli und der Commissario noch hier.

Der Porsche gehörte mit Sicherheit der Frau des Toten. Wie das große Tor und die gepflegte, von akkurat gestutzten Buchsbäumen gesäumte Auffahrt vermittelte er Reichtum.

Laura parkte ihren Fiat vor der Mauer, direkt neben dem Geländewagen. Ein großer, hellgrauer Aufkleber mit dem Namen des Restaurants war an der Seite des Mercedes angebracht. Sie hätte gern die berühmten Trüffelnudeln in dem Restaurant probiert.

Beim Aussteigen ließ sie ihren Blick über die Szenerie schweifen und atmete tief durch. Die Luft war warm, und es roch nach frisch gemähtem Gras. Ein kleiner Rasenmähroboter massakrierte stoisch das Grün auf dem Grundstück um das Haus herum und vor der großen Glasfront. Nur das leise Brummen des Gerätes störte die Idylle ein wenig. Laura ging über den Weg auf die Eingangstür zu.

Dort, im Schatten des Vordachs, stand ein Mann, der die Kommissarin misstrauisch, mit einem abschätzenden Gesichtsausdruck musterte.

»Wer sind Sie?«, fragte er schroff.

Laura war erstaunt. Sie wusste, dass dieser schlaksige Mann, der sich kleidete wie jemand, der einen Einkaufsunfall in der Abteilung für Clowns gehabt hatte, nicht ihr neuer Vorgesetzter sein konnte. Der Mann hatte ein langes Gesicht, das fast nur aus einer riesigen Nase und einem noch größeren Mund zu bestehen schien. Seine langen Arme und Beine wirkten, als hätte er mehr Gelenke, als normal sein konnte, und die hellblonden Haare waren ungleichmäßig kurz geschnitten, als hätte der Mähroboter auch diese Aufgabe übernommen.

»Buona giornata. Ich suche Commissario Vito Carlucci«, sagte sie zögerlich, während sie die weißen Hosenträger über dem karierten Hemd zur Kenntnis nahm. Unwillkürlich fragte sie sich, ob ihr Navi sie an den falschen Ort gebracht hatte, auch wenn da doch offensichtlich der Wagen des Opfers stand.

»Was wollen Sie vom Commissario, Signora?« Der Mann begutachtete sie, ihre Bluse, die lädierten Pumps und die elegante Hose und schaute dann über ihre Schultern die Einfahrt hinunter zu ihrem Auto. Mit einem betont amüsierten Gesichtsausdruck quittierte er den Anblick des Fiat.

»Mein Name ist Laura Gabbiano. Commissaria Gabbiano. Ich bin Vito Carluccis neue Partnerin. Und Sie sind, wenn ich fragen darf?« Sie schaffte es, ihre Stimme neutral zu halten.

Die Mimik ihres Gegenübers erstarrte kurz. Dann wurde sein Blick verschlagen. »Können Sie sich ausweisen?«, fragte er und grinste nun nahezu triumphierend. Laura nahm an, dass dieser unverschämte Kerl der Assistent sein musste, den Conte erwähnt hatte, ein gewisser Fraccinelli. Er schien ein wenig sauer zu sein, vermutlich, weil er hier wie bestellt und nicht abgeholt vor der Tür warten musste.

Laura spürte die Hitze in ihren Wangen, und nur mit Mühe konnte sie ihr Temperament zügeln. Ihr Vormittag war bislang ziemlich anders verlaufen, als sie es sich gewünscht hätte. Statt einer gepflegten und zwanglosen Vorstellungsrunde in der Questura hatte sie einen Spießrutenlauf absolvieren müssen, bei dem sie sichtlich im Nachteil war, weil sie nicht mal die Leute ihrer Abteilung kannte. Sie hatte keine Wahl gehabt, als ein neues Paar Schuhe zu ruinieren, und hatte trotz all ihrer bisherigen Bemühungen immer noch nicht Commissario Carlucci getroffen. Und zu allem Überfluss verpasste sie gerade die Gelegenheit, die wichtigen ersten Erkenntnisse zu einem Mordfall aus erster Hand zu erfahren, der hohe Wellen schlagen würde.

Sie stand kurz davor, dem unverschämten Kerl, der sich seinerseits nicht ausgewiesen hatte, die Meinung zu geigen. Doch im letzten Augenblick presste sie die Lippen zusammen und bremste sich. Derzeit war sie für die hiesigen Mitarbeiter ein unbeschriebenes Blatt, und sie wollte nicht wieder so schnell in die Situation geraten, ihr Temperament verfluchen zu müssen. Das wäre kein guter Einstand in die neue Abteilung.

»Und wer sind Sie?«, sagte sie kühl.

Fraccinelli zögerte nur eine Sekunde, bevor er breit grinsend mit den Schultern zuckte. »Ein Beamter, der mit dem Commissario hier angekommen ist und regelt, wer das Haus betreten darf, in das Sie gerne hinein möchten. Ich benötige Ihren Ausweis, Signora. Keine Ausnahmen.«

Wütend wirbelte Laura herum und eilte den Weg zurück zu ihrem Auto. Warum hatte sie nicht an ihren Dienstausweis gedacht?

Als sie ihn aus den Tiefen der Handtasche gekramt hatte und sich umdrehen wollte, um zu dem unverschämten Türsteher zurückzukehren, hörte sie in der Nähe, dass jemand einen Motor startete. Dann rollte ein Fahrzeug die Einfahrt herunter, so langsam und leise, wie es auf dem mit Kies bedeckten Fahrweg möglich war. Allein das war schon verdächtig. Laura verharrte im Schutz des Geländewagens. Als der Fahrer das Tor erreichte und Teer die geschotterte Zufahrt ablöste, trat er so heftig auf das Gaspedal, dass das Auto, ein blauer Kastenwagen, regelrecht losschoss. Als er knapp vor dem Mercedes auf die öffentliche Straße abbog, heulte der Motor auf.

Sie konnte den Fahrzeugführer nicht erkennen, sah nur die Silhouette eines Mannes, der am Steuer des Wagens die Straße hinunterjagte, als wären alle Teufel der Hölle hinter ihm her.

Geistesgegenwärtig prägte Laura sich das Nummernschild ein. Als das Auto die Straßenbiegung erreicht hatte und aus ihrem Sichtfeld verschwunden war, richtete sie sich auf und blickte wieder zum Haus. Der Assistent stand noch immer in der Tür und starrte die Einfahrt hinunter. Eilig ging sie zurück und hielt dem Mann ihren Dienstausweis unter die Nase.

»Und wie ist Ihr Name?«, fragte sie ihn mit mühsam kontrollierter Stimme.

Der Mann schluckte, sein Adamsapfel tanzte auf und ab, aber er hielt Blickkontakt.

»Ortensio-Michele Fraccinelli, Commissaria. Assistent erster Klasse. Freut mich sehr, Sie kennenzulernen.« Die letzten Worte klangen wenig aufrichtig.

»Ich freue mich auch auf unsere Zusammenarbeit. Haben Sie sich das Nummernschild des Wagens gemerkt?« Laura bemühte sich, ruhig zu bleiben, was ihr schwerfiel.

Fraccinelli schüttelte den Kopf. »Es ging zu schnell. Ich habe ihn nur aus dem Augenwinkel gesehen, da war er schon die halbe Auffahrt hinunter, und die Büsche haben das Kennzeichen leider verdeckt.«

Mühsam beherrscht nannte sie dem Assistenten die Ziffernfolge. In diesem Punkt hätte er gern so eifrig sein können, wie als er sie aufgefordert hatte, sich auszuweisen.

»Überprüfen Sie das Fahrzeug. Finden Sie heraus, wem es gehört und wer heute damit unterwegs war. Ich werde mich Commissario Carlucci selbst vorstellen.«

Fraccinelli sah sie an und nickte.

Bedächtig zog Laura an der altmodischen Klingel und wartete, während der Assistent zum Dienstwagen eilte, um in Ruhe zu telefonieren und die Informationen einzuholen.

Ein hochgewachsener schlanker Mann mit einem gepflegten, kurzen Vollbart öffnete die Tür. Sein ernstes Gesicht zeigte keine Regung, als er sie musterte. Er war trainiert, aber nicht muskelbepackt, wie Laura auffiel, ein sportlicher Mittvierziger mit vollem Haar und einem klaren, wachen Blick. Seine Hand klammerte sich etwas fest um den Türgriff, wie Laura an seinen weiß hervortretenden Knöcheln erkennen konnte.

Offenbar hatte sie ihn unterbrochen, und er schien das nicht zu schätzen.

Sein bemüht neutraler Gesichtsausdruck konnte nicht über das kurz aufgeblitzte Erstaunen in den blauen Augen hinwegtäuschen, als er sie statt seines Assistenten vor der Tür vorfand. Er musterte Laura, nicht so aufdringlich wie Fraccinelli, sondern effizient und geschäftsmäßig.

»Sie wünschen, Signora?«, fragte er mit hochgezogener Augenbraue. Die Stimme des Commissarios war angenehm und tief, wobei Laura einen gereizten Unterton auszumachen meinte, wie ein Hintergrundrauschen unter den freundlichen Worten. »Wer sind Sie und was wollen Sie?«, fragte er nach, weil Laura, vertieft in die Musterung seiner Gestalt, die Antwort auf die gestellte Frage schuldig geblieben war. Er sprach so leise, dass die Witwe im Haus ihn unmöglich hören konnte.

»Laura Gabbiano, Commissario. Ich bin sofort losgefahren, als ich bei meiner Ankunft in der Questura gehört habe, was passiert ist. Leider habe ich Sie am Tatort verpasst. Inspektor Conte hat mir gesagt, dass ich Sie hier finden würde. Sie sind doch Commissario Carlucci?«

Vito Carlucci zog erneut eine Augenbraue hoch, und kurz schien seine Miene so etwas wie Ablehnung zu signalisieren, ein Ausdruck, der im nächsten Moment verschwunden war. Er nickte knapp, um ihre Frage zu beantworten.

»Es wäre nicht nötig gewesen, mir hierher zu folgen. Ich bin fertig mit der Befragung und wollte mich gerade verabschieden. Kommen Sie mit, ich stelle Ihnen die Witwe noch kurz vor, falls wir später noch mal mit ihr reden müssen.« Der Commissario klang unwirsch, auch wenn er es zu verbergen versuchte.

Laura nickte stumm und war bemüht, sich nicht über ihn zu ärgern. Sie wäre gern bei der Vernehmung dabei gewesen, aber vielleicht ergab sich später noch mal eine Gelegenheit für Fragen. Sie war froh, dass Vito Carlucci die Nachricht vom Tod des Mannes überbracht hatte, kein Beamter tat dies gerne. Langsam folgte sie dem Commissario durch den Flur in den Wohnraum. Die Frau stand in ihrem Bademantel am Fenster und starrte nach draußen.

»Signora Simonetti, bevor ich mich verabschiede, möchte ich Ihnen noch Laura Gabbiano vorstellen. Sie wird gemeinsam mit mir den Todesfall Ihres Mannes untersuchen.«

Isabella Simonetti wandte sich ihr langsam zu, und Laura war erstaunt. Keine Tränen, keine Verzweiflung. Die Frau war sehr gefasst, aber das musste nichts heißen. Die Commissaria prägte sich den Anblick ein und musterte die Witwe intensiv – das zerzauste Haar, den Bademantel und ihre Augen, die nicht von Tränen getrübt waren.

»Buona giornata. Mein herzliches Beileid.«

Isabella Simonetti nahm die Worte der Kommissarin mit einem knappen Nicken zur Kenntnis. Vito Carlucci legte eine Visitenkarte auf den Couchtisch.

»Wir melden uns bei Ihnen. Wenn Sie noch Fragen haben, auf der Karte finden Sie meine Nummer und auch die Nummer der Questura.«

»Danke.« Sie stellte keine weitere Frage, zeigte keinerlei Regung, sondern drehte sich wieder zum Fenster und starrte erneut in die Ferne.

Der Commissario verließ das Wohnzimmer, und Laura folgte ihm vor die Haustür. Die Kühle im Haus stand im krassen Gegensatz zu der Mittagshitze, die jetzt herrschte.

Vito Carlucci zog die Tür leise hinter sich zu. Fraccinelli stand neben dem Alfa und sah fragend zu den beiden Kommissaren.

»Fahr zur Questura zurück, ich spreche noch kurz mit

Signora Gabbiano, Sie kann mich zu meinem Auto zurückfahren. Wir treffen uns im Büro.«

Fraccinelli stieg ein und fuhr los.

Der Commissario sagte kein Wort, bis der Assistent das Grundstück verlassen hatte. Dann wandte er sich Laura zu und strich sich dabei kurz durch die Haare.

»Ich hätte Sie lieber in der Questura begrüßt. Das hier ist nicht gerade der Empfang, den ich für Sie vorgesehen hatte.« Es klang versöhnlicher, als hätte die erste Begegnung an der Tür vor ein paar Minuten gar nicht stattgefunden.

»Keine Ursache, Commissario Carlucci. Ich hatte gehofft, Ihnen behilflich sein zu können.«

Vito Carlucci nickte, als wäre das endlich etwas, das er verstand.

»Sie waren am Tatort, bevor Sie hierhergekommen sind?« Seine Stimme klang ruhig, während er mit ihr in Richtung Tor ging.

Laura nickte. Der Mann neben ihr schwieg, sodass sie sich genötigt fühlte, etwas zu sagen. »Signor Conte von der Spurensicherung war sehr freundlich und hat mich zu Ihnen geschickt. Ich wollte Sie nicht stören.«

Während sie redete, drehte er sich um. »Haben Sie nicht. Irgendwas an der Frau stimmt nicht, ich kann aber nicht sagen, was. Sie hat die richtigen Antworten gegeben, es klang alles logisch. Dennoch denke ich ... Sie hat mich wohl nicht belogen, aber ...«

Er verstummte, und Laura gestattete sich ein kleines Lächeln. Sie kannte solche Gefühle, die Ahnung, das Kribbeln, wenn etwas nicht ins Bild passte, als würde ein winziges

Mosaikstück fehlen. Das war der Moment, in dem bei den meisten Ermittlern der Jagdinstinkt erwachte.

»Es war der Bademantel.«

Vito Carlucci sah sie erstaunt an. Er überlegte kurz und nickte dann bedächtig. »Ja, in der Tat. Eine so gepflegte Frau, die mich so spät am Vormittag im Bademantel empfängt und nicht mal um ein paar Minuten Zeit gebeten hat, um sich umzuziehen.«

Laura schilderte ihm in knappen Worten, was sie und Fraccinelli beobachtet hatten, während er noch im Haus gewesen war.

»Ein Liebhaber vielleicht, den Sie vor uns verbergen wollte?«, fragte Laura, nachdem sie ihren Bericht beendet hatte.

»Gut möglich, aber Sie und Simonetti lebten in Trennung. Das schwächt ein mögliches Motiv in Hinblick auf eine Affäre ab. Sie hat offen zugegeben, dass ihre Ehe zerrüttet war. Sie lebten getrennt, sie hier im Chalet, er weiterhin in der Stadt.«

Laura lächelte schief, und Vito Carlucci blieb stehen.

»Sie stimmen mir nicht zu?« Seine Stimme war samtweich, aber die Neugierde unter der ruhigen, trügerisch sanften Oberfläche der Worte konnte er nicht verbergen. Laura wusste, dass er herausfinden wollte, wie sie tickte. Er war nicht der erste neue Kollege, den sie traf, und dieser Tanz war ihr durchaus vertraut.

»Mein Vorgesetzter in Rom sagte immer, finde heraus, wo das Geld steckt, dann hast du den Täter. In den meisten Fällen ist es so.«

»Oder dort, wo geliebt und betrogen wird«, ergänzte der Commissario und schmunzelte. »Sehr zynisch für jemand, der noch so jung ist, Signora Gabbiano, nur dem Geld nachzugehen. Aber da ist schon was dran.«

Laura zuckte mit den Schultern und grinste entschuldigend, während Vito Carlucci fortfuhr. »Wir sprechen zuerst mit dem Fahrer. Signora Simonetti befragen wir zu einem späteren Zeitpunkt noch einmal.«

Sie blieben stehen, als ein Wagen der Carabinieri durch das Tor fuhr und hinter dem gelben 911er anhielt. Einer der Männer stieg aus, neben ihm sprang ein brauner Lagotto Romagnolo bellend aus dem Fußraum des Fahrzeugs. Die Kollegen hatten mit Trassierband eine Leine improvisiert, und der Hund hüpfte schwanzwedelnd an dem Beamten hoch. Pfotenabdrücke zierten die dunkelblaue Uniform.

»Ich dachte, ihr wolltet ihn auf die Polizeistation in San Miniato bringen?« Vito Carluccis Frage ging in dem Bellen des Hundes fast unter, der nun in Richtung Haustür drängte.

»Signor Conte hat gesagt, er hat alles von dem Hund, was er an Spuren braucht, und meinte, wir sollen ihn nach Hause bringen.« Während der Fahrer des Polizeiwagens redete, hatte der Hund den anderen Kollegen schon fast bis vor die Haustür gezogen.

Laura sah einige dunkle Flecken in dem hellbraunen Fell des Tieres. Blut vom Opfer?

Die Tür öffnete sich. Isabella Simonetti starrte den Polizisten und danach den Hund an. Ihre Miene verhärtete sich.

»Bitte, bringen Sie ihn hinters Haus in den Zwinger. Ich rufe jemand, der sich um das Tier kümmert.« Ohne ein weiteres Wort schlug sie dem Beamten und dem Hund, der freudig mit dem Schwanz wedelte, die Tür vor der Nase zu.

Der Carabinieri zuckte mit den Schultern und lief am Gebäude entlang. Der Hund folgte ihm brav, sein Bellen wurde leiser, als das Gespann um die Ecke gebogen war.

Der Commissario und Laura tauschten einen Blick aus und gingen in Richtung Tor. Das war nicht die Reaktion einer Frau, die sich etwas aus diesem Hund machte.

»Sie scheint das Hobby ihres Mannes nicht geteilt zu haben«, sagte Laura.

»So wie Sie es mir dargelegt hat, haben Simonetti und sie schon lange nichts mehr miteinander geteilt. Wir sollten herausfinden, wer es so eilig hatte, die frischgebackene Witwe zu verlassen.«

Laura nickte und trat neben den Fiat. Ihr neuer Kollege musterte das Auto, sagte aber nichts zu dem kleinen Gefährt. Als sie die Zentralverriegelung öffnete, stieg er wie selbstverständlich ein. Laura setzte sich auf den Fahrersitz und startete den Wagen.

»Ich werde Sie zu Ihrem Auto fahren. Je nachdem, was Fraccinelli bis dahin herausgefunden hat, können wir dann entweder den Fahrer des ominösen blauen Kastenwagens befragen oder unsere Ermittlungen im geschäftlichen Umfeld des Opfers fortsetzen.«

Sie fuhren los.

»Wie lange ist Fraccinelli schon Assistent in der Abteilung?«

Der Kommissar starrte aus dem Fenster.

»Schon beinahe sechs Jahre. Er ist ein wenig speziell, und

man muss ihm ab und an auf die Finger klopfen. Fraccinelli legt keinen gesteigerten Wert auf Diplomatie, und seine Empathie bei Befragungen hängt stark von seiner Tagesform ab. Seinen Modegeschmack kann man nur als fragwürdig bis kriminell bezeichnen. Aber ich schätze ihn als guten Mitarbeiter, und er hört erst auf zu graben, wenn er alles gefunden hat, was es zu einem Fall oder zu einer offenen Frage zu finden gibt.«

Laura dachte, dass Vito Carlucci wie ein Tierpfleger klang, der einen seiner Schützlinge beschrieb, den man aber besser nicht zu lange unbeobachtet ließ, da er sonst sich und seinen Herrn in Schwierigkeiten manövrierte.

»Sie werden sich an ihn gewöhnen. Mir ist es auch gelungen.« Der Commissario lächelte seiner neuen Kollegin zu.

»Wie hat es Sie nach Florenz und in unsere Questura verschlagen?« Er fragte direkt und verbarg seine Neugierde nicht, während er beobachtete, wie Laura den kleinen Flitzer wendete und losfuhr.

»Ich wollte eine Luftveränderung. Matteo kenne ich von einem Fachvortrag. Ich habe erwähnt, dass ich mich umorientieren will, weg vom organisierten Verbrechen. Er sagte, dass er immer auf der Suche nach guten Leuten für seine Abteilungen ist. Als dieser Posten frei wurde, hat er mich angerufen. Und hier bin ich.«

Der Commissario musterte sie, während sie den Wagen durch die kleine Ortschaft am Fuß des Hügels lenkte und am Ortsausgang beschleunigte. Laura bemerkte seine Skepsis, bestimmt spürte er, dass sie ihm nicht die volle Wahrheit sagte. Aber sie log ihn auch nicht direkt an.

»Wir werden heute keine Zeit für eine ordentliche Einführung in der Questura haben, Signora Gabbiano. Ich hoffe, Sie haben dafür Verständnis. Ich möchte so schnell wie möglich alle befragen, die für Simonetti gearbeitet haben. Dieser Mord wird Wellen schlagen, er war in Florenz eine lokale Berühmtheit.«

Laura nickte. Ihr erster Fall in Florenz würde gleich von der Presse und der Öffentlichkeit beachtet werden. Keine idealen Voraussetzungen für eine Ermittlung. Je schneller sie jetzt vorgingen, desto besser und sachdienlicher waren die Informationen, die sie bekamen. Sobald die ersten Zeitungsberichte gedruckt waren, würde dies die Ermittlungen erschweren.

»Ich verstehe, Commissario. Ich erwarte keine Schonfrist oder Sonderbehandlung.«

Vito Carlucci nickte anerkennend. »Die kann ich Ihnen auch nicht anbieten.«

KAPITEL 5

VITO SASS IN der Questura in seinem Bürostuhl, hatte die Füße auf den Schreibtisch gelegt und hielt einen Schreibblock in der Hand, auf dem er bislang nicht viel mehr als den Namen Isabella Simonetti geschrieben hatte. Laura Gabbiano war inzwischen beim mittlerweile anwesenden Direttore Generale, Dottore Francesco Banchi, um wenigstens dort die Begrüßung nachzuholen, die am Morgen hatte ausfallen müssen.

Die Fahrt mit ihr vom Chalet der Simonettis zu seinem Wagen am anderen Ende des Waldes war sehr aufschlussreich gewesen. Schon vor ein paar Wochen, als feststand, dass Laura die Stelle im Dezernat erhalten würde, hatte er sich gefragt, was eine junge, aufstrebende Beamtin mit ausgezeichneten Referenzen dazu bewog, sich aus der Hauptstadt in die Provinz versetzen zu lassen. Die sanften Hügel und die ausgedehnten Wiesen und Felder in der Umgebung, auf denen sich die Mohnblumen im Wind wiegten, die kleinen verträumten Städtchen und das ausgezeichnete Essen sowie der Chianti, der hier direkt vor der Nase wuchs, waren es wohl kaum gewesen. In Rom machte man viel leichter Karriere als hier in Florenz, wo die Welt noch halbwegs in Ordnung war.

Sie war zweifellos eine junge, ausgesprochen hübsche und dazu noch weltgewandte und intelligente Frau, die auch hier ihren Weg machen würde, nur ganz offen war das Gespräch nicht verlaufen. Irgendetwas verheimlichte sie, und was das war, würde er noch herausfinden.

Vito wusste auch nicht recht, was er von Simonettis Ehefrau halten sollte. Von einer Auszeit hatte sie in Bezug auf die Ehe gesprochen, nicht von Trennung. Noch dazu dieser ominöse Wagen, der während der Befragung vom Grundstück gerast war. An der Sache war etwas oberfaul.

Maria, die Sekretärin und Seele der Abteilung, hatte inzwischen herausgefunden, dass das Verhältnis zwischen Isabella und ihrem verblichenen Ehemann ganz und gar nicht in Ordnung gewesen war. Im Gegenteil. Von Ehebruch, von gegenseitigen Beschuldigungen und erbitterten Streitereien wurde in den sozialen Medien berichtet. Noch dazu gäbe es Schulden. Simonetti habe in der Schublade seiner Küche mehr offene Rechnungen liegen als Messer und Gabeln im Besteckkasten, wurde behauptet. In Venedig habe man ihn mehrmals gesehen, und zwar in der Via Paliaga, vor dem Casino Ca'Noghera. Dort sei der Spitzenkoch in Begleitung einer jungen, adretten, auffällig geschminkten Dame aufgetaucht.

Brauchte die Ehe, wie Isabella Simonetti behauptet hatte,

tatsächlich nur eine Auszeit, oder war sie bereits am Ende? Hatte die kühle und beherrschte Frau etwas dagegen gehabt, ihren Ehemann einfach so ziehen zu lassen?

Vito nahm erneut den Stift zur Hand und schrieb unter den Namen der Ehefrau das Wort Eifersucht, um es kurz darauf mit einem Fragezeichen zu versehen.

Es klopfte an der Tür. »Ja, herein!«, rief er.

Fraccinelli streckte seinen Kopf durch den Türspalt. »Ich habe mit dem Verkehrsamt gesprochen. Auf das Restaurant ist ein blauer Fiat Doblò Cargo zugelassen, so wie ich vermutet habe. Der Wagen hat tatsächlich das Kennzeichen GD 232 HB und ist schon über zehn Jahre alt. Die Neue meint, dass das Kennzeichen stimmt. Es könnte jemand aus dem Restaurant damit gefahren sein.«

»Ich bewundere deinen Scharfsinn, aber *könnte* ist mir zu wenig, finde es heraus. Wir müssen wissen, wer damit unterwegs war.«

Fraccinelli rollte mit den Augen. »Wie soll ich das anstellen?«

Vito richtete sich auf. »Warum lässt du dir nichts einfallen?«, sagte er mit genervtem Unterton. »Maria hat herausgefunden, dass das Restaurant heute geöffnet hat, da erreichst du sicherlich jemanden. Und fall nicht gleich mit der Tür ins Haus.«

Fraccinelli zuckte mit den Schultern. »Was soll ich denn sagen?«

»Du bist doch sonst nicht auf den Mund gefallen. Gib dich doch einfach als Verkehrspolizist aus und sag, dass du wegen zu schnellem Fahren ermittelst.«

Fraccinelli lächelte. Ihm schien der Gedanke zu gefallen, denn urplötzlich verschwand er, und die Tür fiel mit lautem Krachen ins Schloss.

»Etwas leiser, wenn es geht!«, rief Vito seinem Assistenten hinterher.

Erneut lehnte er sich zurück. Sein Blick blieb an der großen Uhr mit dem Emblem der Stadt haften, die neben der Tür hing. Es war schon Mittag, und Laura Gabbiano war noch immer nicht vom Direttore Generale zurückgekehrt. So langsam wurde es Zeit, schließlich galt es einen Mordfall aufzuklären.

Erneut dachte Vito über das Gespräch mit Isabella Simonetti nach. Die Frau war wesentlich jünger als ihr Gatte, mehr als fünfzehn Jahre trennten sie. Sie schien der sportliche Typ zu sein und auch kräftig genug, um mit einer vanghetta auf Simonetti einzuschlagen. Doch wäre sie auch in der Lage, ihrem Mann aufzulauern und ihn zunächst mit einem Ast niederzustrecken?

Es war auch schon mal einfacher gewesen, Morde den Geschlechtern zuzuordnen. Gift, Pilze und sonstige Substanzen, die zum Tode führten, fielen tendenziell in den Zuständigkeitsbereich der Frauen. Wenn es blutig wurde, ein Messer oder gar eine Schusswaffe ins Spiel kam, dann steckte bis auf wenige Ausnahmen meist ein Mann dahinter. Doch auch auf diesem Gebiet zeigte die Emanzipation inzwischen Wirkung, und die Art des Todes ließ nur selten Rückschlüsse auf das Geschlecht zu.

Erneut klopfte es an der Tür. Diesmal war es Maria Totti, die Sekretärin. Sie betrat sein Büro.

»Vito«, sagte sie, sie gehörte zu dem kleinen Kreis, der den Commissario beim Vornamen nannte. »Ich bin in den Akten auf etwas gestoßen, das dich interessieren dürfte.«

»Ich bin ganz Ohr«, entgegnete Vito und richtete sich auf.

»Die Kollegen von der Streife mussten vor etwa acht Monaten wegen häuslicher Gewalt ausrücken«, erklärte sie. »In die Via del Ferrone zu den Simonettis. Offenbar hatten die einen handfesten Krach, und es kam laut Zeugenaussagen sogar zu Tätlichkeiten, schrieben die Kollegen in ihrem Bericht. Die Simonettis selbst haben das in einer Befragung abgestritten. Obwohl es die Nachbarschaft bezeugt hat und der Meisterkoch eine rote Backe hatte, auf der sich die Abdrücke der langen Finger seiner Frau abzeichneten. Ein paar Wochen später ist sie in das Chalet gezogen, und er ist alleine im Haus geblieben.«

Sie reichte ihm die entsprechende Akte.

»Gute Arbeit, Maria. Auf dich ist eben Verlass.«

Maria lächelte, ehe sie das Büro verließ. Er schlug die Akte auf und las. Im Schlussvermerk hatte der eingesetzte Beamte vom zuständigen Revier Porta Romana der Polizia Municipale geschrieben, dass wohl eher die Ehefrau gegenüber ihrem Ehemann handgreiflich geworden war. Sie selbst war beim Eintreffen unverletzt. Da weder Isabella noch Stefano Simonetti Anzeige erstatten wollte, ließ man die Sache auf sich beruhen.

Vito warf die Akte auf den Schreibtisch und blickte nachdenklich zur Decke. Die werte Signora Simonetti schien es faustdick hinter den Ohren zu haben. Bei seinem nächsten

Besuch würde er sie nicht mehr mit Samthandschuhen anfassen. Mal sehen, was passierte, wenn es ihm gelang, sie aus der Reserve zu locken.

Er erhob sich, ging zum Fenster und warf einen Blick in den kleinen Park auf der anderen Straßenseite der Via Fausto Dionisi, in der die Menschen im strahlenden Sonnenschein über die schattigen Wege nahe der Villa Vittoria Firenze flanierten. Ein Krankenwagen mit rotierendem Rotlicht und lauter Sirene brauste über die Via Valfonda in Richtung des Bahnhofs. Vitos Blick folgte dem rot-weiß lackierten Gefährt, das sich zwischen den langsam dahingleitenden Fahrzeugen hindurchschlängelte, um schließlich im Schatten der ehrwürdigen Gebäude am nahen Parco Vittoria Firenze zu verschwinden.

Immer wenn er nachdachte, stand Vito an diesem Fenster. Der Ausblick beflügelte seine Gedanken, und das tiefe Blau des Himmels über der Stadt half ihm dabei, andere Perspektiven einzunehmen.

Ein Klopfen an der Tür riss ihn aus seinen Gedanken.

»Ja«, rief er.

Fraccinelli trat ein. Ein breites Grinsen lag auf seinen Lippen. »Ich weiß jetzt, wer mit dem Wagen unterwegs war. Eine Angestellte des Restaurants hat es mir gesteckt, als ich ihr sagte, dass ich von der Stadtpolizei …«

»Zur Sache, Fraccinelli!«

»Adamo Brambilla, der Souschef, nutzt den Wagen für gewöhnlich. Er fährt damit zum Einkaufen und macht damit Besorgungen. Er hat ihn ab und zu auch mit nach Hause genommen, auch gestern.«

»Brambilla«, wiederholte Vito. »Ist das sicher?«

»Todsicher!«, verkündete Fraccinelli stolz.

Vito trat vor seinen Schreibtisch, zog den Stuhl zu sich heran und setzte sich. »Wo finden wir ihn?«

Fraccinelli blickte auf die Uhr neben der Tür. »Er müsste jetzt im Restaurant sein und die Vorbereitungen für den Abend treffen, das Restaurant öffnet, trotz…«

»Was wissen wir über ihn?«

Fraccinelli zuckte mit den Schultern. »Er ist ein unbeschriebenes Blatt. Soll schon seit sieben Jahren für Simonetti arbeiten. Ansonsten gibt es keine Auffälligkeiten. Polizeilich unbescholten, zahlt pünktlich seine Steuern und scheint ein ruhiges, zurückgezogenes Leben zu führen.«

Vito nahm seinen Stift zur Hand und schrieb den Namen Brambilla auf den Schreibblock.

Er blickte auf. Fraccinelli stand erwartungsvoll vor seinem Schreibtisch.

»Hat sich Conte schon gemeldet?«

Fraccinelli nickte. »Er ist im Wald fertig und nimmt sich jetzt Simonettis Haus in der Via del Ferrone vor. Der Ermittlungsrichter hat den Durchsuchungsbeschluss unterzeichnet.«

Vito fuhr sich nachdenklich mit der Hand über das Kinn. »Gut, dann sollten wir mal ein ernstes Wort mit Brambilla reden.«

»Das sehe ich ebenso, Commissario.«

Schon eilte Fraccinelli zur Tür, als ihn Vito zurückpfiff. »Du wirst Conte unterstützen. Ich will alles über Simonettis Finanzen wissen. Finde heraus, wo das Geld steckt, dann hast du den Täter, hat mir mal jemand gesagt. Signora Gabbiano wird mich ins Tartufo begleiten.«

Enttäuscht wandte sich Fraccinelli um. »Aber Commissario …«

Vito hob abwehrend die Hand. »Beeil dich, Conte wartet sicher schon auf dich. Und vergiss nicht … alles über die Finanzen, klar?«

*

Vito hatte noch eine ganze Weile auf seine neue Kollegin warten müssen, ehe sie der Polizeichef aus seinen Fängen entließ. Er passte sie auf dem langen Flur ab und ging mit ihr in sein Büro.

»Und?«, fragte er. »Was hat der Dottore alles über uns erzählt?«

Laura Gabbiano lächelte. »Das Übliche, und er sagte, dass er mir einen guten Start hier in Florenz wünscht.«

»Ich weiß nicht, ob ein frischer Mordfall tatsächlich ein guter Start für eine Kriminalbeamtin ist, aber auch von mir hier an dieser Stelle ganz offiziell ein herzliches Willkommen in unserem Team. Ich freue mich auf die Zusammenarbeit.«

»Ich freue mich auch, dass ich endlich hier bin.«

»Na dann, verlieren wir keine Zeit. Fraccinelli und Conte durchsuchen Simonettis Stadthaus. Vor allem die Finanzen sind für uns interessant. Ich bin gespannt, ob sie etwas finden. Die Durchsuchung des Chalets hat der Ermittlungsrichter abgelehnt, da es ausschließlich von ihr bewohnt wird und wir derzeit nichts gegen sie in der Hand haben.«

Während er redete, wies Vito zur Tür. »Und wir fahren ins Tartufo und fragen mal den Souschef, weshalb er heute Morgen so überstürzt vom Chalet der Simonettis aufgebrochen ist.«

»Es war der Souschef?«

Vito nickte. »Adamo Brambilla, Souschef im Tartufo. Wir finden ihn im Restaurant in der Küche. Er trifft Vorbereitungen für den Abend.«

Laura Gabbiano zog ihre Stirne kraus. »Sie öffnen das Lokal, obwohl ihr Chefkoch tot im Wald lag?«

Vito zuckte mit den Schultern. »Ja, scheint etwas ungewöhnlich. Wir werden fragen, warum. Auf die Antwort bin ich genauso gespannt wie auf Brambillas Begründung für seinen plötzlichen Aufbruch heute Morgen. Also, gehen wir.«

*

Das Tartufo lag Luftlinie nur einen Kilometer von der Questura entfernt, dennoch dauerte die Fahrt durch die engen und überfüllten Straßen beinahe eine halbe Stunde. Auf der Via Faenza hatte sich ein Laster festgefahren, und sie mussten auf die Via Panzani ausweichen.

»Hier ist der Verkehr genauso schlimm wie in Rom«, bemerkte die Commissaria.

»Manchmal sogar schlimmer«, entgegnete Vito. »Übrigens, wir haben so unsere Methoden, und da Sie neu sind, übernehme ich die Befragung, wenn das für Sie in Ordnung ist?«

Laura Gabbiano stimmte mit einem kurzen Nicken zu.

Nachdem sie die Via de' Cerretani hinter sich gelassen hatten, öffnete sich die große und weite Piazza San Giovanni mit der imposanten Kathedrale und dem Battistero di San Giovanni, der Taufkirche, verkleidet mit weißem Marmor aus Lunigiana und grünem Marmor aus Prato. Sie fuhren an dem achteckigen Prachtbau vorbei und hatten Glück, sie fanden einen Parkplatz in der Via Roma, direkt an der Piazza, an der das Restaurant lag.

Laura Gabbiano stieg aus und blickte sich um. Touristen bevölkerten den Platz, und Gruppen aus aller Herren Länder folgten ihren Reiseführern, die rote, grüne oder gelbe Schirme trugen. »Sehr interessante Bauwerke, und so viele Leute hier«, bemerkte sie.

Vito lächelte. »Das sind die Wahrzeichen unserer Stadt, wenn Ferienzeit ist, dann ist hier noch viel mehr los. Florenz hat viel zu bieten, vielleicht ist es nicht so riesig wie Rom, aber dafür hat es Charme.«

»Auch in Rom gibt es beschauliche Plätze.«

Gemeinsam gingen sie die wenigen Schritte zurück zum Restaurant, das im Außenbereich bestuhlt war. Doch die Stühle waren noch an den Tischen festgekettet. Ein kleiner schmiedeeiserner Zaun umfriedete den Außenbereich des Restaurants, und auf den noch eingeklappten Sonnenschirmen war die rote Florentiner Lilie zu erkennen, das Wappen der Stadt. Vor der Glastür blieben sie stehen. Vito zog daran, doch die Tür war abgeschlossen. Drinnen waren zwei Angestellte zu sehen, offensichtlich damit beschäftigt, die Tische einzudecken. Vito klopfte an der Tür und hielt seinen Dienstausweis dabei in die Höhe. Eine der Angestellten, eine junge Frau mit dunklen, hochgesteckten Haaren, öffnete die Tür.

»Scusi Signore, wir haben geschlossen.«

Vito schob die Tür auf und wies mit dem Kopf auf seine Kollegin. »Commissario Carlucci und meine Kollegin Gabbiano von der Kriminalpolizei. Wir müssen mit Signore Brambilla sprechen.«

Ohne weiteren Kommentar setzte er seinen Weg in Richtung Küche fort, deren Zugang direkt hinter dem mahagonifarbenen Tresen lag. Laura folgte ihm. Sie traten durch die Schwingtür und blieben stehen. Die beiden Anwesenden, ein junger Mann in weißer Küchenmontur und Schürze, der an einem Tisch in der Ecke Karotten schnippelte, und der Souschef, hoch gewachsen mit dunklen, welligen Haaren und mit einem schwarzen Kittel bekleidet, der mit einem großen Messer Fleisch in feine Scheiben schnitt, schauten überrascht auf.

»Guten Tag«, grüßte Vito und stellte sich und seine Kollegin vor. Er wandte sich Brambilla zu, der die beiden Besucher argwöhnisch musterte.

»Signore Brambilla, nehme ich an?«

Brambilla nickte und widmete sich wieder seinem Filetstück.

»Wir müssen uns unterhalten.«

»Weshalb?«, knurrte der Koch.

»Sie wissen sicherlich schon, dass Signore Simonetti im Wald nahe Bucciano tot aufgefunden wurde.«

Brambilla nickte. »Die Signora hat es uns erzählt.«

»Dann wundert es mich, dass Sie dennoch das Restaurant für den Abend vorbereiten.«

Brambilla schnitt ein weiteres Stück aus dem Filet und seufzte. »Was bleibt uns übrig? Ein Stammgast feiert heute hier Geburtstag. Wir erwarten vierzig Personen, manchmal gibt es eben Verpflichtungen, die man einhalten muss. Die Signora sieht es genauso. Wir können es uns nicht leisten, unsere Stammgäste zu enttäuschen.«

»Wäre es da nicht normal, dass der Chefkoch schon morgens da ist?«

»Wieso fragen Sie?«

Vito trat einen Schritt näher an die Küchentheke heran und warf einen Blick auf das Filetstück. »Na, wenn ein Stammgast feiert, dann wird er doch von Anfang an alles koordinieren wollen, oder? Stattdessen geht er in den Wald, um Trüffel zu suchen. Ich finde das sonderbar.«

Brambilla wendete das Filetstück, von dem nur noch wenig übrig war. »Er sagte mir, ich solle schon alles vorbereiten. Er wollte am frühen Abend dazukommen. Er wusste, dass er sich auf mich verlassen kann. Die Gesellschaft hat sich für acht Uhr angemeldet, und der Außenbereich bleibt heute geschlossen.«

»Dann ist es wohl ein sehr honoriger Stammgast.«

Brambilla nickte. »Das will ich meinen. Professore Ghilardi, der Direktor der Galleria dell' Accademia. Wir wollen ihm den Abend so angenehm wie möglich gestalten. Das wäre auch in Stefanos Sinne.«

»Waren Sie deshalb heute Morgen bei Signora Simonetti im Chalet?«

Vito achtete genau auf Brambillas Reaktion. Der Gesichtsausdruck und die Mimik eines Verdächtigen sagten viel über seine Gedanken aus, doch Brambilla zeigte keine Regung. Im Gegenteil, er blieb ruhig und schnitt mit sicherer Hand ein weiteres papierdünnes Stück aus dem Filet.

»Es ging um die Details der Tischdekoration«, antwortete er beiläufig. »Es gab da noch ein paar Punkte zu besprechen.«

»Mit der Signora?«

»Stefano war nicht da. Aber ich rechnete auch nicht damit, ihn dort anzutreffen.«

»Um was ging es denn, wenn ich fragen darf?«

Er zuckte mit den Schultern. »Um den Blumenschmuck und die Tischkarten. Die Signora ist Malerin und hat ein Händchen dafür, außerdem müssen die Blumen und die Gesamtdekoration zusammenpassen und mit den Karten harmonieren. In einem Restaurant wie dem Tartufo muss jedes Detail stimmen. Das ist unser Anspruch. Das sind wir unseren Gästen schuldig. Wir wollen, dass sich der Professore bei uns an seinem Ehrentag wohlfühlt.«

»Und, passt alles zusammen?«

Der Souschef wies durch die Küchentür in den Gastraum. »Schauen Sie selbst.«

»Wann sind Sie denn nach Bucciano gefahren, um die Karten zu holen und mit der Signora zu sprechen?«

Brambilla wiegte den Kopf hin und her. »So gegen neun, schätze ich.«

»Mit dem blauen Transporter, richtig?«

Er nickte.

Vito überlegte. »Wo sind Sie losgefahren?«

»Von zu Hause.«

»Das wäre?«

»Ich wohne in der Via Rosolino Pilo, in der Nähe vom Stadion und hatte den Wagen. Aber das wissen Sie ja sicherlich schon, Commissario.«

»Vierzig bis fünfzig Minuten, schätze ich, sind Sie etwa unterwegs gewesen.«

Er schüttelte den Kopf. »Über eine Stunde habe ich gebraucht. Der Verkehr ist Wahnsinn, unter der Woche. Nur leider traf ich Stefano nicht mehr an, er war wohl schon aufgebrochen. Und ihn in dem dichten Wald zu finden, das ist nahezu unmöglich. Glücklicherweise wusste Signora Simonetti, welche Farbe der Professore liebt.«

»Sie sind recht schnell vom Grundstück losgefahren. Es sah beinahe wie eine Flucht aus.«

Brambilla lächelte. »Ich hatte es eilig. Ich musste die Blumen noch besorgen und den Wein für den heutigen Abend, und jetzt stehe ich hier, Sie sehen es ja selbst. Ich hatte es eilig, es ist noch sehr viel vorzubereiten. Ein Menü aus vier Gängen kocht sich nicht von selbst.«

KAPITEL 6

LAURA BLICKTE ERSTAUNT zu Commissario Carlucci. Er konnte doch unmöglich diese fadenscheinige Ausrede von Brambilla glauben. Der Koch schien sich dessen sehr bewusst, dass man ihn nach allgemeinen Standards als gut aussehend bezeichnen konnte, und hatte eine arrogante und überhebliche Art, die Laura missfiel. Sie selbst hatte er keines zweiten Blickes gewürdigt.

Brambilla nahm das zu Carpaccio geschnittene Fleisch und schob es mit dem Messer in eine Metallschale. Dann griff er nach einem zweiten Filet, das in einer Schüssel auf seine Verarbeitung wartete, und legte es auf das Brett vor sich. Ganz so, als wäre die Befragung etwas, was ihn weder interessierte noch etwas anging. Ein weiterer Koch, ein hochgeschossener Mann mit Pickelnarben und jugendlichen Gesichtszügen, in der gleichen edlen Kochmontur wie Brambilla, betrat die Küche und stellte sich an den Herd gegenüber dem Souschef. Ohne auf die Kommissare oder seinen Vorgesetzten zu achten, begann er Fett in einen Topf zu geben.

Brambilla setzte seinerseits wieder ungerührt das Messer am neuen Filetstück an, während auf dem Herd Zwiebeln im heißen Fett zischten. Ein süßlicher Geruch durchzog die Küche. Der Beikoch rührte im Topf, aber Laura konnte erkennen, dass sein Blick immer wieder von seinem Gegenüber zu den Kommissaren wanderte. Wenigstens einer, der begierig darauf war zu erfahren, was mit Simonetti geschehen war.

Vito Carlucci griff in seine Hosentasche, holte sein kleines Notizbuch heraus und schlug es auf. Die Stille nach Brambillas unhöflicher Aussage zog sich in die Länge und wurde dichter und schwerer. Laura hoffte, dass der Commissario etwas sagen würde, aber er blätterte nur in seinem Notizbuch und schien abzuwarten.

»Signore Brambilla, halten Sie uns für so dämlich?« Das war ihr so rausgerutscht. Sie hatte Carlucci die Befragung wirklich überlassen wollen, aber ihr neuer Partner schien den Souschef einfach nicht in die Zange nehmen zu wollen.

Dieser schnitt in aller Seelenruhe das zweite Filet auf, hauchdünne, blutrote Scheiben feinsten Rindfleisches, und antwortete, ohne sie auch nur eines Blickes zu würdigen: »Das hier ist ein Dreisternerestaurant. Ich schneide hier gerade Fleisch, das mehr kostet, als Sie an einem Tag verdienen, cuore. Das ist Filet von Chianinarindern und verdient mehr Aufmerksamkeit als Ihre dummen Fragen.«

Laura wurde wütend, und sie ignorierte Vito Carluccis Stirnrunzeln. Sie konzentrierte sich ganz auf Adamo Brambilla.

»Offenbar sind wir nicht so dämlich, wie Sie glauben. Sie hätten ohne Weiteres einen Mitarbeiter schicken können, um die Karten abzuholen, oder etwa nicht? Aber nein, trotz der Tatsache, dass Sie angeblich so viel zu tun haben, rasen Sie nach Bucciano, um einfache Botengänge zu erledigen. Die Tischdekoration gehört doch sicherlich nicht zu Ihren Aufgaben.«

Brambilla richtete sich auf, ließ die Hand mit dem Messer sinken und schenkte ihr jetzt endlich seine volle Aufmerksamkeit. Das arrogante, siegessichere Lächeln war ein wenig verrutscht, Wut blitzte in seinen Augen auf. »Wenn Sie nicht die richtigen Fragen stellen, kann ich nichts dafür.«

Laura starrte ihn an und beugte sich dann ein wenig vor. »Warum sind Sie wirklich nach Bucciano gefahren?«

»Unser Chef de Rang hatte heute keine Zeit, also musste ich mit dem Lieferwagen in der Nähe von San Miniato den Wein abholen. Es war nur ein kleiner Abstecher zu Stefanos Chalet. Ich war schon in der Nähe, da schien mir der kurze Umweg sinnvoll. Immerhin ist bei uns der Kunde König.«

Laura sah aus dem Augenwinkel, wie sich Vito Carlucci etwas in seinem Notizbuch notierte.

»Ich glaube Ihnen den Grund immer noch nicht. Ihr Versuch, uns hier eine billige Ausrede aufzutischen, ist mehr als offensichtlich. Sie lügen, und ich werde Sie jetzt zur Befragung mit in die Questura nehmen, Signore.«

Plötzlich sprang Brambilla auf und riss die Arme in die Höhe. Das Messer blitzte auf, als ein Schwall an Schimpfwörtern auf Laura niederging.

Laura wartete nun ihrerseits ungerührt seine Tirade ab.

»Signore, ich warne Sie«, begann sie, und ihre Stimme klang jetzt hart und unerschrocken. »Warum waren Sie wirklich in Bucciano? Doch nicht wegen der Tischdekoration. Dann hätten Sie auch nicht wie von allen Teufeln geritten mit dem Wagen losrasen müssen, als Sie dachten, es bekommt keiner mit. Sie wollten zu Simonettis Frau – ein kleines Intermezzo vor der Arbeit? Isabella Simonetti ist sehr attraktiv. Nur Pech, dass sich der gehörnte Ehemann an diesem Tag ganz in der Nähe aufhielt, oder? Das klingt doch viel plausibler als Ihre an den Haaren herbeigezogene Geschichte. Sie waren bei Isabella Simonetti, aber sie hat Ihnen etwas ganz anderes geflüstert als das, was Sie eben zu Protokoll gegeben haben.«

Die Aufmerksamkeit ihres Kollegen lag auf dem Koch, der das riesige Filetiermesser so fest umklammerte, dass seine Fingerknöchel weiß hervortraten. Die Spitze war auf Laura gerichtet, und sie war sich sicher, dass Vito Carlucci insgeheim ihre Impulsivität verfluchte. Sie wusste, dass sie die richtigen Fragen stellte, die richtigen Schlüsse zog, aber dies war, so dachte er bestimmt, nicht die Zeit oder der Ort, um jemanden so heftig in die Mangel zu nehmen. Es gab zu viele Anwesende, zu viele gefährliche Gegenstände und zu viel Ego in dieser Sterneküche.

Der Koch war wütend, das Messer in seiner Hand funkelte bedrohlich, seine Stimme bebte vor Zorn: »Ich wollte mit ihm reden, weil der idiota uns hier im Stich gelassen hat! Er hat die Gehälter noch nicht überwiesen, aber für seinen Morgenspaziergang hatte er Zeit, der feine Herr, während wir Überstunden machen. Ich wollte den stolto zur Rede stellen und ihm eine letzte Frist für die Gehaltszahlung setzen!«

Brambilla trat aufgebracht einen Schritt auf Laura zu, stand jetzt dicht vor ihr. Mit dem Messer hatte er bei seiner Beschimpfung wild gestikulierend mehrfach vor der Commissaria in die Luft gestochen. Laura sah, dass sich die Hand ihres Kollegen langsam zu seinem Holster bewegte. Sie selbst blieb ruhig stehen, ließ den Koch, der weiter wetterte, aber nicht aus den Augen.

»Obwohl ich so früh zu ihm gefahren bin, habe ich ihn verpasst. Er war schon im Wald, Trüffel suchen mit dem Köter, während wir hier in Arbeit ersticken.«

Brambilla war hochrot im Gesicht.

»Ich habe kein Verhältnis mit Isabella! Und jetzt wollen Sie mich verhaften? Probieren Sie es ruhig, Sie werden ja sehen, wie weit Sie kommen. Ich bringe doch nicht den Mann um, der mir Geld schuldet.«

Brambilla starrte Laura an, die Augen zu Schlitzen verengt, das Messer noch immer auf sie gerichtet. Erst jetzt trat sie einen Schritt zurück.

»Messer runter, sofort!« befahl sie Brambilla mit einer kalten Stimme, die den Koch kurz zu verwirren schien.

»Sie verbieten mir nichts in meiner Küche!«, rief er dann jedoch außer sich vor Wut.

Das Messer fuhr vor Laura durch die Luft, noch einmal wich sie zurück. Dem Beikoch stand der Mund offen, Laura nahm den beißenden Geruch von angebrannten Zwiebeln wahr. Sie behielt jede Regung des Kochs im Blick. Schweiß bildete sich auf ihrer Stirn.

»Legen Sie das Messer weg, Brambilla!«

Vito Carluccis beherrschte Stimme schien zum Koch durchzudringen, fragend starrte er auf seine rechte Hand und ließ dann, als erschreckte er vor sich selbst, das Messer los. Klirrend fiel es vor Laura auf den Fliesenboden.

»Scusi Signora, ich wollte nicht …«, stammelte der Koch. Dann drehte er sich zum Beikoch um, der seinen Chef nicht aus den Augen gelassen hatte.

»Ablöschen, du rimbambito! Die Zwiebeln verbrennen!«

Der Moment der Bedrohung war vorbei, Laura entspannte sich ein wenig.

Sogar Brambilla beruhigte sich, er fuhr sich mit der Hand über die Augen und seufzte. »Scusi.«

Laura akzeptierte die neuerliche Entschuldigung mit einem knappen Nicken.

Auch der Commissario war sichtlich erleichtert und offenbar vernünftig genug, die Szene nicht überzubewerten. Laura kannte Kollegen, die den Souschef sofort in den Schwitzkasten genommen und ihm Handschellen angelegt hätten. Vito Carlucci beließ es dabei, ihr mit einem Blick zu signalisieren, dass er nun wieder die Regie übernehmen würde und sie sich zurückhalten sollte.

»In Ordnung. Wir würden gern noch mit den anderen Angestellten sprechen. Wenn wir noch etwas benötigen, kommen wir auf Sie zu.« Seine Stimme war gefasst, als er sich an den jungen Mann in Weiß wandte. »Wie ist Ihr Name?«

Der Beikoch schluckte, sein Adamsapfel tanzte auf und ab. »Maurizio Galli. Ich bin Lehrling.«

Vito Carlucci nickte dem nervösen Jungspund zu. »Stimmt

es, was Signore Brambilla sagt? Hat er den Wein geholt? Und ist Simonetti mit den Gehältern im Rückstand?«

Der junge Mann nickte eifrig, und der Commissario lächelte ihm zu, bevor er sich an den zweiten Koch wandte, der die gleiche Kluft wie Brambilla trug und konzentriert in einem Topf rührte. Der Duft von verkochendem Rotwein hatte den Geruch des Verbrannten abgelöst, Dampfschwaden hingen in der Luft.

»Wie ist Ihr Name?«

»Paolo Parisi«, antwortete der Beikoch, während er weiterrührte. »Ich bin hier Koch und ja, wir haben noch keine Bezahlung für den letzten Monat erhalten.« Er warf Brambilla einen Blick zu. Vito Carlucci nickte kurz Laura zu, die abwartete, was er nun vorhatte. Dann wandte er sich wieder an den Koch.

»Signore Brambilla, wir werden noch die Angestellten im Service befragen. Ich bitte Sie, uns eine komplette Liste des Personals zur Verfügung zu stellen, ebenso wie eine Liste mit allen Personen, die hier regelmäßig etwas anliefern oder abholen.«

»Si, Commissario. Ich werde das veranlassen«, sagte Brambilla nun fast ein wenig kleinlaut. »Bis auf Mia und Julia sind alle vom Service heute hier. Sie können direkt mit ihnen sprechen.« Er zeigte auf die Tür zum Restaurant.

Der Commissario bedeutete Laura, ihm zu folgen. Sein Blick war dabei streng, und Laura seufzte leise, bevor sie nach ihm den Gastraum betrat.

Hier war es kühl, die Aircondition brummte leise. Auf der langen Mahagonitheke lagen Servietten, daneben standen teure Keramik und Kristallgläser. Zu den zwei Angestellten von vorhin waren zwei weitere dazugestoßen, ein älterer Mann und eine streng blickende Mittvierzigerin.

Laura trat hinter dem Commissario zu den Angestellten und atmete erleichtert durch, froh, dem Zwiebelgestank in der Küche entkommen zu sein.

Vito Carlucci wandte sich derweil ruhig an die Mitarbeiter. »Wer ist hier der Chef de Rang?«

Der ältere Kellner deutete auf die strenge Frau, deren Blick zu den Kommissaren wanderte.

»Das bin ich, Signore. Anna Vitale …«

»Signora Gabbiano, würden Sie Signora Vitale befragen? Ich werde mit Signore …« Er sah zu dem Mitarbeiter in der weißen Jacke.

»Bardini, zweiter Chef de Rang«, antwortet der kleine, grauhaarige Mann nervös.

»Mit Signore Bardini sprechen«, vervollständigte Vito Carlucci seinen Satz.

Laura nickte und bat die Servicechefin, ihr zu folgen. Sie gingen zu einem nicht eingedeckten Tisch am Ende des Raumes. Währenddessen trat Carlucci mit seinem Zeugen vor die Tür, offenbar um ihn ohne die wachsamen Ohren der beiden jungen Frauen befragen zu können, die an der Theke das Geschirr kontrollierten.

Am anderen Ende des Restaurants angelangt, setzten sich Laura und die Chef de Rang an einen der dunklen Holztische mit Blick auf die Fensterfront zur Terrasse. Laura zog ihr kleines Notizbuch aus der Jackentasche. »Signora Vitale, wie lang arbeiten Sie schon für Simonetti?«

Die Frau sah sie ruhig an. Das schwarze, dichte Haar war mit einzelnen grauen Strähnen durchzogen und zu einem strengen Dutt zusammengefasst. Sie trug die gleiche Jacke wie Brambilla. Im Vergleich zum Souschef schien sie mit deutlich weniger Temperament gesegnet.

»Seit fünf Jahren, Signora. Seit zwei Jahren als Chef de Rang.«

Laura notierte es sich und blickte dann zur Theke, wo die beiden jungen Frauen weiter eifrig Gläser und Besteck polierten und ab und an herüberspähten.

»Wären Sie heute nicht für die Dekoration und das Ambiente zuständig gewesen?«

»Schon, aber Adamo …, ich meine Signore Brambilla wollte das erledigen. Ich musste mich heute Morgen um meine Enkelin kümmern, meine Tochter hatte einen Arzttermin. Außerdem hoffte er, dort noch einmal abseits des Trubels im Restaurant mit Signore Simonetti sprechen zu können. Hier hat man ja kaum mal eine freie Minute.«

»Ich verstehe, wie war Signore Simonetti als Chef?«

Ein schmallippiges Lächeln erschien auf dem Gesicht der Chef de Rang. »Wie ein Sternekoch als Chef eben so ist. Kreative Köpfe haben immer Temperament. Ich kam gut mit ihm aus. Man musste wissen, wie man ihn nehmen musste.«

Laura hob den Kopf. Der leise Unterton war ihr nicht entgangen. »Wie musste man ihn denn nehmen?«

»Er war ein typischer Macho. Da konnte es schon mal zu Missverständnissen kommen.«

Die Kommissarin sah, wie der Blick von Signora Vitale kurz zu den zwei attraktiven Servicekräften huschte. »Und wie war es beim restlichen Personal? Würden Ihre Kolleginnen und Kollegen mir das auch bestätigen?« Laura überlegte kurz, bevor sie fortfuhr, und entschied sich, einen Schuss ins Blaue zu wagen. »Oder auch Ex-Kolleginnen? Was würden sie über Simonetti sagen?«

Ein Schatten huschte über das Gesicht der Servicechefin. »Er hatte keine Bedenken, wenn es um … persönliche Beziehungen am Arbeitsplatz ging. Aber er ist nie irgendjemandem in unangemessener Form zu nahe getreten. Meist kündigten die jungen Damen, wenn die Affäre vorbei war, aber keine hat sich jemals negativ über ihn geäußert, soweit ich weiß.«

Laura war nun doch über Signora Vitales Offenheit erstaunt. Die Frau zögerte kurz, um dann mit leiserer Stimme fortzufahren. »Oder sie arrangierten sich und sahen ein, dass er, wenn er bekommen hatte, was er wollte, sein Interesse verlagerte. Was die Qualität der Arbeit betraf, da konnte er komplett ausrasten. In letzter Zeit noch mehr als früher. Mit jedem Stern kam mehr Druck dazu, was sich auch auf seine Launen auswirkte.«

Laura machte sich kurz Notizen, sah sich im Restaurant um. »Gibt es irgendjemand, der mehr als üblich von ihm unter Druck gesetzt wurde? Der vielleicht einen so heftigen Groll gehegt hat, dass er einen Mord begehen würde?«

Entsetzt starrte Anna Vitale die Commissaria an. »Von uns? Nein. Und auch keiner der ehemaligen Angestellten. Ja, er war nicht gerade der netteste Chef, er konnte sogar ein ausgesprochenes Ekel sein, aber er hat immer gute Zeugnisse ausgestellt und auch Empfehlungen ausgesprochen.

Er hatte einen Ruf zu verlieren, verstehen Sie mich nicht falsch. Aus Nettigkeit hat er es nicht getan, aber er wusste, was er zu tun hatte, um seine Weste sauber zu halten. Man könnte sagen, er hat immer das gemacht, was für ihn und den Ruf des Restaurants sinnvoll war.«

Laura notierte sich erneut ein paar Stichpunkte. »Und seine Frau? Sie hat früher mit ihm zusammengearbeitet. Wie war das Verhältnis zu ihr? War sie hier gar nicht mehr tätig?«

Anna Vitale verzog den Mund und wich dem Blick der Kommissarin aus. »Man soll nicht schlecht über Tote reden, Signora. Aber Simonetti ... sagen wir es so, es gibt Männer, die ihren Frauen dankbar sind, wenn diese ihren Erfolg mittragen. Auch noch am Ende der Karriereleiter. Und dann gibt es Männer, die auf dem Weg nach oben alles abwerfen, von dem sie denken, dass es Ballast ist.«

»Isabella Simonetti war Ballast für ihren Mann?«

Anna seufzte. »Ja. Ihm ist der Erfolg zu Kopf gestiegen. Für ihn gab es nur noch mehr Sterne, mehr Publicity und den Wettkampf mit Lorano. Als er Isabella zugunsten meines Vorgängers quasi aus dem Restaurant warf, stand die Ehe schon auf sehr wackeligen Beinen. Sein Argument, dass er nur professionelle Leute im Service wollte, hat sie sehr verletzt, und sie hat sich komplett zurückgezogen.«

Laura sah, wie eine der Servicekräfte gerade mit einer Flasche Wasser und zwei Gläsern nach draußen eilte, wo Vito Carlucci sich mit seinem Zeugen unter einem rasch ausgeklappten Sonnenschirm vor dem Restaurant niedergelassen hatte.

»Lorano? Wer ist das?«

Ein Ausdruck, als ob sie das wissen müsste, huschte über das Gesicht der Zeugin. »Alessio Lorano. Er und Stefano waren gute Freunde, bis sie beide in den Wettstreit traten, wer die meisten Sterne erkochen konnte. Lorano hat behauptet, das Rezept für die Gnocchi alla Romana con Tartufo hätte Stefano von ihm geklaut, es sei eins zu eins das von Loranos Großmutter.«

»Wie war das Verhältnis von Simonetti und Brambilla?«

»Angespannt. Sie haben sich ständig gestritten, aber Adamo und er brauchten einander. Simonetti hätte nie den besten Souschef in Florenz entlassen, genauso wenig wie Adamo in ein zweitklassiges Restaurant gewechselt wäre.«

Laura lächelte die Frau an, die ihren Blick gleichmütig erwiderte. »Stimmt es, dass Simonetti mit Gehaltszahlungen im Rückstand war?«

Das Gesicht von Signora Vitale bekam einen harten Zug. »Das ist korrekt. Stefano hat uns vor drei Monaten informiert, dass er den Steuerberater gewechselt hat und es zu Verzögerungen bei den Zahlungen kommen kann, aber das ist jetzt schon der dritte Monat in Folge, in dem unser Gehalt zu spät kommt. Wir sind alle nicht begeistert, aber bisher ist er uns nie etwas schuldig geblieben. Signore Brambilla hat sich für uns stark gemacht, immerhin müssen wir alle auch unsere Ausgaben decken.«

»Aber Geldsorgen kann er doch keine gehabt haben, oder? Das Restaurant lief gut?«, fragte Laura wie beiläufig.

»Wo denken Sie hin. Er hat einen Großteil der Trüffel selbst gesammelt, er war eine Koryphäe auf dem Gebiet. Und da er eine Lizenz und gute Hunde hatte, konnten wir unseren Gästen immer die höchste Qualität bieten. Selbst wenn er keine Zeit hatte, selbst in den Wald zu gehen, half es ihm, dass er so eine Nase für die Qualität hatte. Dann kaufte er nur die besten Knollen ein. Die meisten unserer Speisen sind mit Trüffeln. Das Restaurant läuft nicht nur gut, wir gelten als *die* Adresse für Trüffelgerichte in Florenz und Umgebung. Zum Teil kommen die Leute sogar aus Mailand und Bologna.« Sie deutete auf die Kreidetafel, auf der Tagesgerichte standen. Es stimmte, beinahe jedes Gericht enthielt die Pilze.

»Stefano hat immer dafür gesorgt, dass wir der Konkurrenz um eine Nasenlänge voraus waren. Da konnte keiner mithalten, er hatte die Kontakte und die Fachkompetenz, wusste immer genau, wo und wann er einkaufen musste, wenn er selbst nichts fand, was seinen Ansprüchen genügte. Jeder Amateur kann Trüffel kaufen, aber nur ein Kenner wird sich die richtige Knolle aussuchen und diese dann in ein himmlisches Gericht verwandeln. Es ist so etwas wie die Identität dieses Hauses, die wir alle ernst nehmen, und Simonetti hat uns das alles vermittelt. Jeder hier hat etwas über die Grundlagen gelernt, jeder musste einmal mit ihm zur Trüffelsuche nach Bucciano. Jeder Angestellte hier kennt die Unterschiede zwischen Sommer- und Wintertrüffel oder braunem und weißem Trüffel.«

»Also ist es allgemein bekannt, dass es in ganz Florenz kein anderes Restaurant gibt, das sich, wenn es um Trüffel geht, mit Simonettis messen kann?«

In den Augen der Frau blitzte etwas auf. »Lorano denkt zwar, er könnte die gleiche Qualität und Leistung abliefern, aber er hat ja nur zwei Sterne. Und das aus gutem Grund. Sind wir fertig?«

Laura war etwas überrascht über die Frage, aber es passte zu Vitales direkter Art. Sie nickte und die Chef de Rang stand auf. Auch Laura erhob sich. »Ich muss jetzt den Service weiter vorbereiten, wir haben eine Abendgesellschaft.«

Laura blickte zur Theke, der ältere Mann war wieder hereingekommen, nur eine Servicekraft stand bei ihm. Die andere saß vor der Tür bei Vito Carlucci am Tisch.

»Danke, Signora Vitale. Könnten Sie mir die junge Dame, die an der Theke steht, schicken? Und wenn Ihnen noch etwas einfällt, melden Sie sich bei uns. Mein Partner wird Ihnen eine Karte geben. Danke für Ihre Zeit.«

Als kurz darauf die Servicekraft von der Theke, eine kleine, zierliche Person mit nervösem Blick, in ihrem schwarzweißen Kellneroutfit an den Tisch trat, lächelte Laura sie freundlich an.

»Buon giorno. Laura Gabbiano, ich bin von der Kriminalpolizei Florenz. Verraten Sie mir Ihren Namen?«

Die Frau schluckte und nickte befangen. »Caterina Albero.« Die Stimme klang leise und zitterte leicht.

»Sie wissen, warum ich hier bin?«

Erneut nickte die junge Frau. »Sie sind hier wegen Signore Simonetti. Er ist tot. Signora Vitale hat es uns mitgeteilt. Ich kann es immer noch nicht glauben. Ich hoffe, wir können unsere Stellen behalten und das Restaurant wird nicht geschlossen.« Ihre Augen sahen rot aus, als hätte sie geweint.

Laura überlegte. Der Blick der Chef de Rang, als sie über Simonettis Angewohnheiten gesprochen hat, die verweinten

Augen der jungen Frau, die Aussage, dass alle Angestellten einmal mit dem Starkoch auf Trüffelsuche hatten gehen müssen …

»Wie lange arbeiten Sie schon hier?«

Die junge Frau zog ein zerknülltes Taschentuch aus ihrem Rock und putzte sich umständlich die Nase, während sich Tränen in ihren Augen sammelten. »Noch nicht so lange. Knapp zwei Monate.«

Laura lächelte, notierte es und blickte die Kellnerin an. »Sie scheinen sehr betroffen.«

Nun blitzte definitiv Unsicherheit im Blick der Frau auf. »Er war mein Chef. Natürlich bin ich betroffen!«

Laura sah nach draußen. Carlucci schien fertig zu sein, er saß allein vor dem Restaurant und blickte auffordernd zu ihr herüber.

»Sie scheinen ihn besonders gemocht zu haben. Er mochte Sie auch, oder irre ich mich? Waren Sie mit ihm auf Trüffelsuche? Allein in den Wäldern um San Miniato?«

Sie wurde blass. Ihr Instinkt hatte sie nicht getrogen. Die Kellnerin wurde sichtlich verlegen, und Tränen liefen ihr jetzt über die Wangen.

»Sie hatten ein Verhältnis, richtig?«

Die junge Frau zuckte zusammen.

»Sagen Sie es mir, ich behandle das selbstverständlich vertraulich. Aber es ist besser, wenn Sie gleich ehrlich sind. Das erspart Ihnen und uns eine Menge Ärger.«

Die Kellnerin zögerte kurz, dann antwortete sie schnell, aber sehr leise. Laura hatte Mühe, ihre Worte zu verstehen. »Es war nur einmal. Als wir in seinem Haus hier in Florenz waren, um seine Hunde Ambra und Gonzo für die Trüffelsuche zu holen. Er hat mir alles erklärt, wie man die Trüffel ausgräbt, und mir das Anwesen gezeigt, sogar den Kühlraum bei den Hundezwingern, wo er seine Trüffel lagerte. Wir haben Chianti getrunken, und dann hat er gefragt, ob ich noch das Haus sehen will, bevor wir in den Wald gehen. Eins führte zum anderen … Bitte, es darf wirklich niemand wissen. Ich bin verlobt.« Die letzten Worte klangen verzweifelt und beschwörend.

»Wo waren Sie heute Morgen?«

Entsetzt sah Caterina Albero Laura an. »Bei meinem Verlobten! Zu Hause. Er hat heute Geburtstag, und wir haben zusammen gefrühstückt. Aber bitte, sagen Sie ihm nichts. Und etwas später, so um neun Uhr, war ich bei seiner Mutter, um die Feier vorzubereiten. Von dort bin ich direkt hierhergekommen.«

Laura notierte sich alles und nickte dann. »Danke sehr. Ich melde mich, wenn wir noch Fragen haben.«

Die Kellnerin eilte davon, und Laura stand auf, um nach draußen zu Carlucci zu gehen. Sie war noch nicht konkret weitergekommen, hatte aber ein paar Ideen, in welche Richtung man die Ermittlungen intensivieren konnte. Sie musste mit ihrem Partner abstimmen, was er herausgefunden hatte. Die Angst der Kellnerin, dass ihr Verlobter etwas von ihrem Seitensprung erfuhr, schien echt. Aber warum hätte sie ihren Chef umbringen sollen?

Als Nächstes musste der Konkurrent befragt werden. Auch wenn der vermeintliche Raub eines Trüffelrezepts nicht unbedingt nach einem starken Mordmotiv klang.

Und dann noch einmal Simonettis Frau. Sie hatte das ein oder andere bei ihrer Vernehmung unter den Tisch fallen lassen.

Laura trat vor das Restaurant, auf die Terrasse, auf der Carlucci saß und abwesend zur Taufkirche in der Mitte des Platzes starrte.

Als er sie bemerkte, wurde sein Blick ernst.

»Setzen Sie sich, Commissaria Gabbiano. Ich habe uns zwei Espresso bestellt. Wir müssen, denke ich, etwas klarstellen.« Commissario Carlucci hatte die Szene in der Küche nicht vergessen.

KAPITEL 7

DIE BEFRAGUNG DES zweiten Chef de Rang war schnell erledigt gewesen. Wenn man Geheimnisse sicher verwahren wollte, dann war man bei Bardini wohl an der richtigen Adresse. Dieser Mann hätte einen guten Slalomfahrer abgegeben, so wie er sich durch das Labyrinth der Fragen lavierte.

…ist mir gar nicht aufgefallen, …tut mir leid, dazu kann ich nichts sagen …, mit der Zeit kümmert man sich nur noch um sich selbst …, so in etwa fielen seine Antworten aus. Bis auf die Sache mit dem Lohn, die er ebenfalls bestätigte und auf den neuen Steuerberater schob, so wie es bereits Signore Brambillo getan hatte.

Vito hatte genug, er war müde und fühlte sich wie gerädert. Jetzt wollte er im Schatten der Kathedrale mit Laura Gabbiano den Espresso trinken, den Signora Vitale brachte. Aber es gab Gesprächsbedarf.

Laura hatte sich neben ihn gesetzt, vor ihnen standen die

beiden Tassen nebst einem Glas Wasser, so wie es sich für ein gutes Restaurant gehörte.

»Trinken Sie, ich denke, das tut uns beiden gut«, sagte Vito und griff nach dem Cantuccino.

Laura Gabbiano lächelte ihn an. Vito machte eine kleine Pause, dann fing er an: »Ich will ehrlich sein. Ich schätze es nicht, wenn man sich nicht an die Absprachen hält. Ausgemacht war, ich frage und Sie hören genau zu und beobachten, oder irre ich mich?«

»Sie meinen wegen Brambilla?«

»Genau das meine ich!«

»Er wollte uns doch nur an der Nase herumführen«, wandte Laura ein. »Oder haben Sie ihm etwa diese billige Ausrede mit den Tischkarten und den Blumen geglaubt?«

Vitos Blick folgte kurz einer Gruppe japanischer Touristen, die ihrem Reiseleiter hinterherhetzte, der einen roten Regenschirm in die Höhe hielt.

»Der Mann lügt, da bin ich mir sicher«, fügte Laura Gabbiano hinzu.

»Mag sein«, erwiderte Vito, »aber bei der ersten Befragung eines Verdächtigen gehen wir nicht mit einer groben Sense über die Wiese, wir tasten uns Stück um Stück voran und beobachten genau, was passiert. Das ist der bessere Weg.«

Laura Gabbiano schüttelte den Kopf. »Er ist ganz schön aus der Haut gefahren, als ich ihn unter Druck gesetzt habe, und er hat mich mit dem Messer bedroht, während Sie einfach nur danebenstanden.«

»Er hatte das Messer in der Hand. Aber er hätte Ihnen nie etwas getan.«

»Was lässt Sie da so sicher sein?«

Vito nahm die Tasse in die Hand und schlürfte hörbar an seinem Espresso.

»Ich kann unterscheiden, ob jemand einen Menschen mit einem Messer bedroht oder ein totes Stück Fleisch.«

Laura Gabbiano nippte an ihrem Espresso. Sie schien nach den richtigen Worten zu suchen und zog es dann offenbar vor, erst einmal zu schweigen.

»Was haben Sie von den Bedienungen erfahren?«, fragte er.

Sie räusperte sich. »Signora Vitale ist keine einfache Kellnerin, sie ist Chef de Rang und somit für den Service verantwortlich …«

»… ich weiß, was ein Chef de Rang ist«, entgegnete Vito gereizt.

Laura Gabbiano schwieg einen Augenblick und warf ihm einen missbilligenden Blick zu.

»Scusi«, setzte er wieder an, »ich wollte damit nur sagen … wir können es abkürzen.«

»Also gut, die Chef de Rang meinte, dass die Belegschaft schon seit einem Monat keinen Lohn mehr erhalten hat.«

»Das hat Bardini ebenfalls bestätigt, sonst noch etwas?«

Die Commissaria berichtete ihm, was sie von Anna Vitale erfahren hatte, auch über das zerrüttete Verhältnis zum Konkurrenten Lorano und dem vermeintlich gestohlenen Rezept. Noch mehr Bedeutung maß sie allerdings dem Umstand bei, dass sich Simonetti offenbar gerne mit den jungen Angestellten einließ. Dass er sie mit zu sich nahm und dort verführte, so wie es Catarina Albero letztlich kleinlaut eingestanden hatte.

»Das dachte ich mir bereits«, erklärte Vito.

Seine Kollegin runzelte die Stirn. »Und wieso, wenn ich fragen darf?«

»Maria hat ein klein wenig im Internet über Simonetti recherchiert. Es gibt dort viele Fotos, auf denen er mit jungen, hübschen Damen abgelichtet ist. Von Ehebruch und außerehelichen Verhältnissen ist dort die Rede. Auch wenn im Netz viel Blödsinn steht, hier sind es schon ziemlich viele Hinweise. Ich finde, so etwas ist bezeichnend, und auch die Sache mit den Finanzen ist sicherlich nicht aus der Luft gegriffen. Simonetti war offenbar auch regelmäßiger Gast in Spielbanken. Ich denke, da liegt etwas im Argen. Ich habe Fraccinelli mit den entsprechenden Recherchen beauftragt und ich bin sicher, er wird reichlich Material finden. Wenn man ihn mit einer Aufgabe betraut, dann beißt er sich fest wie ein Krokodil, da lässt er keinen Zentimeter locker.«

Laura Gabbiano überlegte einen Augenblick. »Das würde zu der Aussage passen, dass es bislang noch keinen Lohn gab.«

»Mal sehen, was die Durchsuchung von Simonettis Anwesen in der Via del Ferrone ergibt. Eigentlich sollten Fraccinelli und Conte dort schon zugange sein.«

Commissaria Gabbiano stellte die Tasse zurück auf den Tisch und wandte den Blick in Richtung Taufkirche. »Ich habe gelesen, dass dieser Bau eigentlich dem Kriegsgott Mars gewidmet und ursprünglich gar nicht christlich war.«

Vito lächelte. »Es gibt viele Dinge hier in Florenz, die etwas anderes sind, als sie scheinen. Man darf nicht vergessen, sogar Freimaurer waren hier mal sehr aktiv.«

Die Kommissarin atmete tief ein. »Florenz ist eine sehr schöne Stadt.«

»Das ist sie«, entgegnete er. »Sobald wir den Fall gelöst haben, würde ich sie Ihnen gerne mal zeigen. Nicht nur die touristischen Plätze. Es gibt hier viele schöne und idyllische Ecken, die nur die Einheimischen kennen.«

Laura Gabbiano lächelte.

*

»Also gut, gehen wir«, sagte Vito. »Schließlich haben wir einen Mordfall zu klären.«

»Sollten wir nicht erst bezahlen?«

»Alles erledigt, Sie sind eingeladen, werte Kollegin.«

Schon wollte sich die Kommissarin erheben, als Vito sie mit einem Fingerzeig zurückhielt.

Auf der Piazza, zwischen dem Battistero San Giovanni und der Cattedrale di Santa Maria de Fiore war Vito ein Mann aufgefallen, der zwischen all den Touristen und Reisegruppen eher deplatziert schien. Er stand dort schon seit geraumer Zeit und starrte zum Restaurant herüber. Er war untersetzt, trug eine schäbige graue Jacke und eine schmuddelige weiße Hose. Ein Strohhut verdeckte einen Teil seiner langen, ungepflegten grauen Haare, auch der Vollbart hätte längst wieder einen Schnitt vertragen. Der Mann gab sich einen Ruck und bahnte sich seinen Weg durch die Touristengruppen direkt auf den Eingang des Tartufo zu, den Anna Vitale und die zierliche Kellnerin gerade mit Dahlien und grünen Blättern dekorierten. Die Tür zum Restaurant stand offen, und der Mann schien nur auf seine Gelegenheit gewartet zu haben.

Vito musste nicht lange überlegen, es handelte sich um Luigi Calabrese. Ein Buchmacher und Hehler. Seine Frau, die aus Rumänien stammte, betrieb in einer schäbigen Ecke des Stadtteils Rifredi einen Tabakladen mit angeschlossener Bar, in der man nach wie vor illegale Wetten platzieren konnte. Calabrese selbst durfte schon seit Jahren kein eigenes Geschäft mehr führen, nachdem er mehrere Jahre im Sollicciano in Scandicci zugebracht hatte.

Vito war gespannt, was dieser Mann aus Palermo, den manche seiner Kollegen sogar mit der Cosa Nostra in Verbindung brachten, an dem Tag in dem Nobelrestaurant zu suchen hatte, an dem der Besitzer ermordet worden war.

Laura Gabbiano blickte Vito fragend an, doch er beschwichtigte sie mit einer Geste und schwieg. Inzwischen war der Mann, dessen Miene nichts Gutes verhieß, beinahe am Eingang des Restaurants angelangt.

»Sollten wir nicht …?«

Vito hob erneut die Hand. »Das ist Luigi Calabrese«, flüsterte er. »Er ist Buchmacher und eine kleine Berühmtheit in der Florentiner Unterwelt. Ich bin mal gespannt, was der hier zu suchen hat.«

Schon hatte Calabrese den Eingang erreicht und schob die Bedienung, die dort stand, grob zur Seite.

»Sie können hier nicht herein, wir haben geschlossen!«, rief ihm Anna Vitale hinterher, doch das schien den Kerl nicht zu interessieren. Er ging einfach weiter und verschwand im Lokal.

Es dauerte kaum eine Minute, bis lautes Geschrei von drinnen auf die Piazza drang.

»Ich denke, wir sollten …«

Vito schüttelte den Kopf. »Zuerst hören wir mal ein wenig zu. Vielleicht ist ja etwas für uns dabei.«

»Wo ist Brambilla, dieser cretino!«, rief eine tiefe Stimme, die Vito dem aufgebrachten Eindringling zuordnete.

»Sie können hier nicht herein«, antwortete jemand mit einer zarten Stimme, zweifellos Bardini.

»Raus hier, du cane grasso!«

»Sieh an, die Signora Vitale kann offenbar nicht nur vornehm«, bemerkte Vito.

»Wenn Brambilla nicht sofort herauskommt, dann schlage ich hier alles kurz und klein!«

Vito erhob sich. »Es ist wohl besser, wir verschaffen uns einen Überblick«, sagte er und ging zur Tür des Lokals, wo ihn Caterina Albaro mit großen Augen ansah. Die Angst war der Kellnerin förmlich ins Gesicht geschrieben.

Vito legte den Zeigefinger seiner rechten Hand vor den Mund und lehnte sich locker gegen die Tür. Die Streithähne drinnen hatten ihn noch nicht bemerkt. Die Commissaria trat an seine Seite. Vito rührte sich nicht.

Bardini stand vor der Küchentür, die Arme weit abgespreizt und verteidigte eifrig den Zugang, während Anna Vitale versuchte, den bulligen Eindringling festzuhalten. Der schüttelte sie jedoch immer wieder ab. Die Szene wirkte grotesk.

»Wenn er nicht sofort aus seiner Küche kommt, dann schlage ich die Tür ein, und dich ramme ich ungespritzt in den Boden!«, brüllte Calabrese den verängstigen zweiten Chef de Rang an.

Plötzlich schwang die Küchentür auf und Brambilla erschien. In der Hand hielt er wie auch zuvor ein großes Tranchiermesser. Bardini trat einen Schritt zur Seite, und auch Anna Vitale stellte ihr sinnloses Bemühen ein, den Eindringling festhalten zu wollen.

»Was willst du hier?«, fragte Brambilla den unerwünschten Gast.

»Was ich hier will? Wo ist mein Geld?«

»Du hast es wohl noch nicht gehört, der Boss ist tot, und jetzt verschwinde, bevor ich die Polizei rufe.«

»Ich weiß, dass Simonetti ins Gras gebissen hat«, erwiderte Calabrese. »Und ich weiß, dass er es nicht freiwillig getan hat. Vielleicht steckst du ja dahinter, jetzt kannst du dir das Restaurant endlich unter den Nagel reißen, das war es doch, was du schon immer wolltest. Adamo Brambilla, Chef des Tartufo und neu erkorener Sternekoch. Aber da hast du dich getäuscht, nicht mit mir. Zwölftausend sind eine Menge Kohle. Verdammt, ich will endlich mein Geld!«

»Ich habe kein Geld, und der Boss ist tot.«

»Du hast versprochen, dass du dich darum kümmerst!«

Brambilla lachte laut auf. »Was glaubst du eigentlich, fifone. Wenn du Geld aus Simonetti rausquetschen willst, ist das in etwa so sinnvoll, wie einen Ochsen zu melken.«

»Faccia di culo«, zischte Calabrese und stürmte auf Brambilla zu, der einen Schritt zurückwich und das Messer vor seinen Körper hielt.

»Wir können doch nicht zulassen, dass die sich umbringen«, hörte Vito noch Laura Gabbianos Ruf, doch schon stürmte er voran und ergriff Calabrese an der Schulter. Er packte seinen Arm, drehte ihn nach hinten und wischte ihm mit einem einfachen Fußfeger das Standbein weg. Calabrese schlug wie ein nasser Sack auf dem Boden auf. Vito zog an seinem Arm und dreht ihn im Kreuzfesselgriff herum. Schließlich kniete er sich auf den Rücken des schnaubenden und vor Schmerz stöhnenden Mannes, griff nach seinen Handschellen und legte sie ihm an. Dann riss er den Mann wieder in die Höhe und platzierte ihn neben dem Tresen auf einen Stuhl.

»Was soll das!«, schnaubte Calabrese.

Vito griff in seine Hosentasche und präsentierte seinen Dienstausweis. »Commissario Carlucci, Polizia di Stato, Firenze«, stellte er sich vor. »Calabrese, Sie sind festgenommen!«

»Ich habe doch gar nichts getan«, protestierte der Gefesselte, dessen Strohhut zerdrückt auf dem Boden lag.

»Hausfriedensbruch wäre schon mal das Erste«, entgegnete Vito und wandte sich Brambilla zu, der erschrocken zurückgewichen war und das Messer jetzt hinter seinem Rücken verbarg.

»Was für Geld will Calabrese von Ihnen?«, fragte Vito.

Brambilla biss die Lippen aufeinander. »Fragen Sie doch ihn«, sagte er.

Laura Gabbiano war inzwischen an Vitos Seite getreten und ließ Calabrese nicht mehr aus den Augen. Ihrer Miene nach zu urteilen war sie von der Schnelligkeit, mit der er den Aufrührer zu Boden gebracht und gefesselt hatte, beeindruckt.

»Brambilla, sagen Sie mir auf der Stelle, um welches Geld es hier geht. Ansonsten werden Sie uns jetzt auf das Revier begleiten.«

Brambilla zögerte einen Augenblick. Schließlich atmete er tief ein. »Simonetti hatte Schulden bei ihm«, erklärte er. »Ich weiß nicht, weswegen, aber er war schon einmal hier und er ist erst gegangen, als ich ihm versprach, dass ich mich darum kümmere. Aber ich wollte ihn nur loswerden. Simonetti nach Geld zu fragen war in der letzten Zeit ein hoffnungsloses Unterfangen.«

Die Antwort genügte Vito.

»Kann ich wieder zurück in die Küche, ich habe das Filet auf dem Herd«, fragte Brambilla verschämt.

Vito nickte. »Aber wir werden uns noch einmal unterhalten müssen.«

Brambilla verschwand. Anna Vitale trat einen Schritt vor und bedankte sich für das beherzte Eingreifen. Auch Bardini war sichtlich erleichtert, dass nun endlich wieder Ruhe im Lokal herrschte.

Vito wandte sich wieder dem noch etwas verdutzten Eindringling zu. »Wir gehen jetzt auf das Revier, andiamo.«

Calabrese zögerte einen Augenblick, doch Vito signalisierte ihm mit einem Blick, dass er keinen Widerspruch duldete. Seufzend erhob sich Calabrese und trottete voran.

*

Sie fuhren zurück zur Dienststelle. Die Commissaria setzte sich, wie es sich bei einer Festnahme gehörte, in den Fond des Wagens hinter Vito. Calabrese stank nach Schweiß, Alkohol und kaltem Tabak, was die kurze Fahrt durch das Verkehrsgewühl der Stadt nicht gerade angenehm machte. Auf der Dienststelle verfrachteten sie ihn umgehend in einen der Vernehmungsräume, wo ihn Vito von den Handschellen befreite und erst einmal allein ließ.

Bevor sie sich mit Calabrese unterhielten, sprachen sie sich noch einmal vor dem sterilen, mit hellgelben Kacheln ausgekleideten Raum ab. Schließlich wartete Vito, bis sich seine Kollegin neben ihn auf den gepolsterten Stuhl setzte, bevor er den Festgenommenen mit strengem Blick musterte.

»Also, Calabrese«, eröffnete er die Vernehmung. »Ich höre.«

Calabrese zuckte mit den Schultern. »Das war nur ein Missverständnis.«

»Zwölftausend sind also nur ein Missverständnis, richtig?«

Erneut zuckte Calabrese mit den Schultern.

»Gut«, sagte Vito mit genervter Stimme. »Dann eben von Anfang an. Wo waren Sie heute in der Zeit zwischen sechs und acht Uhr?«

Calabrese horchte auf. »Ist das die Zeit, in der Simonetti abgemurkst wurde?«

»Wo waren Sie?«

»Dannato, zu Hause, im Bett natürlich, ich habe geschlafen.«

»Zeugen?«

»Meine Frau, meine sieben Kinder. Ich habe nichts damit zu tun, lassen Sie mich gehen.«

Vito lächelte kalt. »Zwölftausend Euro, was hat es damit auf sich?«

»Simonetti hat Schulden bei mir.«

»Was haben Sie ihm verkauft, das so viel wert sein könnte.«

»Zigarren.«

Vito lachte laut auf.

»Commissario, Sie haben nichts gegen mich in der Hand, lassen Sie mich gehen!«

Laura Gabbiano folgte dem Gespräch aufmerksam, sie wollte sich nicht in die Unterhaltung einmischen, beobachtete ihr Gegenüber aber genau.

»Hausfriedensbruch, tätlicher Angriff und noch dazu Lügenmärchen ohne Ende, das genügt mir«, entgegnete Vito. »Außerdem stinken Sie nach Grappa, dass mir schwindelig wird. Ich denke, wir behalten Sie erst einmal hier.«

»Das können Sie nicht!«, rief Calabrese. »Ich habe nichts getan.«

»Trunkenheit und Störung der Ordnung reichen für vierundzwanzig Stunden«, erklärte Vito und erhob sich.

Die Commissaria zögerte einen Augenblick, schließlich tat sie es Vito nach und folgte ihm nach draußen.

»Sollten wir nicht sein Alibi überprüfen?«, fragte sie im Gang. »Schließlich hatte Simonetti Schulden bei ihm. Geld ist immer ein gutes Motiv.«

Vito grinste. »Er lügt, und seine Frau würde sogar bestätigen, dass die Jungfrau Maria in seinem Laden erschienen ist, um eine Havanna zu rauchen. Wir behalten ihn hier. Da kann er ausnüchtern und überlegen, was er uns das nächste Mal auf die Frage nach den zwölftausend Euro antwortet.«

»Sollten wir ihn nicht lieber in die Mangel nehmen? In Rom hätten wir in so einem Fall den Ermittlungsrichter hinzugezogen.«

Vito winkte ab. »Wir sind aber nicht in Rom. Er hat sich für seinen Auftritt im Tartufo Mut angetrunken. Bestimmt hat er über ein Promille. Seine Aussage hätte keine Bedeutung, selbst wenn er jetzt zugeben würde, dass er die Kuh geschlachtet hat, die er eigentlich melken wollte.«

Laura Gabbiano nickte.

Vito blickte auf seine Armbanduhr. »Es ist Zeit, es reicht für heute. Ich habe Hunger, und irgendwann ist auch mal Feierabend. Gehen Sie nach Hause. Für den ersten Arbeitstag hatten wir heute reichlich Programm.«

Die Commissaria lächelte. »Eigentlich bin ich hierhergekommen, weil ich es etwas ruhiger haben wollte. Wie wäre es, wenn ich heute für uns koche, bevor Sie mir noch vom Fleisch fallen. Als kleine Entschuldigung für meinen Patzer im Tartufo. Es sei denn, es wartet eine Frau auf Sie.«

Vito schmunzelte. »Ich lebe alleine«, antwortete er.

»Ich auch«, entgegnete sie. »In der Via delle Gualchiere, Nummer elf. Sagen wir um acht?«

»Abgemacht, ich brauche noch etwa eine halbe Stunde für den Bericht. Aber bis acht schaffe ich es.«

KAPITEL 8

LAURA EILTE AUS der Questura und stieg in ihren Fiat, den sie im Innenhof abgestellt hatte, und passierte dann das runde Tor nach draußen. Zum Glück gab es für die Kommissare hier Parkplätze, die Situation in Florenz war ansonsten eine mittlere Katastrophe. Aber langfristig würde sie auf einen Roller umsteigen, beschloss sie, als sie sich kurz darauf in den zäh fließenden Feierabendverkehr einfädelte.

Carlucci würde um acht Uhr zum Essen zu ihr kommen. Sie wollte sich bemühen, in der Questura Fuß zu fassen und ein wenig mehr über ihren Kollegen erfahren, mit dem sie, wenn alles klappte, eine ganze Weile zusammenarbeiten würde. Dafür gab es, das hatten ihre Eltern sie gelehrt, nichts Geeigneteres als ein gutes Essen und noch besseren Wein. Letzteres hatte sie zu Hause, aber bei Ersterem musste sie aufrüsten.

Allerdings sollte sie sich beeilen, wenn sie alles pünktlich bis zu Vitos Eintreffen fertig haben wollte. Der abendliche

Verkehr war die Hölle. Sie schaffte es in Rekordzeit zur Pasticceria L'Incontro Firenze, einer kleinen, ausgezeichneten Konditorei, die ihr Maria empfohlen hatte. Als sie eintrat, war zum Glück nur ein Kunde vor ihr. Sie betrachtete die Auslage, die biscotti, cannoli, die Torten und das Marzipangebäck. Alles sah so köstlich aus, wie ihr die Sekretärin es versprochen hatte. Sie kaufte zwei große Stücke Torta della Nonna. Aus einem Impuls heraus hatte Laura beschlossen, den Abend mit traditionellen toskanischen Gerichten zu bestreiten, sie hatte schon einige Zutaten dafür zu Hause.

Die Zeit wurde knapp, als sie mit der süßen Nascherei zum Auto zurückeilte und losfuhr, um kurz darauf die Stadt hinter sich zu lassen. Hupend teilte ihr ein anderer Autofahrer seinen Unmut mit, als sie auf ihrer Vorfahrt bestand. Sie hatte immer gedacht, in Rom würden die Leute fahren wie die Verrückten. In Florenz war es jedoch keinen Deut besser oder ländlicher, im Gegenteil. Auch hier schien es einen Wettkampf um jeden einzelnen Meter Straße zu geben. Laura war froh, als sie ihren Fiat endlich in die ruhigeren Vororte lenken konnte und kurz darauf von der Via Aretina Nuova in Richtung Castello di Montalbano abbog. Ihre Vermieterin hatte ihr den Laden am Ende der Via di Montalbano empfohlen, und Laura war von der Auswahl und der Frische der Waren überrascht und angetan. Die Inhaberin hatte sie zudem bei ihrem ersten Besuch freundlich beraten, weshalb sie den kleinen Laden, der zu einem Bauernhof gehörte, dem Supermarkt vorzog.

»Buona sera«, begrüßte sie die junge Landwirtin, als sie eintrat.

»Buona sera.« Laura sah sich um. Der würzige Geruch von Kräutern hing in der Luft, ein Korb mit frischen grünen Bohnen lachte sie an. Sie hatte noch Hühnchen und würde dieses mit den grünen Bohnen und Pancetta servieren. Pollo alla Diavola hatte sie diese Woche eh ausprobieren wollen. Sie kochte zwar nicht allzu oft, aber es half ihr beim Nachdenken über den jeweils aktuellen Fall. Irgendwie förderten die Tätigkeiten in der Küche ihre Konzentration, und so war aus ihr eine gute Köchin geworden, obwohl sie selbst lieber essen ging.

Nach kurzer Zeit hatte sie Bohnen, ein Bündel Salbei und auf Empfehlung der Verkäuferin ein wenig Hühnerleber gekauft. Eilig verabschiedete sie sich und fuhr die kurze Strecke zu ihrer Wohnung in San Jacopo Al Girone, einem kleinen Ort nur neun Kilometer von der Questura entfernt, direkt am Arno.

Ihr Apartment lag im ersten Stock eines winzigen Hauses am Ortseingang. Da die Vermieterin das untere Stockwerk nur als Lagerräume nutzte, hatte Laura das kleine Gebäude für sich. Von ihrer Wohnung hatte sie einen Blick auf den Fluss, der träge und immer ein wenig trüb durch das Tal floss. Das Auto parkte sie vor dem Eingang, eilte den schmalen, hellen Flur hinauf und schloss die altertümliche Holztür mit den milchigen Glasscheiben auf.

Laura zog sich kurz um, wechselte von der formellen Kleidung in eine weite schwarze Jerseyhose und ein graues Shirt und eilte dann in die Küche. Sie nahm die Hühnerbrust aus dem Kühlschrank, legte ihre Einkäufe daneben und beeilte sich, die Zutaten für die Crostini al Fegato vorzubereiten. Während sie Zwiebeln, Kapern und Anchovis klein schnitt und parallel begann, die Hühnerleber in ein wenig Olivenöl anzubraten, dachte sie nach. Der Essensduft durchzog köstlich die gemütliche, hellgrün gestrichene Küche, während Laura den Fall und den heutigen Tag Revue passieren ließ.

Simonettis Restaurant lag mitten in der Stadt, und mit Sicherheit neideten ihm viele allein schon die exklusive Lage am Battistero. Dazu führte ein schnurgerader Weg über die Via Roma und die Via Calimala direkt zur Ponte Vecchio, der berühmtesten Brücke von Florenz. Das Lokal, bekannt und beliebt bei den Feinschmeckern aus der Umgebung, zog gelegentlich auch Laufkundschaft an. Das prestigeträchtige Restaurant mit der Terrasse neben der mit Marmor verkleideten Taufkirche musste jedem ambitionierten Gastronomen attraktiv erscheinen. Aber würde jemand für einen solchen Standort im wahrsten Sinn des Wortes töten?

Laura gab die zerkleinerten Zwiebeln, Anchovis und Kapern zu der gebräunten Leber, würzte alles und begann, nebenbei über der Gasflamme des hinteren Brenners Ciabattascheiben für die Vorspeise zu rösten. Ein Blick auf die Uhr zeigte ihr, dass nur eine halbe Stunde Zeit blieb. Sie deckte den kleinen Tisch in der Küche, dabei analysierte sie erneut die Gespräche, die sie bei den Vernehmungen geführt hatte.

Ja, sie war ein wenig forsch vorgegangen, es war allerdings der in Rom übliche Ton gewesen. Offenbar hatte sie Commissario Carlucci damit brüskiert. Hier herrschte wohl eine andere Mentalität, man ging insgesamt vielleicht etwas weniger direkt zur Sache. So richtig viel hatte sie zwar nicht von den angeblich guten Umgangsformen der Florentiner mitbekommen, aber zurückhaltender als ihre Kollegen in Rom war zumindest Vito Carlucci schon.

Laura betrachtete den Tisch und war zufrieden mit ihren Bemühungen. Hier in der Küche war die Atmosphäre ungezwungener als am Tisch im angrenzenden Wohnzimmer, außerdem konnten sie sich unterhalten, während Laura kochte. Sie legte Stoffservietten neben die Teller, entkorkte den Chianti und gab ihn zum Atmen in einen Dekanter. Für den Nachtisch stellte sie ein weiteres Weinglas hin und zündete die in einer Vase mit Steinen platzierte Kerze an. Eine indirekte Beleuchtung, hell genug, um keine romantische Stimmung zu erzeugen, aber zugleich gemütlich und zwanglos. Eine schmackhafte Mahlzeit in einem unverfänglichen Ambiente.

Als sie die geputzten Bohnen in einen Topf gab und das gewürzte Hühnchen für später abdeckte, klingelte es.

Sie öffnete die Tür, und Vito Carlucci kam die schmale Treppe hinauf. Als er eintrat, drückte er ihr eine Flasche Barone Ricasoli in die Hand.

»Ein Dessertwein. Entschuldigen Sie die Verspätung, ich habe noch die Sache mit dem Buchmacher abgewickelt, und das hat länger gedauert, als ich dachte.« Er wirkte angespannt.

»Schön, dass Sie da sind. Das ist sehr nett«, sagte sie, während sie den Wein betrachtete. »Der passt perfekt zum Nachtisch. Eine Torta della Nonna, leider nur gekauft, nicht selbst gebacken.«

Er nickte und hängte seine Jacke an der Garderobe auf. Laura deutete auf die Küche.

Nachdem er eingetreten war, entspannte er sich sichtlich. Was immer er befürchtet hatte, das Arrangement für das gemeinsame Essen schien ihm zu gefallen. Er nahm Platz und beobachtete Laura, als sie die warme Leberpaste auf die gerösteten Brotscheiben strich, diese mit ein wenig Rosmarin bestreute und auf einem Teller anrichtete. Dann schenkte sie den Rotwein ein.

»Möchten Sie Wasser dazu?« Ihr Kollege schüttelte den Kopf.

»Nein, danke. Aber wie wäre es, wenn wir zum Du wechseln würden? Wir werden viel Zeit miteinander verbringen.«

Laura stellte die Vorspeise auf den Tisch und setzte sich.

»Sehr gern. Schon in den nächsten Tagen haben wir ja jede Menge Arbeit vor uns.« Sie hob ihr Glas, und Vito stieß lächelnd mit ihr an.

Laura entspannte sich, der Abend nahm einen guten Anfang. Sie aßen schweigend, und Vitos Teller war in kürzester Zeit leer.

»Das war sehr gut. Sicher, dass du keine heimliche Florentinerin bist?«

Laura schmunzelte. »Nein, ich esse nur sehr gern und mag neue Rezepte. Kochen hilft mir, mich zu fokussieren, aber ich bin keine Köchin aus Leidenschaft. Es ist natürlich schön, wenn man das Ergebnis seiner Bemühungen essen kann und nicht wegwerfen muss.«

Vito lachte. »Klingt pragmatisch.« Er sah ihr zu, wie sie die Teller in die Spüle stellte und dann Wein nachschenkte.

»Hatte der Buchmacher am Ende doch noch neue Erkenntnisse für uns?«

»Er sitzt jetzt in der Zelle und schmort vor sich hin. Nur weil Simonetti ab und an eine Wette bei ihm platziert hat, vermutlich sogar mit hohen Einsätzen, muss das nichts bedeuten. Ich will Fraccinelli morgen mal auf Simonettis Finanzen und Steuerberater ansetzen.«

Laura fragte sich, ob Vito wusste, wie sehr Fraccinelli sich bemühte, ihm zu gefallen. Wie ein Welpe, der seinen neuen Besitzer für sich gewinnen wollte.

»Wie lange arbeitet ihr schon zusammen?«

Vito zuckte mit den Schultern. »Ein paar Jahre. Man muss ihn zu nehmen wissen. Aber er ist ein guter Beamter, auch wenn sein Modegeschmack …« Vito brach ab und Laura schmunzelte.

»Er ist sehr … direkt.«

Vito lachte auf. »Nett formuliert, dass er das Benehmen einer Dampframme hat. Deshalb wird er wohl niemals ein eigenes Team führen oder selbst ermitteln. Ich glaube aber, er kennt seine Defizite und weiß, dass er am richtigen Platz ist.«

Laura lächelte, wandte sich ab und gab das Hühnchen in die Pfanne. Der Duft des gebratenen Fleisches durchzog die Küche.

Vito lehnte sich zurück, streckte seine langen Beine unter dem Tisch aus und nahm einen weiteren Schluck Wein. Laura entging nicht, dass er jede ihrer Bewegungen beobachtete.

»Was denkst du über die Ehefrau?«, fragte er sie.

Laura drehte sich zu ihm um und lehnte sich an den Küchenschrank, während sie über seine Frage nachdachte.

»Ich weiß es nicht. Ich glaube, dass Brambilla uns angelogen hat, was eine Affäre betrifft. Er nannte sie beim Verhör Isabella, sehr selbstverständlich, als würde er diesen Namen immer benutzen.«

Vito nickte nachdenklich. »Das ist mir auch aufgefallen. Und er ist nicht der beste Lügner. Er konnte mir dabei nicht in die Augen sehen.«

Laura rührte im Topf mit den Bohnen und gab einen Deckel auf das scharf angebratene Huhn, dann setzte sie sich an den Tisch und nahm einen Schluck Wein.

»Wir sollten auch im privaten Umfeld weiter recherchieren. Ich habe irgendwie das Gefühl, dass uns etwas entgangen ist. Keine Ahnung, was. Simonetti scheint nicht der netteste Chef und vor allem ein Schürzenjäger gewesen zu sein. Aber wenn Treue für ihn ein abstraktes Konzept war, warum sollte seine Frau sich dann an die Spielregeln halten? Sie lebten getrennt. Eine Affäre wäre keine große Sache gewesen, also warum abstreiten?«

Vito nickte. »Trotzdem, solange wir keinen definitiven Anhaltspunkt haben, bleiben wir in alle Richtungen aufmerksam.«

Laura lächelte. »Es wird eine anstrengende Woche.«

»Davon kann man ausgehen. Ich fürchte, spätestens morgen wird die lokale Presse ein paar Statements verlangen, zum Glück ist der Pressesprecher der Questura, Ronaldo Giorgio, bei so was sehr gut. Er wird uns ein paar Tage den Rücken freihalten können.«

Laura war erleichtert. Nichts war schlimmer, als mit der Presse bei irgendwelchen Befragungen konfrontiert zu werden.

»So, das Hühnchen ist gleich fertig.«

Vito nickte und trank aus. Laura wusste, dass er wissen wollte, warum sie sich um eine Versetzung nach Florenz bemüht hatte. Die meisten Kriminaler würden Rom für die Karriere vorziehen. Er sah sie freundlich an, und sie beschloss, so aufrichtig zu sein, wie es die kurze Bekanntschaft mit ihm rechtfertigte. Sie entschied sich, seiner Frage zuvorzukommen, als er sich auch schon nach ihrer Familie erkundigte.

»Ich hatte persönliche Gründe, Rom zu verlassen«, erklärte sie. »Es hatte nichts mit der Arbeit zu tun. Aber die privaten Umstände hätten sich über kurz oder lang auf die Arbeit ausgewirkt, also habe ich einen glatten Schnitt gemacht und gewechselt. Ich kann dir versichern, dass es da nichts gibt, was meine Ermittlungen und meinen Fokus auf den Job beeinträchtigen wird.«

Sie schenkte nach, und Vito erhob sein Glas. Sie konnte die Neugierde in seinen Augen sehen. Trotzdem fragte er nicht nach, was sie ihm hoch anrechnete.

»Dann trinke ich auf eine erfolgreiche Zusammenarbeit, auf einen hoffentlich bald gelösten Fall und auf das Essen, das köstlich duftet.«

KAPITEL 9

DER ABEND BEI Laura war in angenehm entspannter Atmosphäre verlaufen, und es war spät geworden. Als Vito mit seinem BMW in der Auffahrt zu seinem Haus in der Via Ottone Rosai parkte, war es fast schon Mitternacht. So lange hatte er eigentlich nicht vorgehabt, bei Laura zu bleiben. Doch irgendwie war die Zeit wie im Flug vergangen.

Er stieg aus, schloss die Tür auf und begab sich nach oben. Signore Rossi, der Goldfisch, den der Vorbesitzer dagelassen hatte, brauchte zuerst einmal seine Aufmerksamkeit und natürlich auch eine Mahlzeit. Er redete mit ihm, als er ihm das Flockenfutter in das Aquarium streute. Das tat er immer, schließlich war er, seit Chiaras Auszug, sein einziger Gefährte. Und irgendwie hatte er das Gefühl, dass Rossi auch der Einzige war, der ihn wirklich verstand.

Nach der Raubtierfütterung, wie er es gerne nannte, ging Vito den Flur entlang ins Badezimmer. Als er an seinem Telefon vorbeikam, sah er, dass das rote Licht blinkte. Ein

Anruf in Abwesenheit. Er drückte auf die Play-Taste des Anrufbeantworters, ein Knarzen war zu hören. Dann meldete sich die Stimme von Onkel Eno.

»Vito, du bist nicht zu Hause, ruf mich bitte sofort zurück, auch wenn es spät wird, heute noch.«

Vito blickte auf die Uhr, drei Minuten nach Mitternacht. Verdammt, warum rief Onkel Eno nicht wie jeder andere auf dem Handy an, wenn es wichtig war? Immerzu benutzte er das Festnetztelefon. Onkel Eno war kein Freund von ständiger Erreichbarkeit und Handys, die immer nur störten. Wie er zu sagen pflegte.

Onkel Eno hieß eigentlich Enrico, war Ende siebzig und der jüngere Bruder seines Vaters, der viel zu früh verstorben war. Sein Onkel hatte damals die Stelle des Vaters eingenommen, ihm vertraute er genauso wie er damals Vater vertraut hatte. Und ebenso wie Vater hatte Eno Jura studiert, gemeinsam hatten sie in einer gut gehenden Kanzlei in Siena gearbeitet. Das Wirtschaftsrecht war sein Fachgebiet. Mit Mitte fünfzig reichte es ihm dann. Er übergab die Kanzlei an einen Juniorpartner und kaufte sich einen alten Bauernhof in einem kleinen Ort namens San Donato, unweit von San Gimignano in der Provinz Siena. In Eigenregie hatte er ihn zu einem Pferdegestüt umgebaut und züchtete dort sehr erfolgreich rassige, toskanische Maremmapferde, die sogar schon in der einen oder anderen Filmproduktion mitgewirkt hatten.

Onkel Eno war aber nicht nur Vaterersatz, sondern auch ein Waffenbruder, der Vitos dunkles Geheimnis teilte.

Bedächtig wählte Vito die Telefonnummer seines Onkels, und kaum hatte es zweimal geklingelt, nahm dieser auch schon den Hörer ab und meldete sich mit einem kurzen *Si*.

»Warum bist du so spät noch wach, es ist schon nach Mitternacht?«, fragte Vito.

»Ich hätte nicht gewartet, wenn es nicht wirklich wichtig wäre.«

Vito nahm auf dem kleinen Hocker Platz, der neben der Kommode mit dem Telefon stand.

»Was ist so wichtig, dass es nicht bis morgen Zeit hat?«

»Die DIA hat Toto Manzini geschnappt. Er hatte sich in den Bergen von Sicani unweit des Monte Triona versteckt und den einsamen Bergbauern gemimt. Er soll Ziegen gehalten haben.«

Vito runzelte die Stirn. »Das kann doch gar nicht sein, er ist irgendwo in Südamerika.«

»Das haben viele geglaubt«, entgegnete Onkel Eno. »Er ist es, sie haben ihn nach Rom gebracht.«

Toto Manzini hatte vor zwanzig Jahren als aufstrebender Mafiosi der sizilianischen Cosa Nostra gegolten. Mit allem Nachdruck und rücksichtsloser Gewalt strebte er nach dem Amt des Capo di tutti i Capi, dem Boss aller Bosse, und ging dabei über Leichen. Doch der Sprengstoffanschlag auf die Liparis, die den Bezirk um die Porta Nuova und den Hafen regierten, war ein Mord zu viel. Er rückte auf der Liste der DIA, der Direzone Investigativa Antimafia, ganz nach oben. Ihm blieb nichts weiter, als unterzutauchen. Und nicht nur die Polizei machte Jagd auf ihn.

Ein paar Jahre zuvor hatte er schon einmal unter Mordverdacht gestanden. Damals hatte Vitos Vater seine Verteidigung übernommen und einen Freispruch erwirkt.

»Bist du noch am Apparat?«, fragte Eno.

Vito räusperte sich. »Ja, bin ich«, antwortete er mit brüchiger Stimme.

»Er sitzt im Rebibbia in Einzelhaft, soll gegenüber den anderen Gefangenen abgeschirmt bleiben. Wenn du etwas Neues erfahren willst, dann solltest du ihn besuchen. Du bist Polizist, dich werden sie schon zu ihm lassen.«

Vito überlegte. Manzini war nicht der einzige hochrangige Mafioso im Rebibbia, dem Hochsicherheitsgefängnis, in der Via Raffaele Majetti im Nordosten Roms. Sicherlich gab es dort auch Insassen, die sich noch gut an das Massaker von Porta Nuevo erinnerten. Damals hatte nicht nur Marcello Lipari sein Leben gelassen, sondern auch sieben seiner engsten Vertrauten, nebst einigen unbeteiligten Passanten, die die Bombe in Stücke gerissen hatte.

»Ich kenne ihn noch von früher«, fuhr Onkel Eno fort. »Er ist ein erbarmungsloser Mörder, aber er ist deinem Vater zu Dank verpflichtet. Ich bin sicher, er wird mit dir sprechen, wenn du ihn wissen lässt, wer dein Vater war.«

Vito atmete tief ein. »Ich weiß nicht, ob er mir überhaupt weiterhelfen könnte.«

Einen Augenblick herrschte Stille, dann meldet sich Onkel Eno wieder zu Wort. »Du weißt, wie ich zu der Sache stehe, und kennst meine Meinung, dass du die Dinge auf sich beruhen lassen und endlich unbeschwert dein Leben leben solltest. Aber da ich weiß, dass du das nicht kannst, rate ich dir, mit ihm zu sprechen. Die Manzinis aus Palermo und die Casamiros aus Rom waren schon immer dicke miteinander. Wenn die Casamiros ihre Finger im Spiel hatten, dann bist du bei Toto genau an der richtigen Adresse.«

Vito war sich unsicher. Auf der einen Seite konnte ein Gespräch mit Manzini seine festgefahrenen Nachforschungen voranbringen. Auf der anderen Seite bestand die Gefahr, dass es das Ende seiner Hoffnungen bedeutete.

»Ich spüre, dass du dir nicht sicher bist«, hörte Vito Onkel Eno sagen. »Trotzdem, wende dich an Avvocato Fabione in der Via Palestro. Er ist Manzinis Anwalt und wird einen Termin mit ihm vereinbaren. Schreib dir seine Telefonnummer auf und sag dem alten Halunken einen Gruß von mir.«

»Gut.«

Vito notierte die Nummer, die ihm Onkel Eno nannte.

»Wann lässt du dich mal wieder bei mir sehen?«

»Tut mir leid«, antwortete Vito, »ich stecke mitten in einem Fall …«

»Der Mord an Simonetti, dem Sternekoch?«

Jetzt war Vito überrascht. »Woher weißt du davon?«

»Ach, mein Junge, du glaubst es nicht, aber ich lebe auch auf diesem Planeten. Zwar weiß ich gerade nicht, wo mein Handy liegt, das du mir geschenkt hast, und wahrscheinlich ist der Akku leer. Aber ich bekomme immer noch mit, was in diesem Land vor sich geht.«

Vito verzog seine Mundwinkel. »Jetzt sag schon, wie hast du vom Tod Simonettis erfahren?«

»Auch wenn es wohl mittlerweile aus der Mode gekommen ist«, entgegnete Onkel Eno. »Ich lese immer noch

Teletext, und Rai Uno hat zwei Seiten über den Tod des Starkochs auf der Nachrichtenseite hinterlegt.«

Vito lächelte. »Ich dachte schon, ich muss dich zum Kreis der Verdächtigen rechnen.«

»Musst du nicht, und jetzt schlaf gut. Schließlich musst du morgen wieder an die Arbeit. Und lass dich bald wieder bei mir sehen.«

»Mach ich, gute Nacht und noch mal danke für deinen Anruf.«

Noch bevor er die Worte ausgesprochen hatte, knackte es im Telefon. Onkel Eno hatte aufgelegt. Auch für ihn wurde es Zeit, er brauchte dringend etwas Schlaf. Zugleich wusste er, dass ihn die Nachricht von der Verhaftung Toto Manzinis noch eine ganze Weile wachhalten würde.

KAPITEL 10

MARIA WIRKTE ERFREUT, als Laura das kleine Sekretariatsbüro im dritten Stock betrat. Die Hausführung hatte länger gedauert, als sie gedacht hatte. Das Gebäude war ein riesiger Komplex. Die Fensterbank war mit Grünpflanzen überfrachtet, bunte Postkarten hingen hinter dem Schreibtisch der Sekretärin an der Wand, und in den Schränken türmten sich unzählige Aktenordner. Eine weitere Grünpflanze hing, eingebettet in einen Makramee-Albtraum, von der Decke. Einige Fallakten lagen auf dem Tisch, und Maria legte gerade den Kopfhörer zur Seite. Offenbar tippte sie noch nach Diktat, etwas, was Laura auch aus Rom kannte. Kommissare waren faul, und die meisten tippen so langsam, dass es besser war, wenn ein Profi diese Aufgabe übernahm.

»Buon giorno,« begrüßte Laura die Sekretärin.

»Ah, buon giorno, cara. Wie war das Abendessen? Haben Sie etwas zum Nachtisch in der Konditorei gefunden?«

Laura lächelte. »Ja, danke noch mal für den Tipp. Die Torta della Nonna war fantastisch. Ich schulde Ihnen was.«

Maria zwinkerte ihr zu. »Hat sie dem Commissario auch geschmeckt?« Neugierde schwang in der Frage mit.

»Ja, es war perfekt. Wir konnten uns ein wenig kennenlernen und den holprigen Anfang von gestern glatt ziehen. Weswegen ich hier bin …«

Maria stand auf und strahlte, sie strich sich eine Strähne ihrer dunkelbraunen Haare zurück und deutete zur Tür. »Cara, das gestern entsprach nicht einer normalen Abfolge. Wir haben in dem ganzen Trubel um Simonettis Tod ganz vergessen, Ihnen Ihren Arbeitsplatz zu zeigen und Sie ein wenig herumzuführen.«

Laura war erleichtert, ließ sich aber nichts anmerken. Sie hatte sich schon gefragt, wo sie sich niederlassen konnte und wie sie ein paar nötige Recherchen machen sollte, wenn sie nicht mal wusste, welches Terminal für sie gedacht war.

»Kommen Sie, ich bringe Sie in Ihr Büro und zeige Ihnen dann den Konferenzraum, den wir für die Einsatz- und Tagesbesprechungen nutzen. Ihr Büro liegt neben dem von Commissario Carlucci. Schreibarbeiten können Sie gerne mir geben. Auch wenn sonstige Arbeit anfällt, bin ich die erste Anlaufstelle.«

Maria ging an ihr vorbei auf den kargen Flur, auf dem nur eine Bank stand. Sie deutete zu einer Tür gegenüber der Sitzbank. »Verhörraum eins. Die nächste Tür ist der Beobachtungsraum, von dort kann man Verhörraum eins und den Verhörraum zwei überwachen.«

Laura folgte ihr, Marias geblümter Rock schwang um ihre

Beine, und sie eilte voran, eine quirlige Sekretärin, voller Elan und Tatendrang. Ihre gute Laune wirkte ansteckend.

»Hier ist das Büro von Fraccinelli, aber schauen Sie besser nicht hinein. Es sieht immer aus wie auf einem Handgranatenwurfstand. Er behauptet, er findet sich zurecht, aber ich glaube, da hilft nur noch ein kontrollierter Brand.«

Laura lachte auf.

Maria zwinkerte ihr zu, bevor sie weiterging. »Das Büro des Commissarios«, erklärte sie.

Laura hörte seine gedämpfte Stimme, er telefonierte offenbar.

»Sie hat eine Zwischentür zum nächsten Raum, den wir als Ihr Büro vorgesehen haben. Gegenüber sind zwei weitere Büros, die derzeit von der Sitte genutzt werden, am Ende des Flures ist noch der Konferenzraum. Und hier ist Ihr Reich.«

Laura ging voran und öffnete die weiße Tür. Dahinter befand sich ein karger Raum mit einem grauen Schreibtisch und einem schwarzen Bürostuhl sowie einem Besucherstuhl auf der anderen Seite des Arbeitsplatzes. Das Fenster führte zum Innenhof, und der Raum war kühl und schattig. Ein Terminal mit Flachbildschirm und ein Telefon standen auf dem Tisch, ein leerer Papierkorb darunter. Ein verschlossener Aktenschrank, alles wirkte merkwürdig ungenutzt. Neben dem Schreibtisch die Zwischentür – praktisch, wenn sie mit Vito etwas zu besprechen hatte.

Maria lächelte.

»Die Cafeteria ist im zweiten Stock, auf der anderen Seite des Gebäudes. Dort sind auch ein paar Snackautomaten.

Kaffee können Sie jederzeit bei mir im Büro bekommen, ich habe auch einen Wasserkocher.«

Laura sah sich erneut um, der Raum wirkte nicht sehr einladend.

»Sie werden sich bestimmt schon bald eingerichtet haben. Wenn Sie mögen, kann ich Ihnen eine meiner Pflanzen geben, dann sieht es hier im Handumdrehen ein wenig netter aus.«

Ohne auf ihre Antwort zu warten, lief Maria davon. Laura stellte ihre Handtasche auf dem Schreibtisch ab und schaltete das Terminal ein. Ihre Zugangsdaten hatte sie gestern in einem verschlossenen Brief erhalten, und als Maria zurückkam, meldete sie sich gerade an.

Die Sekretärin trug einen Becher in der einen Hand, aus dem Kaffeeduft aufstieg, in der anderen einen grauen Blumentopf mit einer Efeutute, die sie hinter Laura auf die Fensterbank stellte. Den Kaffeebecher reichte sie der Commissaria.

»Danke, Signora Totti.«

Die Sekretärin wandte sich zum Gehen, hielt jedoch noch einmal kurz inne. »Ich schreibe nach Diktat, wenn Sie meine Dienste benötigen. Sollten Sie außerdem noch etwas brauchen, zögern Sie nicht, mich aufzusuchen und zu fragen. Leere Aktenordner und Büromaterial erhalten Sie im Erdgeschoss bei Signore Carletti, er ist der Pförtner und verwaltet auch das Materiallager.«

Laura nickte und nahm sich vor, sich für Maria Tottis Freundlichkeit zu revanchieren, während diese die Tür hinter sich schloss. Sie wandte sich wieder dem Terminal zu und tippte die Anmeldedaten ein. Das Logo der florentinischen Polizei erschien als Hintergrundbild des Startbildschirms.

»Buon giorno, Commissaria Gabbiano.«

Laura sah auf.

Fraccinelli stand in der Tür. Er trug heute ein paar gelbe Hosenträger über einem lila Hemd. Dazu eine braune Cordhose. Sein Blick war vorsichtig abwägend, vielleicht der Tatsache geschuldet, dass sie am Tag zuvor nicht den besten Start gehabt hatten.

Laura beschloss, Vitos Urteil zu vertrauen und dem ersten Assistenten eine faire Chance zu geben. »Buon giorno, Fraccinelli,«, sagte sie freundlich und sah den Mann aufmunternd an.

»Wir haben gleich das morgendliche Briefing. Ich warte im Soko-Raum, er ist am Ende des Flurs. Commissario Carlucci weiß auch schon Bescheid.«

»Danke, Fraccinelli. Ich komme sofort.«

Der Assistent verschwand, aber die Erleichterung, die über sein Gesicht gehuscht war, entging Laura nicht.

KAPITEL 11

VITO HATTE EINE kurze Nacht hinter sich. Der Anruf seines Onkels hatte ihn noch eine ganze Weile beschäftigt. Müde und abgespannt kam er ein paar Minuten nach acht Uhr auf die Dienststelle. Als er den Parkplatz in der Via del Pratello ansteuerte, sah er, dass Lauras Fiat bereits an der Piazza del Crocifisso parkte. Noch bevor er sein Büro erreichte, wurde er von Primo Dirigente Matteo Russo abgefangen, dem Chef der Florentiner Kriminalpolizei, der ihn mit zu sich ins Büro nahm. Alle Zeitungen der Stadt und der Umgebung, aber auch das Radio und sämtliche soziale Medien kannten nur ein Thema, den Mord an dem berühmten Sternekoch Stefano Simonetti in den Wäldern von San Miniato.

»Vito, wo stehen wir«, fragte Russo, noch bevor er seinem Mitarbeiter einen Platz anbot. »Der Dottore ist überaus nervös angesichts dieses Verbrechens.«

»Viele Verdächtige und keine konkrete Spur. Es ist noch

zu früh. Aber offenbar war Simonetti verschuldet. Man behauptet sogar, dass er um hohe Einsätze gewettet hat, außerdem jede Menge Frauengeschichten. Seine Ehe war zerrüttet.«

»Könnte die Ehefrau dahinterstecken?«

»Klar könnte sie, könnte aber auch sein Souschef gewesen sein oder irgendjemand, dem er Geld schuldete. Am Ende vielleicht sogar die Mafia.«

Die Gesichtszüge des Dirigente entgleisten. »Mal bloß nicht den Teufel an die Wand. Unsere Stadt ist sauber, und du weißt genau, die Presse macht Druck. Simonetti war schließlich eine Berühmtheit hier in der Gegend.«

»Wir ermitteln doch, aber zaubern können wir nicht.«

»Ich verlass mich auf dich. Übrigens, wie macht sich die Neue?«

»Laura? Sie scheint ganz brauchbar.«

»Das will ich meinen, sie hat einen guten Ruf in Rom, und es war nicht leicht, meinen römischen Kollegen davon zu überzeugen, dass er sie gehen lässt.«

»Sonst noch was?«, fragte Vito. »Wir werden den Täter nicht fangen, wenn ich hier in deinem Büro sitze.«

Matteo Russo wies zur Tür. »Dann an die Arbeit, aber ich will von dir täglich einen Bericht. Der Dottore wird mich bestimmt stündlich nach dem Stand der Ermittlungen fragen.«

Vito lächelte. »Dann sag dem Direttore, dass du deine besten Leute auf den Fall angesetzt hast.«

Russo runzelte die Stirn. »Ihr seid die Einzigen, die ich habe.«

»Eben!«, antwortete Vito und ging zur Tür.

Er verließ das Büro und steuerte sein Büro im dritten Stock an. Er war schon gespannt darauf, was die Durchsuchung von Simonettis Haus ergeben hatte. Er hängte seine Jacke an den Kleiderständer und wandte sich zur Tür, als sein Telefon klingelte. Der diensthabende Wachoffizier war am Apparat und fragte nach, wie weiter mit dem in Gewahrsam genommenen Buchmacher Calabrese zu verfahren sei.

Vito überlegte einen Augenblick. »Lassen Sie ihn laufen«, wies er den Wachoffizier an. »Aber richten Sie ihm aus, wenn ich ihn noch einmal in der Nähe des Tartufo sehe, dann bleibt er das nächste Mal in der Zelle, bis er schwarz wird!«

Der Wachoffizier bestätigte die Anweisung und verabschiedete sich. Vito legte den Hörer auf, verließ sein Büro und wäre fast mit Laura zusammengestoßen.

Er nickte ihr freundlich zu. »Bereit für den ersten richtigen Arbeitstag?«

Sie lächelte.

Gemeinsam betraten sie den Konferenzraum, doch weder Conte noch Fraccinelli waren da.

»Wo sind Conte und Fraccinelli, sie müssten längst hier sein?«

»Fraccinelli war vor kaum einer Minute bei mir im Büro«, antwortete Laura.

Am Ende des langen Konferenztisches stand ein großer Karton. Gespannt ging Vito darauf zu. Schon wollte er nach dem Deckel greifen, da ertönte Contes Stimme hinter ihm.

»Wer wird denn so neugierig sein?«

Vito fuhr herum. »Wo bleibt ihr denn, wo ist ...«

Die Frage hatte sich erübrigt. Fraccinelli spazierte, einen weiteren Karton in der Hand, in den Raum und nickte Vito fröhlich zu.

»Was ist das alles?«, fragte er und zeigte auf die Pappschachteln.

»Das haben wir aus Simonettis Haus, könnte wichtig sein«, erklärte Conte. »Darunter jede Menge offene Rechnungen und Mahnungen, teilweise schon ein paar Wochen alt. Wenn du mich fragst, dann war Simonetti komplett pleite.«

Laura nahm neben der Tür Platz, und auch Maria Totti kam in den Konferenzraum. Sie grüßte die Anwesenden und setzte sich neben Laura. Die Sekretärin hatte bereits ganze Arbeit geleistet und an einer Pinnwand Fotos vom Tatort und von den bislang bekannten beteiligten Personen angebracht. Auch ein Foto von Calabrese, das aus der Verbrecherdatei stammte, hatte sie dort aufgehängt.

»Schön, dann können wir ja anfangen«, eröffnete Vito die Unterredung und wies auf die Pinnwand. »Maria, ich danke dir für die Vorbereitung. Woher hast du von Calabrese gewusst?«

»Der Wachhabende hat mich heute schon ein paarmal angerufen und wollte wissen, ob er ihn laufen lassen kann.«

»Ah, verstehe. Also gut, in Kurzform, die Presse macht Druck, der Dottore und Matteo erwarten Ergebnisse, und zwar schnell, und wir sollten wissen, wo wir stehen. Conte, zuerst zu dir, wie sieht es mit den Spuren aus?«

Conte zuckte mit den Schultern. »Wir haben nicht mehr, als ich dir schon am Tatort gesagt habe. Außer den Schuhspuren gibt es nichts Neues. Die Obduktion hat ebenfalls bestätigt, was wir schon am Tatort angenommen haben. Stumpfer Schlag gegen den Hinterkopf, und im Anschluss drei Schläge mit der vanghetta. Der erste traf ihn am rechten Oberarm, der zweite an der Stirn und der dritte verletzte die Halsschlagader. Er verblutete innerhalb von Minuten.«

»Das war alles?«

Conte schüttelte den Kopf. »Natürlich nicht. Die Untersuchung ergab, dass er über ein Promille Alkohol im Blut hatte.«

»Er war betrunken?«, fragte Laura.

»Angetrunken, würde ich sagen. Todeszeitpunkt war etwa gegen sechs Uhr«, fuhr Conte fort. »Genauer lässt es sich nicht eingrenzen.«

Vito machte sich Notizen in seinem kleinen Notizbuch und blickte auf, als Conte verstummte. »Ich danke dir, was habt ihr im Haus gefunden?«

Conte warf Fraccinelli einen Blick zu, der sichtlich darauf brannte, endlich zu Wort zu kommen. Er erhob sich und deutete auf die Kartons.

»Also, das Haus, es ist ein schönes Haus, groß, geräumig, aber fast leer. So wie es aussieht, wohnte er nur noch in einem Raum und hat die Möbel der anderen Räume sogar weggegeben. Wie Conte schon sagte, der Mann war vollkommen blank, und seine Konten sind gründlicher überzogen als mein Bett. Übrigens, von seiner Frau ist da gar nichts mehr. Nicht mal mehr ein Foto.«

Vito kratzte sich an seinem Kinn. »So viel zur kleinen Ehepause, wie sie sie mir beschrieben hat.«

»Ich habe überall nachgeschaut. Keller, Kühlraum, Hundezwinger, alles leer. Im Wohnzimmer nur noch ein Sessel, ein alter Fernseher auf einer wurmstichigen Kommode und eine Matratze mit schmutzigem Bezug. Aber dann fiel mir der Schuppen ein, der neben dem Hundezwinger steht ...«

»Komm zur Sache, Fraccinelli!«, fiel ihm Vito ins Wort.

Der Angesprochene ließ sich nicht beirren und zeigte auf die beiden Kartons, die neben ihm auf dem Tisch standen. Dabei hakte er die Daumen seiner Hände in die breiten, gelben Hosenträger ein, die heute sein Outfit bestimmten. Er sah aus wie ein Großwildjäger, dem der Abschuss seines Lebens geglückt war. Grinsend hielt er die Nase in die Höhe.

»Jetzt komm auf den Punkt!«, mahnte Vito.

»Er hat sie einfach achtlos in diese Kisten geworfen«, fuhr Fraccinelli voller Eifer fort. »Rechnungen über Wein, Olivenöl, Fleisch, Fisch und Trüffel.«

»Ich dachte, Simonetti hat seine Trüffel selbst gesucht«, wandte Laura ein.

»Dann habe ich noch das gefunden«, fuhr Fraccinelli fort und nahm ein Schreiben aus einem der Kartons. »... bei allem, was dir heilig ist, du weißt genau, dass meine Nonna uns immer die Gnocchi zubereitete, gib es endlich zu, sonst wirst du es noch bereuen«, las Fraccinelli laut vor.

»Wer schreibt das?«, fragte Vito.

»Der Brief stammt von Alessio Lorano, dem Betreiber

des Nuovo Bianco, und er ist gerade mal zwei Wochen alt.« Fraccinelli verstummte und ließ die Worte wirken.

Conte räusperte sich. »Das ist aber nicht alles«, sagte er und wedelte mit einem Umschlag. »Unser Indiana Jones hier«, er blickte zu Fraccinelli, »hat nämlich etwas übersehen, dieser Brief lag direkt neben der Matratze.«

»Das wäre?«

»Ein Schreiben der Assicurazioni Generali«, erklärte Conte. »Es ist an Simonettis Ehefrau gerichtet. Offenbar gibt es eine Lebensversicherung für den Verblichenen, abgeschlossen von Signora Isabella Simonetti. Sie erbt eine Million beim Abgang ihres Allerwertesten. Und stell dir vor, sie hat die Beiträge höchstpersönlich überwiesen. Das ist eine Beitragserhöhung, die an die Adresse in der Via del Ferrone gesendet wurde. Das Datum auf dem Schreiben ist von letzter Woche.«

»Sehr interessant«, entgegnete Vito.

»Auch wenn dieser Umstand bemerkenswert ist, sollten wir uns zuerst Simonettis Gläubiger zur Brust nehmen, damit wir ein genaues Bild von ihm erhalten«, wandte Laura ein.

»Genau das wollte ich auch vorschlagen«, stimmte Vito zu. »Also gut, fangen wir damit an. Wir haben keine Zeit zu verlieren.«

Die Anwesenden nickten und erhoben sich.

»Da fällt mir ein«, sagte Vito an Conte gewandt. »Wo habt ihr eigentlich den Hund untergebracht?«

»Welchen Hund meinst du, der ist doch bei den Carabinieri.«

»Nicht diesen, Simonetti hatte noch eine Hündin.«

Conte warf Fraccinelli einen fragenden Blick zu, schließlich schüttelte er den Kopf. »Da war kein Hund mehr, die Zwinger waren leer.«

KAPITEL 12

»CARPE DIEM«, sagte Vito zu Laura. »Wir nutzen den Tag und machen einen kleinen Ausflug.«

Fraccinelli war damit beschäftigt, die beiden Kartons aus dem Besprechungsraum zu tragen. Vito hatte ihn gebeten, eine Aufstellung der Gläubiger nebst dem geschuldeten Betrag anzufertigen und weiterhin bei der Steuerbehörde über die Liquidität Simonettis nachzuforschen.

»Besuchen wir Lorano?«, fragte Laura. Doch Vito schüttelte den Kopf.

»Wir nehmen uns zuerst die Lieferanten vor. Lorano läuft uns nicht weg, und ich will zuerst unser Mordopfer richtig kennenlernen, denn …«

»… weißt du alles über das Opfer, dann werden dich diese Erkenntnisse früher oder später zu seinem Mörder führen«, beendete sie den Satz für ihn.

Vito zog die Augenbraue hoch. »Oh, du hast wohl auch Galli an der Polizeihochschule genossen.«

Laura nickte.

»Er ist für mich der beste Kriminologe, den wir haben.«

»Hatten«, berichtigte sie. »Der Professore hatte im letzten Jahr einen Schlaganfall.«

»Das tut mir leid«, antwortete Vito.

Zusammen verließen sie das Dienstgebäude, nahmen den Dienstwagen und fuhren zum Tor hinaus. Vito bog nach links in die Via Fausto Dionisi ab.

»Bist du zufrieden mit deinem Büro und der Dienststelle?«, fragte er beiläufig.

Sie nickte und freute sich, dass er sich danach erkundigte.

»Hoffentlich auch mit den Kollegen?«

Laura wandte sich Vito zu, der den Blinker nach rechts setzte. »Gerade hatte ich das Gefühl, dass Fraccinelli ein klein wenig eifersüchtig auf mich ist, weil er in der Questura bleiben muss und du mit mir fährst.«

»Kann schon sein«, entgegnete er. »Seit Bianchi pensioniert ist und Abbato nach seinem Autounfall in den Innendienst versetzt wurde, waren wir nur zu dritt. Maria, Fraccinelli und ich. Matteo Russo hat uns schon eine geraume Zeit Verstärkung versprochen.«

Laura öffnete das Fenster einen Spalt, und frische Luft strömte ins Wageninnere. »Wohin fahren wir eigentlich?«

»Wir fahren zu Carlo Baretti«, erklärte Vito und fädelte sich auf der zweispurigen Straße in den fließenden Verkehr ein. »Von ihm bezieht Simonetti sein Fleisch. Er hat einen Hof bei Ellera und züchtet Chianinarinder. Ich würde mich gerne mit ihm über Simonetti unterhalten.«

»Was ist so besonders an ihm?«

»Er hat Anfang des Jahres eine Rechnung über eine Fleischlieferung in Höhe von zehntausend Euro an das Tartufo geschickt und handschriftlich darauf vermerkt, dass sich Simonetti mit der Bezahlung Zeit lassen kann. Die Nachricht war sehr persönlich, und weitere Briefe oder Mahnungen gibt es offenbar nicht. Maria hat herausgefunden, dass die beiden dicke Freunde sind oder waren.«

»Du meinst, aus Freunden werden Feinde?«

Vito schüttelte den Kopf. »Nein, aber Freunde wissen meist viel übereinander und merken auch, wenn sich der Freund verändert.«

Sie hatten die Stadt trotz des dichten Verkehrs überraschend reibungslos hinter sich gelassen und nahmen die Strada Statale am Arno entlang in Richtung Osten. Sie fuhren an kleinen verträumten Ortschaften vorbei und bogen zwischen Compiobbi und Ellera nach links ab. Der Weg führte einen sanft ansteigenden Hügel hinauf, auf den Wiesen rechts und links der Straße grasten friedlich ein paar riesige Kühe unter dem wolkenlosen Himmel. Das Gehöft Barettis lag unmittelbar an der Straße, und die Stallungen und Gebäude waren bis auf das Wohnhaus im Landhausstil in moderner Ständerbauweise errichtet worden. Auf den Dächern der Ställe glänzten die Photovoltaikanlagen im Sonnenlicht.

»Wir sind da«, sagte Vito und stoppte den Wagen im Schatten einer Kastanie. Noch bevor die beiden aus dem Wagen stiegen, kam ein Mann mit ergrautem Vollbart in einer Arbeitshose und Gummistiefeln auf sie zu.

»Die Polizei aus Florenz, nehme ich an«, grüßte er.

»Commissario Carlucci und meine Kollegin Laura Gabbiano«, entgegnete Vito. »Signore Baretti?«

Der Mann nickte und wies auf einen Holztisch nebst einer Bank und zwei Stühlen, die unter dem Kastanienbaum standen. »Gehen wir in den Schatten!«

Vito und Laura folgten dem Landwirt und nahmen auf den Stühlen Platz, während sich Baretti auf die Bank setzte.

»Ihre Sekretärin hat mich über Ihr Kommen verständigt, allerdings sind Sie früher hier als vermutet.«

»Der Verkehr meinte es heute gut mit uns«, entgegnete Vito. »Sie haben gehört, dass Stefano Simonetti tot ist?«

»Eine schreckliche Sache ist das, unfassbar. Ich frage mich die ganze Zeit schon, wer tut so etwas?«

»Genau das wollen wir herausfinden«, antwortete Vito und sprach ihn auf die Rechnung an, die Fraccinelli in dem Karton gefunden hatte.

»Ich gehe davon aus, dass Sie noch immer auf Ihr Geld warten?«

Baretti atmete hörbar aus. »Ja, leider. Irgendwie hat Stefano den Boden unter den Füßen verloren.«

»Sie haben keine Mahnung geschickt, darf ich fragen, warum?«

Laura hielt sich bei der Befragung zurück und konzentrierte sich darauf, sich Notizen zu machen. Vitos Kritik nach dem Besuch im Tartufo war ihr noch in den Ohren.

Baretti wies in das weite Rund seines Hofes. »Wissen Sie, als ich damals den Hof von meinen Eltern geerbt habe, da stand dort drüben das alte Haus, und die Ställe waren verfallen. Mein Vater war alt und konnte nicht mehr, und ich arbeitete als Metzger in Modena. Und jetzt, schauen Sie sich um. Das habe ich alles Stefano zu verdanken. Er war damals noch ein einfacher und unbekannter Koch, als wir uns kennenlernten. Er hielt mich für verrückt, als ich mit den Chianinarindern anfing und meine Zucht aufbaute. Als er dann Karriere machte, kaufte er bei mir und machte ordentlich Werbung, hob immer und überall die gute Qualität meiner Tiere und des Fleisches hervor. Diese Werbung war unbezahlbar. Das alles hier gäbe es ohne Stefano nicht. Heute verkaufe ich mein Fleisch von Mailand bis hinunter nach Potenza. Ich bin ihm ewig zu Dank verpflichtet. Was sind da schon zehntausend Euro, wahrscheinlich ist es bislang sogar schon mehr als das Doppelte, bei ihm, da zähle ich nicht nach.«

»Aber er hat sich verändert, sagten Sie«, hakte Vito nach. »Wohl nicht zum Vorteil, oder?«

Baretti blickte Vito ernst an. »Man soll Toten nichts Schlechtes nachsagen, aber Sie haben recht. Die Küche war sein Leben, vor etwa zwei Jahren merkte ich allerdings, dass er … wie soll ich sagen … Es lag vielleicht auch an Isabella, ich weiß es nicht.«

»Er soll sich mit anderen Frauen eingelassen haben, sagt man.«

»Andere Frauen, junge Dinger, die es meist nur aufs Geld abgesehen hatten, und vor allem das Spielen. Wenn Sie mich fragen, dann war er süchtig danach. Er hätte Hilfe gebraucht, aber er bestritt es immer.«

»Sie haben mit ihm darüber gesprochen?«

»Wir sind Freunde, und Freunde sprechen über alles, auch wenn es unbequem ist.«

»Wie hat er reagiert?«

»Das war vor zwei Monaten, er war hier bei mir, um sich Geld zu leihen«, erklärte der Landwirt. »Als ich ihm den Spiegel vorhielt, schnauzte er mich an und ging durch die Tür, seitdem habe ich ihn nicht mehr gesehen. Ich hätte ihn anrufen sollen. Jetzt ist es zu spät.«

Sie unterhielten sich noch eine ganze Weile, wobei Laura Baretti routinemäßig nach einem Alibi fragte. Zur Tatzeit war er auf einer Messe in Mailand gewesen. Die Hotelrechnung wies er vor, und alles Weitere konnte Maria von der Dienststelle aus veranlassen. Überdies hatte auch Baretti keinen konkreten Verdacht, wer hinter dem Mord stecken könnte. Allerdings bestätigte er, dass sich Simonetti auf dem Weg nach oben viele Feinde gemacht hatte. Insbesondere den Konkurrenten Lorano brachte er ins Spiel.

»So etwas dachte ich mir schon«, sagte Vito, als sie die Straße hinunterfuhren und bei Ellera in Richtung Florenz abbogen.

»Er könnte sich mit den falschen Leuten eingelassen haben, schon mal darüber nachgedacht?«, bemerkte Laura.

»Mal bitte den Teufel nicht an die Wand.«

Laura blickte auf das Navi. »Wohin geht es als Nächstes?«

»Jetzt fahren wir zu diesem Trüffelhändler in die Hügel oberhalb von Compiobbi«, erklärte Vito. »Ich möchte wissen, weshalb ein exzellenter tartufaio bei einem Händler Trüffeln kaufen muss, damit er weiterhin seine Rezepte kochen kann.«

Sie bogen an der Strada Statale rechts ab. Diesmal stieg die Straße steil an, und das Gelände war weitaus hügeliger. Nachdem sie den Ort hinter sich gelassen hatten, wurde die Gegend wieder ländlicher. Weinberge, Olivenhaine und kleine Gehöfte säumten den Weg. Schließlich bog Vito auf einen Feldweg ab und verlangsamte das Tempo, denn sie zogen eine dichte Staubfahne hinter sich her. Die Fahrt endete erneut auf einem Gehöft, aber diesmal machte es eher einen bemitleidenswerten Eindruck.

Das Haus war schäbig, das Nebengebäude aus Holz verfiel zusehends, und das halbe Dach der Stallung war bereits eingestürzt. Unkraut breitete sich überall aus.

Vito stoppte den Dienstwagen hinter einem alten und verbeulten Citroën Berlingo, der einstmals schwarz gewesen war, aber jetzt nur noch aus rostigen Flecken bestand. Sie fanden den Trüffelhändler, als sie dem lauten Hundegebell folgten. Er stand vor einem offenen Zwinger aus altem Maschendrahtzaun und fütterte einen weißen Lagotto Romagnolo.

»Signore Marra?«, fragte Vito.

Der Mann fuhr herum. Er war etwa so groß wie Vito und trug eine braune Hose und ein schwarzes T-Shirt, bei denen eine Wäsche längst überfällig war.

»Wer will das wissen?«, entgegnete er.

»Mein Kollege Commissario Vito Carlucci und ich, Commissaria Laura Gabbiano.«

Vito und Laura präsentierten ihre Dienstausweise. Marra schien überrascht ob des Besuchs der Polizei auf seinem Gehöft.

»Habe ich irgendetwas falsch gemacht?«

Vito griff in die Tasche und zog eine Kopie der Rechnung hervor, die Fraccinelli im Haus Simonettis gefunden hatte. Er ging einen Schritt auf ihn zu und reichte ihm das Dokument.

»Wir ermitteln im Todesfall Simonetti, Sie haben sicherlich schon davon gehört. Diese Rechnung stammt von Ihnen, richtig?«

»Ja, habe ich, und die Rechnung ist von mir, aber das Geld kann ich jetzt wohl abschreiben.«

»Sie kannten Simonetti?«

»Was heißt schon kennen, ich weiß wer er war. Jeder weiß das, der hier in der Gegend wohnt und etwas mit Trüffeln zu tun hat.«

»Sie handeln mit Trüffeln?«, fragte Laura. »Ich sehe hier überhaupt keinen Laden.«

Marra winkte ab. »Ich suche Trüffeln, ich finde sie. Ich reinige sie und beliefere Läden und Restaurants. Einen Laden habe ich nicht.«

»Mich würde interessieren, weshalb ein erfolgreicher und geschätzter tartufaio von einem Händler zukaufen muss.« Vito machte eine Pause. »Können Sie mir das erklären?«

Marra zuckte mit den Schultern. »Man hat nicht immer Glück. Die Trüffeln wurden nicht von diesem Simonetti bestellt, sondern einem seiner Köche. Ich glaube, Babilla hieß er oder so ähnlich. Aber das müssen Sie im Restaurant fragen.«

»Sie haben also nicht mit Simonetti verkehrt?«

Marra schüttelte den Kopf. »So eine Bestellung macht doch nicht der Chef persönlich, der hat Personal dafür, das sich um die Logistik im Restaurant kümmert.«

Laura trat einen Schritt auf den Zwinger zu. Der Hund

lag vor seinem gefüllten Napf, doch das Futter schien ihn überhaupt nicht zu interessieren.

»Er hat wohl keinen Hunger.«

»Ach, das ist Leyla«, antwortete Marra. »Sie ist schon sechzehn Jahre alt und blind auf einem Auge.«

»Gehen Sie mit ihr noch auf Trüffelsuche?«

Marra lachte. »Sie würde nicht mal mehr einen ranzigen Käse finden, nein. Ich kenne mein Revier und weiß, wo ich suchen muss.«

Vito warf Laura einen Blick zu. Hier würden sie wohl nichts weiter in Erfahrung bringen.

»Dann danke ich Ihnen für Ihre Zeit, Signore«, sagte er. Sie verabschiedeten sich und liefen in Richtung Auto.

»Wer bezahlt jetzt meine Rechnung?«, rief ihnen Marra hinterher.

»Fragen Sie nicht mich, fragen Sie die Erben«, entgegnete Vito, bevor er sich in den Wagen setzte.

KAPITEL 13

VITO HATTE IHR die Schlüssel zugeworfen, und Laura war froh, dass er die Adresse des Weingutes Tassinaro ins Navi eingab. Es lag wieder näher an Florenz als die anderen Lieferanten, in Montespertoli, einem kleinen Ort, etwa dreißig Minuten von der Stadt entfernt. Als sie das Ortsschild erreichten, machte ein weiteres Hinweisschild sofort auf das Weingut aufmerksam.

»Ich habe es gerade gegoogelt.« Vito sah von seinem Handy auf. »Der Chianti hier wird komplett in Bioqualität angebaut und gilt als einer der aussichtsreichsten Kandidaten bei der nächsten Vinitaly-Prämierung in Verona. Eine sehr prestigeträchtige Auszeichnung. Die Inhaberin ist 57 Jahre alt und entspricht somit nicht Simonettis Beuteschema.«

Laura hatte schon von der Vinitaly gehört und war gespannt, was sie erwartete. Als sie dem Hinweisschild folgten, führte kurz darauf ein geschotterter Weg einen Hügel hinauf. Rechts und links standen in unzähligen, gepflegten

Reihen die grünen, üppigen Chianti-Reben. Auf dem Hügel thronte ein großes, grau gemauertes Anwesen, das wie eine kleine Burg anmutete. Auf dem gepflasterten Vorplatz konnte man parken, einige Autos mit ausländischen Nummernschildern waren dort abgestellt. Gegenüber dem Haupthaus befand sich ein kleines Ladengebäude mit gelb gestrichenen Außenwänden und einer riesigen Pergola. Holzbänke und gemütliche Stühle luden dort zum Verweilen ein, zudem war der Vorbau üppig mit Blauregen bewachsen, und die Sitzplätze lagen im Schatten.

»Hier finden bestimmt die Weinproben statt. Sieht sehr einladend aus. Ich habe gelesen, dass sie hier Zimmer und Apartments vermieten und das Weingut auch für Hochzeiten gebucht werden kann. Außerdem machen sie geführte Touren durch die Weinberge.«

Laura orientierte sich kurz und parkte dann direkt vor dem Laden.

»Darf ich diesmal die Vernehmung führen?« Sie blickte Vito fragend an, und er nickte.

»Natürlich. Entschuldige, wenn ich den Eindruck erweckt habe, ich würde nicht wollen, dass du aktiver wirst. Wir sollten uns nur vorher absprechen und dem jeweils anderen seine Befragungsmethoden zugestehen. Zumindest so lange, bis wir uns eingespielt haben und du dich an den hiesigen Umgangston gewöhnt hast. Dann werden wir bestimmt eine gemeinsame Vorgehensweise entwickeln.«

Laura nickte, es war normal, dass man sich erst aufeinander einstellen musste. Schon im Laufe des Tages war es einfacher geworden, Vito zu lesen.

»Du darfst gern jederzeit dazwischenfunken, ich weiß, dass das hier ein Heimspiel für dich ist«, sagte sie.

Sie trat zum Laden und öffnete die Glastür. Ein heller Klingelton erklang. Das Innere war kühl und zweckmäßig eingerichtet, ein langer rechteckiger Verkaufsraum mit mehreren alten Weinfässern, die als Stehtische dienten, bestimmt für Verkostungen. An den Wänden waren hölzerne Weinregale angebracht, in denen unzählige Weine lagerten. Ein paar Vitrinen mit Gläsern, Zubehör wie Dekanter und Weinöffner sowie eine Kühltruhe mit verschiedenen Käsesorten und eine lange, hölzerne Verkaufstheke rundeten das Bild ab.

Ein junger Mann in Jeans und einem weißen Hemd räumte Wein in ein Regal. »Scusi, Signore.« Der Mann richtete sich auf und sah zu den Kommissaren. »Es tut mir leid, wir öffnen heute erst um vier, also in einer guten Stunde.«

»Wir sind nicht zum Einkaufen oder für eine Weinprobe hier«, sagte Laura und lächelte ihm freundlich zu. »Wo finden wir denn bitte Signora Tassinaro? Ihr gehört doch das Weingut?«

Der junge Mann kam auf sie zu und wirkte auf einmal reserviert. »Was wollen Sie von der Signora?«

Laura zog ihren Ausweis hervor. »Wir sind von der Kriminalpolizei und haben ein paar Fragen an Signora Tassinaro. Und wer sind Sie, wenn ich fragen darf?«

Der junge Mann errötete leicht. »Scusi, Commissaria. Mein Name ist Giovanni Tassinaro. Meiner Mutter gehört das Gut, und Sie glauben gar nicht, wie viele Touristen meinen, man stehe immer sofort für eine unentgeltliche

Weinprobe oder Führung zur Verfügung. Ich bringe Sie zu ihr, sie ist im Weinkeller.«

Er deutete auf die Tür, und sie begleiteten den jungen Mann nach draußen.

»Sie arbeiten auch hier?« Laura fragte es beiläufig, während sie über den sonnigen Platz gingen und das kühle Hauptgebäude betraten. Im Innern lag edles Parkett mit dicken, einladenden Teppichen. Eine kleine Rezeption aus dunklem Holz verlieh der riesigen Eingangshalle mit der Freitreppe zum Obergeschoß das gewisse Etwas, ebenso wie die unzähligen antiken Möbel.

»Ich kümmere mich um die Gäste und leite den Hofverkauf und die Verkostungen. Ich bin gelernter Hotelkaufmann und beaufsichtige zudem alle Veranstaltungen, die wir hier machen. Wir haben fünf Gästezimmer und zwei Ferienwohnungen im Haupthaus, auf dem Grundstück sind noch vier kleine Ferienhäuser. Meine Mutter kümmert sich um den Weinhandel, ich um alles, was rund um das Gut anfällt.« Der Stolz in seinen Worten entging Laura nicht. Sie folgten ihm durch die Eingangshalle und auf eine große Holztür zu, hinter der eine Steintreppe in den Keller führte.

Der gemauerte Keller war alt, mit einer hohen Gewölbedecke, an den Wänden standen riesige Eichenfässer, fast drei Meter hoch. In der Mitte des Raumes befanden sich ebenfalls einige riesige Fässer, und vor der Treppe waren kleine Weinfässer zu Stehtischen arrangiert, wie im Verkaufsraum.

»Hier lagern unsere Spitzenweine in Kastanienfässern aus heimischen Hölzern. Wir legen viel Wert auf Tradition und haben noch einen Küfer im Ort. Die Fässer werden durch einen Kellerzugang am Ende des Gewölbes hier reingebracht und aufgestellt.«

Sie traten zu den Stehtischen, als eine schlanke Frau hereinkam. Sie trug eine schwarze Schürze und einen Korb mit kleinen Flaschen, in die offenbar Rotwein abgefüllt war.

»Mamma, hier sind zwei Kommissare aus Florenz, die dich sprechen möchten.«

Signora Tassinaro sah erstaunt zu Vito und Laura hinüber. »Wie kann ich Ihnen behilflich sein?« Sie stellte den kleinen Träger ab. Ihr Sohn stand an der Treppe, und die Frau sah zu ihm. Nur einige graue Strähnen waren in ihren Haaren zu sehen. Sie sah keinen Tag älter als vierzig aus.

Laura stellte sich und Vito vor, und Signora Tassinaro ließ sich die Ausweise zeigen.

»Brauchen Sie meinen Sohn noch?«

»Nein, Signora. Wir haben auch nur ein paar Fragen, reine Routine.«

Die Frau sah zu Giovanni, der abwartend an der Treppe stand. »Du kannst uns allein lassen. Ich bin sicher, die Commissaria und der Commissario werden mich nicht verhaften.«

Laura schmunzelte und wartete, bis der junge Mann den Keller verlassen hatte.

»Was kann ich für Sie tun?« Signora Tassinaro kam direkt zur Sache, ihr Blick war offen und verriet nur eine verhaltene Neugierde. Sie hatte ungewöhnlich helle, graue Augen und ebenmäßige, feine Gesichtszüge.

»Wir ermitteln im Todesfall von Stefano Simonetti. Sie haben sein Restaurant mit Wein beliefert, ist das richtig?«

Die Winzerin nickte. »Ja, wir haben sehr lange eine sehr gute Geschäftsbeziehung gepflegt. Allerdings hat er in den letzten sechs Monaten ungewöhnlich wenig Wein abgenommen.«

Laura runzelte die Stirn. Er hatte Schulden gehabt, aber bisher war er überall als guter Kunde beschrieben worden.

»Hat er seine Rechnungen pünktlich bezahlt?« Laura bemerkte, dass Vito die Frau aufmerksam im Auge behielt, auch wenn er auf den ersten Blick eher abwesend wirkte.

»Oh ja, garantiert. Ich liefere nur gegen Barzahlung. Allerdings hat er, wie gesagt, in den letzten Monaten immer weniger Wein abgenommen. Ein Freund von mir war vor einigen Tagen zum Essen im Restaurant und meinte, er hätte meinen Wein dort getrunken, aber er hätte weder die gewohnte Tiefe gehabt noch das Bukett, das er von meinem Chianti von 2016 gewohnt wäre.«

Signora Tassinaro schwieg, und Laura überlegte kurz. Vito warf ihr einen Blick zu, der ihr verriet, dass ihre Gedanken in die gleiche Richtung gingen wie seine.

»Sie nehmen an, dass er einen anderen Wein statt Ihrem Chianti ausgeschenkt hat?«

Die Frau seufzte und wirkte unangenehm berührt. »Man soll nichts Schlechtes über die Toten sagen, aber er hat nur noch einen Bruchteil der üblichen Menge gekauft, allerdings sind die meisten Rotweine auf seiner Karte aus meinem Weingut. Man muss sehr schlecht in Mathematik sein, um bei diesen Fakten nicht hellhörig zu werden. Ich hätte ihn bei meiner nächsten Lieferung direkt darauf angesprochen, natürlich sehr vorsichtig und mit allem gebührenden

Respekt. Wenn er billigen Wein in meine Flaschen füllte und diese für meinen ausgegeben hat, das wäre Betrug. Aber warum sollte ein Koch seiner Reputation so etwas tun?«

Die Frage nach dem Warum war gar nicht so schwierig zu beantworten, aber das konnte Signora Tassinaro ja nicht ahnen.

»Gab es sonst irgendwelche Auffälligkeiten in Ihrer geschäftlichen Beziehung? Irgendetwas, das uns bei den Ermittlungen helfen könnte?«

Signora Tassinaro schüttelte den Kopf.

»Nein, Simonetti war ein guter Kunde und stets höflich, wenn wir uns trafen. Einmal im Jahr waren er und seine Frau zu unserem Hoffest hier, ansonsten war es eine rein geschäftliche Beziehung.«

Laura bedankte sich und gab der Frau ihre Karte. Sie verabschiedeten sich, und als sie wieder in die nachmittägliche Wärme vor dem Haus traten, runzelte Laura die Stirn.

»Was ist?« Vitos dunkle Stimme klang neugierig.

»Ich bin mir fast sicher, dass er den Wein ausgetauscht hat. Bestimmt wollte er damit einen Teil seiner Spielschulden abfangen. Ihm muss das Wasser bis zum Hals gestanden haben.«

Vito nickte, er wirkte nachdenklich. »Ja, nur warum tötet man jemand, der einem Geld schuldet? Man schlachtet doch keine Gans, die noch goldene Eier legt. Und trotz allem war er als Koch immer noch sehr erfolgreich. Wer also hat von seinem Tod profitiert außer der Ehefrau oder dem Konkurrenten?«

Laura zuckte mit den Schultern. »Wir sollten morgen früh noch den Olivenbauern befragen. Wenn wir da nichts Neues erfahren, wenden wir uns der Frau und dem Konkurrenten zu.«

KAPITEL 14

ALS VITO IN der Abenddämmerung nach Hause kam, stand der alte, grüne Lada von Onkel Eno in der Einfahrt. Überrascht hielt er an und stieg aus. Onkel Eno saß unter dem Vordach in einem Schaukelstuhl und zog genüsslich an seiner Pfeife. Rauchschwaden stiegen in die Höhe.

»Was machst du hier?«, fragte Vito überrascht. »Wartest du schon lange?«

Onkel Eno hielt die Pfeife in die Höhe. »Meine zweite.« Erneut zog er daran, und das Aroma von Pflaumen breitete sich langsam aus.

»Ist etwas passiert?«, fragte Vito besorgt.

»Was soll passiert sein, ich will nur mit dir sprechen.«

»Warum rufst du nicht an?«

»Ich weiß doch, dass du einen Mörder suchst, weshalb sollte ich dich da stören. Du hast es schön hier. Ich sitze hier und habe den Sonnenuntergang betrachtet. Ich habe Zeit, anders als du.«

»Weshalb bist du hier, du besuchst mich doch nicht einfach, weil dir mein Gesicht so gut gefällt.«

»Ich habe mit Fabione gesprochen.«

Vito runzelte die Stirn. Mit dem Namen konnte er gerade überhaupt nichts anfangen.

»Manzinis Anwalt«, fuhr Onkel Eno fort. »Manzini will mit dir sprechen. Morgen, zehn Uhr im Rebibbia.«

»Um zehn, wie stellst du dir das vor? Ich muss zur Arbeit.«

»Das ist jetzt deine Angelegenheit. Geh oder geh nicht. Ich habe dir schon ein paarmal gesagt, dass du die Sache endlich auf sich beruhen lassen sollst. Lucia ist tot, und niemand hat etwas davon, wenn man sich einer Hoffnung hingibt, die sich nie erfüllen wird, und darüber sein eigenes Leben vergisst. Lass Lucia endlich los. Such dir eine Frau, heirate und mache ihr ein paar kleine bambini. Du wärst ihnen sicherlich ein guter Vater.«

Vito ließ sich auf der Treppe nieder und schüttelte den Kopf. »Das kann ich nicht«, antwortete er mit brüchiger Stimme.

Onkel Eno klopfte seine Pfeife aus, ging auf Vito zu und legte ihm die Hand auf die Schulter.

»Du weißt, was zu tun ist. Es ist deine Entscheidung«, sagte er und nickte ihm zu, bevor er die Einfahrt hinunterging, sich in seinen Wagen setzte und davonfuhr.

Vito saß noch beinahe eine Stunde auf den Stufen, die zum Haus führten. Schließlich raffte er sich auf. Onkel Eno hatte recht. Er musste fahren, er musste mit Manzini sprechen. Entweder erfuhr er morgen, dass er all seine Hoffnungen begraben musste und Lucia tot war oder dass er sich nicht irrte und seine Suche nicht vergebens war. Endlich ein Stück Klarheit. Doch genau vor dieser Klarheit fürchtete er sich.

*

Um sieben Uhr setzte er sich nach einer schlaflosen Nacht in seinen Wagen und fuhr über die Autostrada A1 nach Rom. Nach drei Stunden Fahrt und einer kurzen Essenspause parkte er seinen Wagen in der Vorstadt auf einem Parkplatz in der Via Raffaelo Majetti, direkt gegenüber dem Haupttor. Er blieb noch im Auto sitzen, griff zum Handy und schaltete es ein. Drei Anrufe in Abwesenheit. Er schrieb eine SMS an Maria. Bei all den Gedanken, die angesichts des Treffens mit Manzini durch seinen Kopf schossen, hatte er glatt vergessen, seine Dienststelle über seine Abwesenheit zu informieren. Er schaltete es wieder aus und legte es zurück ins Handschuhfach. Dann atmete er noch einmal kräftig durch und öffnete die Wagentür.

Der Carcere di Rebibbia war ein Hochsicherheitsgefängnis, in dem mehrere Größen der Cosa Nostra, der Ndrangheta und der Camorra einsaßen. In dem riesigen Areal war sogar ein Frauengefängnis untergebracht. Natürlich streng von den männlichen Insassen getrennt. Mörder und Totschläger, Vergewaltiger und Pädophile, Räuber und Diebe. Hier war alles versammelt, was das Strafgesetzbuch hergab. Manzini saß in Untersuchungshaft, ihm drohte eine lebenslange Haftstrafe wegen eines Bombenanschlags und achtfachen Mordes im Hafen von Palermo. Über zwanzig Jahre hatte er ganz oben auf der Fahndungsliste gestanden. Und nun saß er hier in diesem Gefängnis vor den Toren Roms und würde wohl keinen einzigen Tag seines Lebens mehr in Freiheit verbringen.

Vito trat vor das schwere Eisentor und drückte auf den Klingelknopf.

Die Zugangskontrolle brachte er routiniert hinter sich, schließlich war er als Polizist Besuche in Gefängnissen gewohnt. Und auch die langen, sterilen und neonlichtdurchfluteten Flure mit den Gittertüren waren ihm nicht fremd. Wortlos führte ihn ein Justizbeamter in das karge Sprechzimmer, in dem nicht viel mehr als drei Stühle und ein stählerner, im Boden verankerter Metalltisch standen. Zwei Stühle an jeder Tischseite und einer neben der Tür, auf dem der Beamte Platz nahm, nachdem er Vito den Stuhl auf der einen Seite des Tisches zugewiesen hatte. Vito schaute auf die Armbanduhr. Er musste noch ein paar Minuten warten, bis ein Mann mit stählernen Fesseln an Händen und Füßen in den Raum geführt wurde und sich auf der anderen Seite des Tisches auf einen Stuhl setzen konnte. Ehe die beiden Beamten, die ihn hergeführt hatten, den Raum verließen, verankerten sie die Fesseln in einem am Boden angebrachten Haken. Wortlos gingen sie, nickten ihrem Kollegen auf dem Stuhl neben der Tür zu und schlossen die Tür.

Vito musterte den Mann, der ihm gegenübersaß. Natürlich kannte auch er die Fahndungsfotos von Toto Manzini, schließlich hatte er einige Zeit bei der Antimafiapolizei verbracht, bevor es ihn nach Florenz verschlagen hatte. Doch von dem einstmals kräftigen und ausdrucksvollen jungen Mann, Anfang dreißig, mit dichten, lockigen schwarzen

Haaren, wie er ihn von Fotos kannte, war nicht viel übrig geblieben. Toto Manzini war alt geworden, und das Leben auf der Flucht hatte ihn gezeichnet. Die Haut war runzelig und eingefallen, die Hände, die er gefaltet auf den Tisch gelegt hatte, waren knöchrig und verkrümmt, und die einstmals schwarzen Haare dünn und grau. Aus müden Augen blickte ihm Manzini ins Gesicht.

»Du siehst deinem Vater ähnlich«, sagte der Mafiosi mit rauchiger Stimme, während Vito noch nach den richtigen Worten suchte.

»Mein Vater ist tot«, entgegnete Vito.

Manzini nickte.

Vito überlegte, wie er bei der Befragung vorgehen sollte, doch bevor sein Plan Gestalt annahm, meldete sich Manzini erneut zu Wort. Mit seinen gefesselten Händen etwa in Höhe des Stuhles zeigte er die Größe an. »So groß warst du, auf meinem Schoß hast du gesessen. Damals, in der Kanzlei. Du erinnerst dich?«

Vito zuckte mit den Schultern.

»Dein Vater war ein guter Mensch und ein guter Anwalt. Ich habe ihm viel zu verdanken.«

»Mein Vater hat nur getan, was er tun musste. Ich glaube, wenn er geahnt hätte, was Sie später anrichten würden, hätte er die Verteidigung sofort niedergelegt.«

Manzini lächelte und präsentierte dabei seine zahllosen Zahnlücken. »Ja, das hätte er wohl. Aber man kann die Zeit weder vor- noch zurückstellen. Ich weiß, was eurer Familie widerfahren ist. Und wenn ich gekonnt hätte, glaube mir, ich hätte etwas unternommen.«

»Sie wissen, weshalb ich gekommen bin?«

Manzini lächelte wieder. »Fabione hat es mir erzählt. Und ich sagte, schick mir den Jungen. Auch wenn er jetzt ein Bulle ist und bestimmt auch nach mir gesucht hat. Aber er hat mich ja nicht erwischt. Also, schick mir den Jungen. Ich versuche zu helfen, wenn ich kann. Ich tue es, seinem Vater zuliebe.«

»Was wissen Sie über die Entführung?«

»Oh, ich weiß nichts darüber«, entgegnete Manzini. »Ich weiß nur, dass die Casamiros lauter verrückte Sachen im Kopf hatten. Sie waren sich für nichts zu schade und haben keine Ehre. Für sie war es ein Geschäft. Ich hätte mich nie an kleinen Kindern vergriffen.«

»Sie haben mit den Casamiros gemeinsame Sache gemacht.«

Manzini winkte ab. »Ich habe sie benutzt, Junge. Das ist etwas anderes. Ich habe ihnen ein klein wenig Aufmerksamkeit zukommen lassen, und dafür haben sie einige Jobs für mich erledigt. Aber die Casamiros sind Hunde. Man benutzt sie, man füttert sie, wenn es notwendig ist, und man streichelt sie, damit sie ihrem Herrn treu bleiben. Aber man bestraft sie, wenn sie über die Stränge schlagen, und man bindet sie fest, damit sie keinen Blödsinn machen, verstehst du, was ich meine?«

»Sie sagen das, als wäre es klar, dass die Casamiros hinter der Entführung stecken.«

»Ich würde es diesen Ratten zutrauen.«

»Aber Sie wissen es nicht?«

Manzini lehnte sich in seinem Stuhl zurück und schlug die Beine übereinander. Die Ketten rasselten laut.

»Es war die Stidda, die mit diesen schmutzigen Geschäften anfing. Ein ganz einträgliches Geschäft wohl. Reiche Leute zahlen gut, damit sie ihre Angehörigen wieder heil zurückerhalten. Kinder wurden bevorzugt. Ein Kind ist pflegeleicht und lässt sich gut bewachen. Und es wird immer gut dafür bezahlt. Sie machten Millionen damit.«

»Die Stidda aus Sizilien hat keine Verbindungen nach Rom und nach Siena.«

»Ich sagte auch nur, dass die Stidda dieses Geschäftsmodell erfunden hat. Natürlich gibt es überall Nachahmer und, mein Junge, du irrst dich, wenn du glaubst, dass diese Leute nur regional tätig sind. Sie haben Verbindungen, so wie ich sie hatte. Aber auch die kennen keine Ehre.«

»Claudio Paresi«, fragte Vito. »Sagt Ihnen der Name etwas?«

Manzini zuckte mit den Schultern.

»Er fuhr das Motorrad. Er war ein Dealer und stammte aus La Storta, das liegt vor den Toren Roms.«

»Ich kenne den Mann nicht, den Namen habe ich noch nie gehört.«

»Das Motorrad war drei Tage vor der Geldübergabe in Rom gestohlen worden«, fuhr Vito fort.

»Ich sagte doch, den Casamiros würde ich alles zutrauen. Und wenn Rom Ausganspunkt dieser Aktion war, dann wussten sie sicherlich darüber Bescheid. Damals lief nicht viel in dieser Region, ohne dass die Casamiros ihre Finger mit im Spiel hatten.«

Vito fuhr sich mit der Hand über die Stirn. »Wieso sagen Sie mir das alles, ich meine, weshalb helfen Sie mir?«

Manzini wies mit dem Kopf in Richtung des vergitterten Deckenfensters. »So ähnlich sieht meine Zelle aus. Trostlos, kalt und unwirklich. Ich sitze in Einzelhaft und während meines Hofganges, der genau vierzig Minuten dauert, bin ich in einem Käfig gefangen. Das wird mein Anblick und meine Beschäftigung für den Rest meines Lebens. Und das dauert vermutlich nicht mehr lange. Bestimmt gibt es hier einige, die den Liparis verpflichtet sind. Sie werden meinen Kopf als Trophäe in die Höhe halten und hoffen, dass sie dadurch ihre Situation oder die Situation ihrer Familien verbessern können. Schau mich an, ich bin alt geworden, alt und gebrechlich. Ich kann mich nicht mehr wehren. In einem Monat bin ich vielleicht schon tot.«

Vito betrachtete nachdenklich die grünlich gekachelte Wand auf der gegenüberliegenden Seite. »Haben Sie die Bombe gelegt, damals im Hafen?«

Manzini zuckte mit den Schultern. »Das spielt keine Rolle, mein Junge. Sie werden mich verurteilen, und ich werde hinter Gittern sterben. Entweder weil ich zu alt geworden bin oder weil ein Messer in meinem Rücken steckt. Ich hoffe nur, dass es schnell geht.«

Vito beugte sich verschwörerisch vor. »Nennen Sie mir einen Namen. Wen kann ich fragen, was aus meiner Schwester wurde?«

»Du bist bei der Polizei«, entgegnete der Mafiosi. »Kannst du dafür sorgen, dass man mich verlegt?«

Vito staunte. »Verlegt, wohin?«

»Nach Mailand, egal, auf alle Fälle in den Norden. Weit weg von Rom, nur nicht in den Süden.«

»Tut mir leid, ich bin nicht dafür zuständig. Ich arbeite in Florenz.«

»Aber du kennst sicher jemand, der das veranlassen könnte.«

»Das ist Sache des Richters.«

»Ich will noch nicht sterben.«

»Ich kann nichts versprechen.«

»Ich weiß, aber du kannst es versuchen.«

Vito räusperte sich. »Eine Frage interessiert mich noch. Wenn eine Geldübergabe scheitert und es keinen Kontakt mehr gibt. Muss ich davon ausgehen, dass meine Schwester umgebracht wurde?«

Manzini wiegte den Kopf hin und her. »Sie war jung, kaum mehr als vier Jahre alt.«

»Richtig.«

»Kleine Kinder verkraften es, wenn man ihnen sagt, dass sie nun neue Eltern haben. Sie kommen darüber hinweg, und irgendwann, das geht meist recht schnell, hören sie auf zu fragen, wenn sie ein glückliches Leben bei den neuen Eltern führen.«

»Das heißt, meine Schwester könnte noch leben?«

»Manchmal fuhr man in diesem Geschäft zweigleisig. Es gibt reiche Leute, die dafür bezahlen, ihre entführten Kinder zurückzubekommen, und es gibt Ehepaare, die genauso gut bezahlen, wenn sie nur endlich ein Kind ihr Eigen nennen könnten. Manchmal zahlt eine Familie, aber die Lieferung bleibt aus, weil die Ware schon anderweitig weiterverkauft wurde, verstehst du, Junge.«

Vito nickte.

Der Justizbeamte erhob sich von seinem Stuhl und öffnete die Tür. »Tut mir leid, die Zeit ist um«, sagte er und wies zum Ausgang.

Vito atmete durch. »Wenn ich versuche, die Verlegung zu erreichen, bekomme ich dann meinen Namen?«

»Pico«, entgegnete Manzini. »Frag nach Pico, hier in Rom kennt man ihn. Er wird dir vielleicht weiterhelfen können. Aber sei vorsichtig. Die Casamiros lassen sich nicht so einfach in die Karten schauen.«

Bevor Vito das Gefängnis verließ, fragte er den Justizbeamten nach dem Namen und der Telefonnummer des für Manzini zuständigen Ermittlungsrichters. Der Beamte notierte beides in seinen Notizblock, riss die Seite heraus und reichte ihm den Zettel.

KAPITEL 15

DIE MORGENDLICHE LUFT war erfrischend, zeigte aber schon an, dass der heutige Tag warm und drückend werden würde. Laura lief in Richtung Ortsausgang. Nach zweihundert Metern bog sie rechts ab und wanderte den Hügel hoch, zur Fattoria di Luca, dem Hof eines Olivenbauern. Vito wollte sie dort mit dem Dienstwagen treffen.

Sie atmete die würzige Luft ein und ging zielstrebig den Feldweg zur Fattoria hinauf. Auf dem Weg zum Hofladen war sie schon ein paarmal an dem terrakottafarbenen Gebäude vorbeigefahren, hatte dem Gehöft selbst aber keine Beachtung geschenkt. Jetzt sah sie die alten knorrigen Olivenbäume, zwischen denen Ziegen grasten. Netze hingen über den meisten Bäumen, um die Vögel abzuhalten. Kleine, grüne Punkte an den Olivenbäumen deuteten an, was hier in einigen Wochen reich geerntet werden würde.

Die Fattoria di Luca war ähnlich wie das Weingut für seine Bioprodukte bekannt, neben Ziegenkäse, Oliven und hochwertigem Öl produzierten sie im großen Umfang Freilandkräuter in biologischem Anbau. Kein Wunder, dass Simonetti hier für sein Restaurant eingekauft hatte. Wenn Laura eines über den Starkoch wusste, dann, dass für ihn das Beste gerade gut genug gewesen war. Die reinrassigen Lagotto Romagnolo von einem der Topzüchter Italiens, die Trüffeln von Fabio Marra, bekannt als einer der exklusivsten Händler im Land, das Fleisch der berühmten Chianinarinder von Carlo Baretti, der Chianti vom Weingut Tassinaro – stets hatte Simonetti seine Produkte sorgfältig und achtsam ausgewählt. Regionale Bioqualität und Lieferanten, die auf ihren Gebieten führend waren. Das Ganze zog sich durch bis zur Ausbildung seiner Angestellten und dem Ambiente des Restaurants in erstklassiger Lage.

Laura wanderte zu dem Gebäude, hinter dem einige Gewächshäuser hervorblitzten. Sie konnte niemand entdecken, hörte aber das brummende Geräusch einer Motorsense. Sie trat zu einem riesigen Tor, auf einem Schild darüber stand *Fattoria Marco di Luca*.

Ein paar Meter weiter war ein zweiter Eingang, über dem ebenfalls ein Schild hing, diesmal mit der Aufschrift *Hofverkauf*.

Laura trat näher und konnte durch das Fenster neben der Tür in einen winzigen Verkaufsraum blicken. Olivenkanister standen an der Wand aufgereiht, in der Mitte eine Presse, eine beleuchtete Käsetheke bildete die Stirnseite des kleinen Geschäftes. Sie setzte sich auf die hölzerne Bank direkt an der Hauswand und sah auf ihr Handy. Es war kurz nach neun, und sie schätzte Vito als pünktlich ein. Aber der Verkehr in Florenz konnte sogar einen Heiligen auf die Probe stellen. Sie streckte die Beine aus, drehte das Gesicht zur Sonne und genoss die klare, duftende Landluft und die warmen Strahlen, die ihre Haut wärmten.

Bestimmt würde Vito gleich eintreffen, dann konnten sie den Inhaber der Fattoria suchen. Der war mit Sicherheit in der Nähe der brummenden Motorsense zu finden.

Als sie nach einer Weile erneut auf die Uhr schaute, war es zwanzig nach neun.

Kein Vito.

Laura versuchte, ihn anzurufen, aber er ging nicht an sein Handy. Also probierte sie es in der Questura.

»Si?« Marias routiniert freundliche Stimme erklang.

»Buona giornata, Maria. Hier ist Laura. Ist Vito heute Morgen schon in der Questura gewesen?«

»Laura, schön von Ihnen zu hören. Nein, ich habe ihn noch nicht gesehen. Wieso, stimmt etwas nicht?«

Laura überlegte kurz.

»Nein, bestimmt trifft er gleich ein. Wir waren um neun Uhr verabredet, und er ist noch nicht hier. Wahrscheinlich ist er im Verkehr stecken geblieben.«

Maria lachte dunkel. »Oh ja, nur Verrückte hier auf der Straße.«

»Ja. Danke Ihnen, ich melde mich später.«

»Und wundern Sie sich dann nicht, falls er gereizt ist – Geduld im Verkehr ist nicht seine Stärke.«

Laura lachte, verabschiedete sich von Maria und überlegte. Wegen einer Verspätung hätte er ihr Bescheid geben können.

Laura ging ein paar Schritte, wollte dann aber nicht länger untätig warten. Sie beschloss, die Befragung zumindest schon einmal alleine zu beginnen.

Sie umrundete das Gebäude, eine Mischung aus Laden, Scheune und Fabrikhalle. Dahinter standen vor weiteren Olivenbäumen drei große Gewächshäuser mit kleineren Pflanzen und Kräutern. Ein Mann um die dreißig braune Haare, kräftige Statur, kürzte mit der Motorsense den Rasen rund um die Gewächshäuser. Er trug eine grüne Latzhose, derbe Stiefel und hörte Laura nicht, die sich ihm bis auf drei Meter näherte.

»Scusi!« Sie musste schreien, um die Sense zu übertönen.

Der Mann stellte das Gerät ab, und die plötzliche Stille hatte etwas Erleichterndes. Laura war gar nicht aufgefallen, wie penetrant und störend das Geräusch gewesen war.

»Der Laden öffnet erst heute Abend. Dann kommt meine Schwester und sperrt auf.« Der Mann warf ihr einen unfreundlichen Blick zu, sein Gesicht war wettergegerbt und braun gebrannt. Er war attraktiv, auf eine etwas ursprüngliche Art.

Bevor er den Motor erneut starten konnte, trat sie näher an ihn heran.

»Commissaria Laura Gabbiano, Polizia di Stato, Firenze. Ich hätte ein paar Fragen.«

Der Mann zog die Augenbrauen zusammen und blickte finsterer, inspizierte aber den Dienstausweis, den Laura ihm zeigte. »Was wollen Sie?«

Sein bedrohlicher Ausdruck erinnerte die Commissaria daran, dass sie alleine und ohne Rückendeckung hier war, falls der Kerl unerwartet aggressiv auf die Befragung reagieren würde. Aber mit ein wenig Charme und Höflichkeit hoffte sie, die Situation im Griff zu behalten.

»Zuerst einmal wäre es schön, wenn Sie mir Ihren Namen verraten würden.«

»Marco di Luca«, antwortete er, während er die Motorsense beiseitestellte. »Mir gehört die Fattoria. Ich bewirtschafte die Olivenhaine in der vierten Generation. Und die Arbeit erledigt sich nicht von selbst, Signora.«

Laura lächelte ihn an. »Signore di Luca, ich würde Sie nicht aufhalten, wenn es nicht wichtig wäre. Ich ermittle im Todesfall Stefano Simonetti.«

Das Gesicht des Mannes wurde noch grimmiger. »Dieser pazzo schuldete mir Geld. Und nicht gerade wenig. Bestes Olivenöl, feinster Ziegenkäse. Ich habe ihm zuliebe nichts an seinen Konkurrenten Lorano geliefert, und der Betrüger hat drei Monate keinen einzigen Euro bezahlt. Er schuldete mir über dreitausend Euro! Und jetzt? Ich habe gestern bei Lorano angerufen, zum Glück ist er immer noch an meinen Produkten interessiert. Aber das Geld von meinen Lieferungen an das Tartufo sehe ich bestimmt nie wieder.«

Laura hörte geduldig zu, während di Luca sich in Rage redete, und nutzte dann seine erste Atempause.

»Warum haben Sie ihn weiterhin beliefert? Drei Monate Rückstände sind eine lange Zeit, Signore di Luca.«

Der Mann sah aus, als wäre das eine Frage, auf die er selbst keine Antwort wusste. »Na ja, er hat etwas von einer Pechsträhne erzählt und dass er selbst noch Außenstände hätte. Er hatte schon vorher mal mit Verspätung gezahlt.

Dann manchmal aber sogar mit einem Extraobolus. Das ist jetzt wohl vorbei, Tote zahlen keine Rechnungen.«

»Darf ich fragen, wo sie am Montag früh waren?«

Di Luca starrte sie böse an. »Sie glauben doch nicht etwa, dass ich Simonetti wegen dreitausend Euro für Käse und Öl abgemurkst habe? Reicht euch so etwas schon als Motiv?«

Laura hob beschwichtigend die Hände und lächelte den Mann an. Bewusst strich sie sich durchs Haar und antwortete mit sanfter Stimme.

»Signore di Luca, ich würde so etwas niemals annehmen, schon gar nicht von jemandem, der mit ehrlicher Arbeit seinen Lebensunterhalt bestreitet. Aber ich muss diese Frage stellen. Mein Vorgesetzter wird wissen wollen, wo Sie Montagfrüh waren. Sie täten mir mit der Auskunft einen Gefallen und könnten dann davon ausgehen, dass wir Sie nicht noch einmal belästigen.«

Sie nutzte ihren ganzen Charme, und wie so oft half es.

Di Luca entspannte sich und fuhr ruppig mit den Händen in die Hosentasche, während er ihre engen Jeans und die legere blaue Bluse, die locker über das Holster an ihrem Gürtel fiel, musterte. Sein Blick blieb an ihrem Ausschnitt hängen.

Laura hätte am liebsten die Augen verdreht. Es sollte nicht auf diese Weise funktionieren, nicht mit der Masche *hilfloses Weibchen will gerettet werden.* Andererseits, wenn sie Männer so dazu bringen konnte, nach ihrer Pfeife zu tanzen …

»Ich war in Bologna und habe ein Ersatzteil für die große Presse abgeholt. Sie können in der Fabrik anrufen, ich war um sieben Uhr in der Frühe schon dort. Immerhin habe ich hier jede Menge Arbeit, und mein Gehilfe ist seit zwei Wochen außer Gefecht. Der dumme Kerl ist von der Leiter gefallen.«

Laura schenkte Di Luca ein weiteres, nun ehrliches Lächeln, griff in ihre Tasche und holte eine Visitenkarte hervor. »Ich danke Ihnen, Signore. Falls Ihnen noch etwas einfällt, dann können Sie mich jederzeit anrufen. Ich würde mich freuen.«

Als sie ihm die Karte reichte, stahl sich ein leichtes Grinsen auf das Gesicht des Bauern. »Sie sind neu in der Stadt?«

Laura seufzte innerlich. Verdammt. Offenbar hatte sie zu viel Charme eingesetzt.

»Ja, mein Mann und ich sind gerade hierhergezogen.«

Der Gesichtsausdruck offenbarte Enttäuschung über Lauras taktischen Rückzug.

Keine privaten Verabredungen mit Zeugen, schon vor Langem hatte sie sich geschworen, nie wieder Beruf und Privatleben zu vermischen. Davon abgesehen fiel dieser Mann eindeutig in die Kategorie rein professionelles Interesse.

Schnell verabschiedete sie sich und lief um das Gebäude herum. Als sie außer Sicht war, hörte sie die Motorsense wieder anspringen. Sie ging am Laden der Fattoria vorbei, aber nirgends war Vito oder sein Auto zu sehen.

Verflucht, wo steckte er nur?

KAPITEL 16

»COMMISSARIA GABBIANO, Sie wollten doch wissen, was mit Vito ist?« Laura sah vom Bildschirm auf. Maria stand in der offenen Tür.

»Ja, hat er sich gemeldet?« Laura registrierte erfreut, dass ihr die Sekretärin einen Kaffee reichte.

»Er hat sich krankgemeldet. Der Ärmste, er meldet sich kaum jemals krank, nur wenn er sich kaum mehr auf den Beinen halten kann.«

Laura war ein wenig erleichtert, aber immer noch sauer. Vito hätte ihr Bescheid sagen können, nein, müssen. Sie waren Partner, und eine Whatsapp oder ein kurzer Anruf wären nicht zu viel verlangt gewesen.

Sie trank einen Schluck Kaffee und entschloss sich, Vito aufzusuchen, bevor sie zu der Befragung des Models fahren würde. Sie brauchten unbedingt ein paar Informationen über Simonetti, die nicht von der Ehefrau kamen, und Micaela di Santi war offenbar die letzte Frau in seinem Leben gewesen. Laura erhoffte sich ein paar Einblicke, die ihnen die Angestellten nicht geben konnten und seine Witwe nicht geben wollte. Es war noch vor zwölf Uhr, und laut der Agentur würde das Fotoshooting bis zum Abend andauern.

Laura nahm die Tasse, trank aus und ging zum Soko-Raum, in dem Fraccinelli in einer Akte blätterte und sich Notizen machte.

»Fraccinelli, ich habe noch etwas zu erledigen, aber nach Ihrer Pause würde ich gerne mit Ihnen nach Monteriggioni fahren, um Micaela di Santi zu befragen. Angeblich hatte Simonetti eine Affäre mit ihr, laut der Klatschpresse waren sie letztes Wochenende noch gemeinsam bei einer Opernpremiere in Mailand.«

Der Assistent sah auf.

»In Ordnung. Ich werde bereit sein, Commissaria.«

Sein Blick verriet, dass ihn die Aussicht, ein wenig rauszukommen und dabei ein Topmodel zu treffen, gefiel.

Laura zog den Kopf aus der Tür und eilte den Flur hinunter. Sie musste unbedingt kurz mit Vito über die nächsten Schritte reden, er war der leitende Ermittler und sie erst seit Anfang der Woche in der Abteilung.

Sie fuhr zügig durch die Mittagshitze, in der sich ein heißer Hochsommer ankündigte. Die milden Sonnenstrahlen gewannen an Kraft, und schon jetzt konnte man erkennen, dass um diese Uhrzeit das Leben in den Straßen träger wurde. Die Einheimischen hielten eine Mittagspause, nur die verrückten Touristen, begierig, auch ja nichts vom Angebot der Stadt zu verpassen, taumelten durch die Gluthitze.

Das zweigeschossige, aus hellen Bruchsteinen gemauerte

Haus mit den großen Fenstern und den grauen Fensterläden sah modern und einladend aus. Ein Weg aus ähnlichen Steinen führte zum Eingang, der Rasen im Vorgarten schien pflegebedürftig.

Laura ging zur Eingangstür. Carlucci stand auf dem Klingelschild. Als sie läutete, ertönte eine leise Melodie hinter der Tür.

Lauschend wartete sie auf Vito und fragte sich, wie die Inneneinrichtung wohl aussah. Was seine Kleidung anbelangte, hatte er etwas Aufgeräumtes, mit einer Vorliebe für gute, nicht zu teure Marken. Er trug einfarbige, dezente aber hochwertige Sachen. Ein Mann, der Wert auf Beständigkeit und Qualität legte. Nur seine Schuhe waren exklusiv, auch das Haus verriet, dass Vito offenbar keine monetären Sorgen hatte.

Niemand öffnete, und ein weiteres Mal klingelte Laura an der Tür. Auch jetzt folgte der Melodie im Inneren nur Stille. Keine Reaktion. Sie wählte Vitos Handynummer. Das Läuten hinter der Tür verriet, wo sein Smartphone lag. Vito war offenbar nicht zu Hause.

»Von wegen krank, der Herr. Was zum Teufel soll das? Wo steckst du?« Laura fluchte leise vor sich hin, als sie zurück zum Auto eilte. War Vito etwa doch nicht so ernsthaft an der Arbeit interessiert, wie er vermittelt hatte? Warum sonst überließ er es ihr, den Mordfall allein weiterzubearbeiten?

Sie würde ihn zur Rede stellen, so viel war klar.

*

Sie fuhr zurück zur Questura, von wo sie und Fraccinelli sich dann mit dem Dienstwagen auf den Weg nach Monteriggioni machten. Fraccinelli reagierte beleidigt, als Laura ihn höflich, aber bestimmt bat, das lautstarke Mitsingen von Schlagern zu unterlassen. Denn er klang so, wie er sich anzog.

Als er sich grimmig auf den Verkehr konzentrierte, konnte sich Laura etwas sammeln. Es war nie gut, aufgeregt oder wütend eine Befragung zu starten.

Schon von Weitem war Monteriggioni mit der imposanten Burg zu erkennen. Fraccinelli fuhr zügig die Straße auf den Hügel hinauf.

Als sie einen der zehn Wehrtürme passierten, fragte sich Laura unwillkürlich, wie schwer es in der Vergangenheit wohl gewesen sein mochte, sich dieser militärischen Trutzburg zu nähern.

Überall waren Autos mit ausländischen Kennzeichen unterwegs, zumindest die Touristen hatten es geschafft, Monteriggioni einzunehmen und zu besetzen.

Sie parkten in der Nähe der Stadtmauer. Das Shooting fand nur wenige Schritte entfernt an einem Wehrturm statt. Die Aussicht auf das Topmodel hatte Fraccinellis schlechte Laune wegen Lauras Rüge verfliegen lassen. Wie ein Trüffelhund, der Witterung aufgenommen hatte, stürmte er dem Wehrturm entgegen.

Als Laura ihn eingeholt hatte, war Fraccinelli schon dabei, einem jungen Mann im lila Seidenhemd seinen Ausweis zu zeigen und auf die Frau zu deuten, die sich auf einer steinernen Treppe räkelte. Micaela di Santi. In einem hauchdünnen Sommerkleid aus weißer Spitze. Der Fotograf feuerte seine Anweisungen ab, ein Lichttechniker balancierte einen riesigen Schirm zur Ausleuchtung, und eine Schar von Assistentinnen umschwirrte die Szene wie Bienen einen Honigtopf.

Laura seufzte und wies Fraccinelli, der das alles mit einem breiten Grinsen bestaunte, an, Micaela beizeiten ein Zeichen zu geben.

»Was willst du?«, blaffte der Fotograf Laura an, als sie hinter ihn trat. Sein Blick verharrte einen Moment auf ihr, registrierte die Bluse, wanderte abschätzend über ihre Brüste und schien ihre Form millimetergenau zu erfassen. »Wir arbeiten hier, Herzchen, gib deine Mappe ab, du bist ganz hübsch, ich werde sie mir ansehen. Aber jetzt habe ich keine Zeit für dich.«

Laura zog ihren Dienstausweis und hielt ihn ihm unter die Nase. »Herzchen«, sagte sie kalt, »ich müsste mal mit Signora di Santi sprechen.«

Erschrocken ließ der Mann die Kamera sinken, nickte und wandte sich an die Crew. »Zehn Minuten Pause! Giovanni, danach muss die Ausleuchtung aber sitzen.« Mit diesen Worten entfernte er sich, und Laura wandte sich der Frau zu, die entspannt und lässig auf der Treppe saß und die High Heels abstreifte.

Laura trat auf das Supermodel zu und wies sich aus.

»Ich habe mit Ihnen gerechnet. Eigentlich schon gestern.« Micaela di Santi streckte ihr die Hand entgegen. »Bitte, setzen Sie sich doch zu mir. Meine Füße bringen mich um.«

Mit dieser Freundlichkeit hatte Laura nicht gerechnet. Sie setzte sich neben di Santi auf die Steinstufen. Im Augenwinkel konnte sie sehen, wie sich Fraccinelli gerade an den Cannelloni des Caterings für das Shooting bediente.

»Wie Sie sich vermutlich denken können, habe ich ein paar Fragen zum Tod von Stefano Simonetti. Können wir das hier machen?«

Sie nickte.

»Stefano Simonetti und Sie waren ein Paar, richtig?«

Die junge Frau seufzte. »Richtig.«

»Mein herzliches Beileid.«

»Danke. Aber ob Sie es mir glauben oder nicht, ich wollte unsere Affäre beenden, wir waren verabredet, da wollte ich es ihm sagen. Einen Tag vor dem geplanten Treffen ist er …«

Laura hörte keine Emotion in der Stimme der Frau. »Wieso? In den Illustrierten und im Netz kursierten jede Menge Fotos von ihnen als turtelndes Liebespaar.«

Micaela di Santi seufzte erneut. »Ja, wir konnten beide Publicity gebrauchen. Da war Stefano noch bei der Sache und hat sich Mühe gegeben, er umwarb mich, und wir beide hatten Spaß, aber dann … Die letzte Zeit hatte er nur noch Spielen und Wetten im Kopf. Er wollte nach Monte Carlo mit mir, um seine Verluste in der Spielbank wieder reinzuholen. Und wenn er verloren hat … sagen wir es so: Keine Frau ist gern nur dafür da, dass sich der Mann abreagieren kann. Ich wollte mit ihm reden, aber …« Sie verstummte.

Laura wartete einen Moment und gab der Frau Zeit.

»Es war nur eine Affäre. Und als er seine Hündin hochträchtig verkauft hat, obwohl er sich so auf den Wurf gefreut hatte, da war mir klar, dass er sich wie ein Ertrinkender verhielt. Er würde alles mit sich in die Tiefe ziehen. Er hatte so große Pläne mit den Trüffelhunden, wollte sie trainieren …«

Laura konnte jetzt doch einen Schmerz in den Augen des Models sehen. Offenbar hatte sie Simonetti gemocht, und sein Verhalten hatte die junge Frau verletzt.

»Und Sie sind sich sicher, dass die trächtige Hündin verkauft wurde?«

Di Santi nickte. »Ja, er hatte diese Hündin geliebt, sie und Gonzo waren sein Ein und Alles. Ich hätte nie gedacht, dass er es übers Herz bringen würde … aber als er mir erzählt hat, dass er Ambra verkauft hat, war mir klar, wie tief er in der Kreide stecken musste. Ambra war seine Königin, sie hat viele Preise gewonnen.«

»Und Simonettis Ehefrau? Wie war das Verhältnis der beiden?«

Micaela di Santi setzte eine unverbindliche Miene auf, aber ein harter Ausdruck trat in ihre Augen. »Die Tatsache, dass er mit mir zusammen war, spricht ja für sich. Seiner Frau hat er keine Träne nachgeweint. Aber im Fall einer Scheidung hätte sie ihn bis aufs letzte Hemd ausgezogen. Ich glaube, deshalb wäre er früher oder später doch wieder zu ihr zurückgekehrt.«

KAPITEL 17

ES WAR NOCH früh, der Parkplatz im Innenhof der Questura angenehm schattig. In den letzten Tagen hatte sich der Sommer endgültig in Florenz eingenistet. Laura hatte sich mit Fraccinelli am Dienstwagen verabredet, sie wollten zu Lorano in dessen Restaurant. Die Befragung von Simonettis Konkurrenten war überfällig.

»Guten Morgen, Fraccinelli. Hat sich Commissario Carlucci gemeldet?«

»Bon giorno, Commissaria. Nein, leider noch nicht, er ist bestimmt noch krank. Soll ich wieder fahren?«

Laura nickte. »Aber bitte nicht singen.« Sie sagte es schmunzelnd, obwohl sie wegen Vitos erneuter Abwesenheit nicht gerade begeistert war. Am Abend zuvor war sie noch einmal zu Vitos Haus gefahren und hatte ein weiteres Mal vor verschlossenen Türen gestanden.

Fraccinelli grinste breit und stieg ein. Sie nahm auf dem Beifahrersitz Platz und versuchte, das pinke Poloshirt zu ignorieren, das für seine Verhältnisse schon als dezent durchging. Zügig und sicher lenkte er den Alfa durch die belebten Straßen. Ihn brachten die vielen Piaggios nicht aus der Ruhe.

»Sind Sie Florentiner?«

»Ja, Signora Gabbiano, hier geboren und aufgewachsen.« Er schien sich über ihr Interesse zu freuen, Stolz schwang in seinen Worten mit. Er lächelte die Commissaria an und begann, ihr auf dem Weg zum Restaurant Nuovo Bianco, das in der Nähe des Forte di Belvedere lag, einige der Sehenswürdigkeiten zu erläutern, an denen sie vorbeikamen.

Als sie sich endlich ihrem Ziel, der von den Medici erbauten Festung näherten, war Laura gespannt auf das alte Fort. Sie wurde nicht enttäuscht, konnte aber leider von außen keinen Blick auf den Palazzetto del Belvedere, die innenliegende Villa werfen.

»Das würde ich gern besichtigen.«

Fraccinelli schüttelte bedauernd den Kopf. »Das wird nicht gehen. Seitdem es zu tödlichen Stürzen gekommen ist, wurde das Festungsgelände für Besucher geschlossen. Aber Dottore Banchi kann Ihnen sicherlich eine private Führung ermöglichen, er hat gute Kontakte in der ganzen Stadt.«

Er lenkte den Wagen in eine Seitenstraße, die zum Boboli-Garten führte. Dann parkte er in einer Ladezone, und sie gingen die restliche Strecke zu Fuß. Das Restaurant war ein sachlicher, schlichter Bau mit terrakottafarbenem Verputz. Imposante Glaslaternen markierten den mit einer schwarzen Stoffmarkise überdachten Eingang. In edlen weißen Lettern stand *Nuovo Bianco* darauf.

Die Speisekarte, aufgestellt in einer edlen Glasvitrine, wies keine Preise aus, es gab nur wenige Gerichte zur Auswahl. Selbst gemachte Ravioli mit Stängelkohl-Ricotta-Füllung und Trüffel war eins der Angebote, und Laura war froh, dass ihr Magen nicht laut knurrte.

Fraccinelli zog an der dunklen Holztür, die aufschwang, und ließ Laura vor sich eintreten.

Das Innere des Gebäudes war hell, großzügiger als das eng bestuhlte Tartufo, und dicke Eichentische dominierten das Bild. Eine junge Blondine eilte über den gefliesten Boden auf sie zu, ihre Absätze klapperten ihnen energisch entgegen.

»Wir haben noch geschlossen! Scusi, aber ich muss Sie bitten zu gehen.«

»Polizia di Stato, Firenze. Mein Name ist Gabbiano, mein Kollege, Signore Fraccinelli. Wir suchen Alessio Lorano.«

»Er ist in der Küche. Ich werde ihn holen.«

Die Frau eilte davon.

Fraccinelli sah sich um. »Elegant. Ein Essen hier ist außerhalb meiner Gehaltsklasse. Der Laden hat zwei Sterne und drei Hauben des Gault Millau. Simonetti und Lorano waren mal gute Freunde.« Er mochte keinen Modegeschmack und die Stimme einer verschnupften Ente haben, aber er war immer bestens informiert.

»Das stimmt. Aber das ist lange her.«

Die Stimme gehörte einem Mann, der ein wenig kleiner als Laura war und zügig auf sie und ihren Begleiter zukam, die blonde Frau im Schlepptau.

»Alessio Lorano. Wollen wir uns setzen?« Er deutete auf

einen Tisch, der nicht eingedeckt war, und bestellte bei seiner Mitarbeiterin drei Espresso.

Sie nahmen Platz, und Laura war froh, dass sich Fraccinelli zurückhielt.

»Signore Lorano, Sie wissen, warum wir hier sind?« Der Restaurantbesitzer hatte einen grauen, kurz geschnittenen Haarkranz um die Halbglatze, ein hageres, langes Gesicht, das durch die perfekte Rasur noch betont wurde, und stechend graue Augen. Im Gegensatz zu Simonetti war er nicht korpulent, sondern auffällig schlank, und wenn er nicht die schwarze Kochjacke mit dem Logo des Restaurants getragen hätte, wäre er auch als Banker durchgegangen.

»Natürlich weiß ich, was Sie zu mir führt. Stefano ist ermordet worden. Selbst wenn wir keinen Disput gehabt hätten – der Kreis der Spitzenköche in Florenz ist überschaubar.«

Die Art, wie er das Wort Spitzenköche betonte, gab den Ausschlag für Lauras nächste Frage. Fraccinelli übernahm unaufgefordert die Dokumentation, sie würde ihm später dafür danken.

»Er war der strahlende Stern am Himmel der Köche in Florenz, richtig? Der Primus inter Pares.«

Lorano sah aus, als hätte er in eine Zitrone gebissen. Die Blondine erschien und stellte drei doppelte Espresso mit jeweils einem Cantuccino und einen kleinen Glas Wasser auf den Tisch.

»Selbst gebacken, kosten Sie ruhig. Simonetti ist nicht der einzige Koch, der ein Händchen für Details hat.« Lorano sagte es stolz, und Laura probierte das Gebäck.

»Wirklich exzellent.«

Das Lob schien der Koch erwartet zu haben. »Nur die besten Zutaten und eine Spur Orangenschale. Sie werden in ganz Florenz keine besseren Cantuccini finden.«

Laura lächelte ihn an, trank einen Schluck und stellte fest, dass auch der Espresso hier höchsten Ansprüchen genügte. Dann nahm sie ihre Frage wieder auf. »Trotzdem war Simonetti der beste Koch in Florenz, nicht Sie.«

»Er hat alles für den Erfolg getan. Wenn er diesen auf dem Rücken von Dritten erlangt hat, ließ das sein Gewissen kalt. Der Erfolg hat ihn durch und durch verdorben. Zudem hat er jede Beziehung genutzt, um in die Medien zu kommen und Publicity zu generieren. Andere Köche in Florenz kochen einfach nur. Und das besser als Simonetti. Wir krakeelen es nur nicht so laut und unverfroren in die Welt hinaus.«

Laura sah, wie Fraccinellis Mundwinkel kurz zuckten, während sein Stift blitzschnell über das Papier des Notizblocks flog.

»Interessant. Sie waren einmal befreundet. An welchem Punkt ist diese Freundschaft ins Wanken geraten? Als er erfolgreich wurde?«

Lorano wurde rot, sein Gesicht verriet mühsam gezügeltes Temperament. »Die Freundschaft zerbrach, als der pazzo ein Rezept meiner Familie stahl, minimal abwandelte und es als seines präsentierte. Wenn er es nicht von meiner Nonna geklaut hätte, wäre ihm sein Gnocchiteig nicht halb so gut gelungen. Dazu hatte er kein Recht!«

»Dass er gerade dafür dann berühmt wurde, muss Sie sehr

gewurmt haben?« Laura sah, wie sich Loranos Finger verschränkten. Sie war sich sicher, dass er unter normalen Umständen schon längst auf den Tisch gehauen hätte.

»Ja, aber nicht so sehr, dass ich ihn umgebracht hätte! Er war ein pazzo, ein Dieb, der seinen Ruhm auf meinem Rücken begründet hat, aber ich arbeite ehrlich. Und die Sterne bekomme ich spätestens, wenn ich auch einen so guten Standort habe wie Simonetti. Seine Frau ist nicht abgeneigt, mir das Geschäft zu verkaufen. Ich habe ihr ein Angebot gemacht, das sie nicht ablehnen wird.«

Laura überlegte kurz. Lebensversicherung und Restaurantablöse ergaben ein ordentliches Sümmchen. Isabella Simonetti würde durch den Tod ihres Ehemannes zu einer reichen, unabhängigen Frau werden.

»Wo waren Sie Montag früh?«

Lorano schnaubte.

»In der Handwerkskammer, wenn Sie es genau wissen wollen. Ich bin im Prüfungsausschuss und habe die Meisterprüfungen korrigiert.«

»Gibt es jemanden, der das bezeugen kann?«

»Ich war sehr früh dort, aber die Empfangsdamen können Ihnen bestimmt meine Anwesenheit bestätigen.«

Fraccinellis Stift eilte über das Papier, er sah enttäuscht aus. Laura konnte ihn verstehen. Der frustrierte, wütende Konkurrent wäre ein einfach erzielter Ermittlungserfolg gewesen.

»Warum hat Simonettis Frau noch nicht auf Ihr Angebot reagiert?«

Lorano zuckte mit den Schultern. »Das wird sie. Ich habe

mehr geboten, als das Gebäude nach Marktlage wert ist. Sie wollte bis nach der Beisetzung warten.« Der Koch stand auf und deutete auf die Espressi. »Bestellen Sie sich gern noch einen bei Greta. Ich glaube, wir sind fertig. Oder haben Sie noch weitere Fragen?«

Laura zögerte. »Sind Sie an Trüffelhunden interessiert?« Der Koch zog die Augenbrauen in die Höhe.

»Ich? Nein. Das war Stefanos Passion. Ich kaufe meine Trüffel wie jeder anständige Koch in Florenz. Stefano liebte dieses Getue und die Hunde, es brachte Prestige, und seine Kunden glaubten, er habe jeden einzelnen Trüffel selbst ausgegraben. Es war mehr Show als Wahrheit. Er hat noch immer einen guten Teil der Trüffel eingekauft. Aber alle flogen auf das Image, das er mit seiner Lizenz zur Trüffelsuche pflegte. War's das jetzt? Ich habe einen polpo auf dem Herd, den ich rausholen muss.«

Laura nickte, woraufhin sich der Koch verabschiedete und hinter einer schwarzen Schwingtür mit Bullauge verschwand.

Greta stand hinter der Theke und beobachtete aufmerksam, wie Laura und ihr Kollege ihre Espressi austranken und aufstanden.

»Fraccinelli, Sie fragen bitte gleich, wenn wir wieder in der Questura sind, bei der Handwerkskammer nach und lassen sich das Alibi bestätigen.«

Er nickte und Laura seufzte leise. Schon wieder ein Alibi. Schon wieder eine Sackgasse.

KAPITEL 18

VITO WAR ERST mitten in der Nacht zurückgekommen. Der Anlasser seines Wagens hatte ihn im Stich gelassen, und er musste zu einer Werkstatt geschleppt werden. Er wusste immer noch nicht so recht, was er von seinem Besuch im Rebibbia halten sollte. Manzini hatte vieles im Dunkeln gelassen und neue Fragen aufgeworfen. Doch alles nutzte nichts, er hatte einen Mord aufzuklären und musste sich wieder auf den Fall Simonetti konzentrieren.

Er schob die düsteren Gedanken an das Gespräch mit Manzini zur Seite, als er die Questura betrat. Es war kurz vor zehn Uhr am Morgen, aber weder im Konferenzzimmer noch in den Büros war jemand anzutreffen. Sogar Marias Büro war verwaist. Noch immer spürte er die Strapazen der langen, nächtlichen Rückfahrt. Ein starker Kaffee würde ihn wieder auf Vordermann bringen.

Mit einer gefüllten Tasse ging er in sein Büro, setzte sich an seinen Schreibtisch und trank erst einmal einen Schluck von dem kräftigen Gebräu. Erneut schlichen sich Gedanken an den gestrigen Tag in seinen Kopf, und so sehr er sich auch bemühte, sie einfach wegzuschieben, der Drang nach Klarheit wurde doch immer stärker. Er musste wissen, was geschehen war. Er griff zum Telefon und rief die Nummer in Rom an, die ihm der Justizbeamte im Rebibbia aufgeschrieben hatte.

Das Gespräch dauerte über eine Stunde. Als er auflegte, wurde die Tür zu seinem Büro geöffnet. Maria trat ein und hielt überrascht inne, als sie Vito am Schreibtisch sah.

»Du bist ja da.«

»Klar, weshalb sollte ich nicht da sein.«

Maria legte die Post auf seinem Tisch ab. »Ich dachte …«

Vito winkte ab. »Nein, alles in Ordnung. Ich brauchte den gestrigen Tag nur für mich.«

Er griff nach den Briefkuverts. »Ist etwas Wichtiges dabei?«

Maria schüttelte den Kopf.

»Wo sind die anderen?«

»Die Signora Commissaria ist zur Befragung mit Fraccinelli zu Lorano gefahren.«

»Gibt es neue Erkenntnisse?«

Maria kam einen Schritt näher. »Soviel ich weiß, nicht, aber Signora Gabbiano war ganz schön geladen, weil du ihr nicht Bescheid gegeben hast.«

»Ich dachte, du sagst es ihr.«

»Du hast mir gestern kurz vor Mittag eine Nachricht auf mein Diensthandy geschickt. Soweit ich weiß, wolltet ihr euch schon am Morgen direkt beim Olivenhändler treffen …«

Vito fasste sich an den Kopf. »Mist, daran hatte ich nicht mehr gedacht.«

»Dann solltest du dich heute bei ihr entschuldigen, sie hat dort eine ganze Weile auf dich gewartet.«

»Das tut mir wirklich leid …«

Maria nickte. »Sag es nicht mir, sage es ihr«, antwortete sie, ehe sie sich umwandte und das Büro verließ.

Vito hatte ein schlechtes Gewissen. Wie konnte er nur vergessen, Laura Bescheid zu geben?

Onkel Enos Besuch hatte alles durcheinandergebracht. Wenn sie und Fraccinelli vor Mittag noch zurück wären, dann würde er sie zum Mittagessen einladen. Das war er ihr mindestens schuldig.

Er warf einen kurzen Blick auf die Uhr und widmete sich der Post. Vier der sieben Briefe waren von der Personalverwaltung, rein administrative Angelegenheiten. In einem weiteren Brief, von der Technikabteilung, wurde zugesichert, dass das in die Jahre gekommene Aufnahmegerät im Vernehmungszimmer schnellstmöglich gegen ein neues und modernes ausgetauscht werden würde. Er fragte sich, ob dies wieder ein leeres Versprechen war oder diesmal dem Brief auch Taten folgten. Der sechste Brief stammte vom Grundbuchamt der Stadtverwaltung.

Vito griff zum Brieföffner und schlitzte den Umschlag auf. Das innen liegende Schreiben bestand aus zwei Dokumenten. Darin wurde auf Anfrage von Assistente Fraccinelli eindeutig bestätigt, dass Frau Isabella Simonetti Eigentümerin des Gebäudes an der Ecke der Piazza San Giovanni war, in dem sich das Restaurant Tartufo befand. Zur Untermauerung der Angabe war eine Kopie des Grundbuchauszugs beigefügt. Vorbesitzer war ihr Ehemann gewesen. Datiert war der Eintrag auf den 14. Mai 2002. Fraccinelli hatte sich nicht geirrt. Vito überlegte einen Augenblick. So eine Übertragung der Eigentumsrechte machte eigentlich nur Sinn, wenn es einen Ehevertrag zwischen Stefano Simonetti und seiner Frau gab.

Vito legte das Schreiben zur Seite, als er Schritte draußen auf dem Flur hörte. Er erhob sich, trat aus seinem Büro und sah sich um. Stimmen drangen aus dem Konferenzraum. Er schloss seine Bürotür und ging zu dem großen Raum am Ende des Flures.

Laura Gabbiano und Fraccinelli machten sich an der Pinnwand zu schaffen und platzierten dort ein Foto. Fraccinelli war der Erste, der den Commissario in der Tür bemerkte.

»Oh, Signore Commissario«, grüßte er erfreut. »Schön, dass es Ihnen wieder besser geht. Ich dachte schon, eine Sommergrippe hat Sie heimgesucht und würde Sie die nächsten beiden Wochen ans Bett fesseln. Ausgerechnet jetzt, wo wir Sie brauchen. Wir haben heute …«

Vito winkte ab. »Schon gut, Fraccinelli, alles halb so schlimm.«

Lauras Nicken war deutlich weniger enthusiastisch, und ihr Blick blieb kalt.

»Buon giorno«, sagte sie reserviert und widmete sich erneut der Pinnwand.

»Hat die Befragung von Lorano etwas ergeben?«, meldete

sich Vito erneut zu Wort, auch um das Schweigen zu durchbrechen.

»Oh ja, Commissario, es war sehr interessant. Wussten Sie, dass er ein Kaufangebot …«

»Fraccinelli …« Diesmal war es Laura, die den Vortrag des Kollegen unterbrach. »Würden Sie mich und den Commissario kurz alleine lassen.«

Fraccinelli warf zuerst Laura und dann Vito einen fragenden Blick zu. Als Vito nickte, trollte er sich.

»Und schließen Sie bitte die Tür!«, rief ihm Laura Gabbiano hinterher. Sie wartete, bis das Knacken des Schlosses ertönte, ehe sie sich Vito zuwandte.

»Ich habe …«

»Es tut mir leid.«

Sie sprachen gleichzeitig.

»Ich habe«, setzte Laura noch einmal an, »ich habe beinahe eine Stunde bei dem Olivenbauern auf dich gewartet.«

»Ich weiß, entschuldige bitte, mein Fehler …«

»Wo warst du?«

Vito neigte den Kopf zur Seite. »Ich war unpässlich. Ich kann mich nur bei dir entschuldigen. Es kommt nicht wieder vor. Ich muss mich erst wieder daran gewöhnen, dass ich einen festen Partner habe.«

»Wir steckten mitten in den Ermittlungen, und du meldest dich einfach krank, ohne mir Bescheid zu geben.«

»Ich sagte schon, es tut mir leid.«

»Ich frage mich nur, was das für eine komische Krankheit war.«

Vito runzelte die Stirn. »Wie meinst du das?«

»Ich war bei dir zu Hause, zweimal. Niemand da, dein Auto war weg. Ich habe schon kapiert, dass man in Florenz ein wenig gemächlicher an einen Fall herangeht, aber so einfach einen Tag blaumachen und die Kollegen hängen lassen, das bin ich nicht gewohnt.«

»Ich sagte schon, dass es mir leidtut, es ist nun mal passiert …«

»Ich stehe vor dem Haus, klingle und klopfe, aber der Herr macht einfach so, mitten in einem Mordfall, einen Ausflug. Wo warst du?«

»Ich kann nicht darüber reden, und meine Entschuldigung muss dir genügen. Ich verspreche dir, es kommt nicht wieder vor.«

Mit zunehmendem Schweigen verschwand das grimmige Funkeln aus Lauras Augen, und Vito fuhr erleichtert fort. »Wärst du so gut und würdest mich auf den aktuellen Stand bringen?«

Laura fasste alles für ihn zusammen, auch dass Fraccinelli keine Bestätigung für das Alibi von Lorano erhalten hatte. Simonettis Konkurrent war zwar am Montag um zehn Uhr gesehen worden, wie er die Handwerkskammer verlassen hatte, aber niemand hatte ihn kommen sehen oder konnte bestätigen, dass er auch zur Tatzeit dort gewesen war.

»Und wie machen wir jetzt weiter?«

Vito überlegte, aber alles, was auf Lorano hinwies, war ein Trüffelrezept. Die Ehefrau hatte ein besseres Motiv. Er wies zur Tür. »Lorano kann warten. Wir sollten uns noch einmal mit Isabella unterhalten. Sie hat uns einiges zu erklären.«

Laura nickte und ging zur Tür. »Gut, dann komm. Wir müssen schließlich einen Tag aufholen.«

KAPITEL 19

VITO FAND, ES wurde langsam Zeit, Signora Simonetti ein klein wenig rauer anzufassen. Inzwischen gab es genügend Aspekte, die sie zur Hauptverdächtigen im Mordfall an Ihrem Nochehemann Stefano Simonetti machten. Finde heraus, wo das Geld ist, hatte Laura bei ihrer ersten Begegnung einmal gesagt, und inzwischen war klar, wer ganz gehörig vom Tod des Spitzenkochs profitierte.

Vito setzte sich ans Steuer, Laura nahm auf dem Beifahrersitz Platz. Maria hatte herausgefunden, dass sich Isabella derzeit nicht im Chalet aufhielt, sondern im Wohnhaus in der Via del Ferrone.

Auf dem Hügel südlich der Stadt, reihten sich die Villen entlang der Straße aneinander. Die gepflegten Gärten mit Sträuchern und Bäumen und kurz gestutzten Rasenflächen wirkten manchmal steril und leblos. Dazwischen ragten aber Zypressen, Pinien und junge Eichen auf.

Simonettis Grundstück, unweit des Chirurgischen Krankenhauses gelegen, machte einen insgesamt eher verwilderten Eindruck. Gras und Rasen wucherten, und die Bäume hätten schon lange einen ordentlichen Schnitt vertragen können. Die Villa selbst war groß, hell und wirkte freundlich. Der Fahrweg, der, nachdem man das offen stehende schmiedeeiserne Tor passiert hatte, zum Haus führte, war von dem blauen Lieferwagen des Restaurants blockiert. Isabella Simonetti stand am Heck des Wagens und lud eine Kiste auf die Ladefläche. Sie blickte auf, als Vito den Alfa direkt hinter ihr stoppte und die beiden Kommissare ausstiegen.

»Buona giornata«, grüßte Vito.

Laura nickte der Frau zu.

»Das hätte ich mir denken können, dass Sie noch einmal bei mir aufkreuzen«, antwortete Isabella Simonetti genervt. »Ich habe heute absolut keine Zeit für so etwas. Ich muss hier noch entrümpeln, und anschließend kommt der Makler …«

»Sie verkaufen?«

»Ich muss.«

»Was heißt das?«, fragte Laura.

»Irgendwie muss ich die Schulden meines Mannes ja decken«, entgegnete sie bissig.

Vito sah sich um und betrachtete die Villa und das Gelände. »Ich schätze, hier in dieser Gegend ist das Haus mit Grundstück so an die achthunderttausend wert, mindestens. Auch wenn es ihr Mann mit der Gartenpflege nicht so genau nahm, die Villa scheint doch in einem sehr guten Zustand zu sein. Zusammen mit der Lebensversicherung, von der Sie uns nichts erzählt haben, ergibt das ein ganz schönes Sümmchen.«

Isabella Simonettis Gesichtsausdruck war wie versteinert. Schließlich neigte sie den Kopf zur Seite und lächelte. »Sie haben auch nicht gefragt.«

»Was habe ich nicht gefragt?«

»Nach der Lebensversicherung.«

Vito grinste breit. »Gut, dann frage ich eben jetzt.«

Die Frau fuhr sich mit der Hand über die Stirn. »Eine Million im Todesfall.«

»Das ist eine hohe Summe.«

»Die monatlichen Prämien sind ebenfalls horrend, das können Sie mir glauben, Commissario. Übrigens gibt es auch eine Lebensversicherung für mich in derselben Höhe, nur ist sie mittlerweile erloschen, weil Stefano seit zwei Jahren schon nicht mehr bezahlt. Und das Haus verkaufe ich nicht unter 1,2 Millionen.«

Vito blies die Backen auf. »Das finde ich ein klein wenig zu hoch.«

»Morgen kommt der Gärtner, und in der nächsten Woche bringen Handwerker den Pool wieder auf Vordermann. Dann ist es jeden Euro wert.«

Laura räusperte sich und warf Vito einen kurzen Blick zu. Als dieser stumm nickte, wandte sie sich der frischgebackenen Witwe zu. »Woher nehmen Sie das Geld, wenn ich fragen darf. Soweit wir wissen, war Ihr Ehemann hoch verschuldet.«

Isabella Simonetti nickte. »Da haben Sie richtig gehört. Er war pleite.«

»Aber Sie nicht.«

»Ich male, und hin und wieder gibt es eine Vernissage. Außerdem bietet die Galeria Di Grullo in der Stadt meine Gemälde an. Ich bin zufrieden.«

»Nicht zu vergessen, dass Ihnen ja sogar die Gebäude gehören, inklusive des Tartufo.«

Isabella Simonetti lächelte. »Sie sind gut informiert.«

»Das ist unsere Aufgabe. Es gibt also einen Ehevertrag. War das Ihre Idee?«

Sie schüttelte den Kopf. »Das ist auf Stefanos Mist gewachsen. Vor über zehn Jahren kam er auf mich zu und meinte, wir müssten uns vor den steigenden Steuern schützen. Es war eine Idee unseres Anwalts Aquila, er dürfte Ihnen ein Begriff sein.«

»Sicher«, bestätigte Vito. Aquila war einer der namhaftesten und vermutlich auch teuersten Anwälte in Florenz und Umgebung. Auch im Strafrecht hatte seine Kanzlei einen ausgezeichneten Ruf.

»Da gab es offenbar neue Verordnungen«, fuhr Isabella Simonetti fort. »Irgendwas von der EU. Genau weiß ich auch nicht, wie das funktioniert, aber es ist absolut legal. Viele Firmen nutzen diese Praxis. Sie schreiben sich gegenseitig Rechnungen und minimieren dadurch ihre Steuerlast. Außerdem gibt es wohl auch ein großes Maß an Sicherheit, falls mal etwas schiefgeht.«

»So wie in Ihrem Fall«, bemerkte Vito lakonisch.

»Was wollen Sie damit andeuten?«

Sie blickte Vito kampfeslustig an.

»Er meint, angesichts der Schuldenlast, die Ihnen Ihr Ehemann hinterlassen hat«, erklärte Laura. »Ist ein Ehevertrag nicht eher etwas unter, sagen wir, Geschäftspartnern und nicht unter Paaren, die einander lieben?«

Isabella Simonetti blickte nachdenklich zu Boden. »Glauben Sie mir, damals, als er mit dieser Idee ankam, da hätte ich ihn erwürgen können. Ich fühlte mich zurückgesetzt und benutzt, aber Marco Aquila sagte, es müsse sein. Es wäre auch zu meiner Sicherheit. Und heute muss ich sagen, es hätte mir nichts Besseres passieren können.«

»Sie meinen den Tod Ihres Mannes«, entgegnete Vito lakonisch.

Isabella ignorierte die Bemerkung und wandte sich Laura zu. »Sehen Sie, Commissaria. Männer denken anders als wir Frauen. Sie haben oft nur das Pragmatische im Sinn. Wir Frauen verlassen uns gerne auf unser Gefühl. Nicht dass wir naiv wären, nein, das meine ich damit nicht, aber wir denken vielschichtig, und wir wissen auch, dass manche Dinge verletzend sein können. Deswegen agieren wir anders, sagen wir mitfühlender.«

»Wollen Sie deshalb das Tartufo verkaufen?«

Vito konnte sich ein Schmunzeln nicht verkneifen. Dieses verbale Teamplay mit Laura gefiel ihm, und es lockte Isabella immer mehr aus der Reserve. Er sah förmlich, wie die Gesichtszüge der Hauptverdächtigen langsam entgleisten.

»Ich sagte bereits, ich muss die Schulden meines Mannes begleichen.«

Vito wandte sich Laura zu. »Wenn ich richtig gerechnet habe, und das Tartufo hat unbestritten die beste Lage in der

Stadt, dann sprechen wir mit der Lebensversicherung und dem Haus hier über vier bis fünf Millionen.«

»Ich weiß, was Sie denken, aber Sie irren sich gewaltig.«

Die Frau wirkte angespannt, als brodelte ein Vulkan aus Wut und Empörung in ihr. Noch hatte sie sich einigermaßen im Griff, aber das Rumoren war deutlich zu spüren.

»Ich habe nur laut überlegt, Signora«, gab Vito flapsig zurück.

»Sie wollen damit andeuten, dass ich meinen Mann ermordet habe.«

Sie sprach die Worte nicht, sie spie sie Vito ins Gesicht.

»Das Geld für Ambra haben Sie sicherlich auch schon in Ihre weitere Planung einbezogen«, fuhr Vito mit seiner Auflistung fort. »Was bringt eine trächtige Hündin, die mit etlichen Pokalen und Titeln prämiert ist? Fünfzehn, nein, eher zwanzigtausend werden es wohl gewesen sein.«

Einen Augenblick lang schien es, als würde sich Isabella Simonetti zum Sprung bereit machen, um sich auf Vito zu stürzen. Doch dann atmete sie kurz durch und wandte sich der Kiste auf der Ladefläche des Fiat zu.

»Wussten Sie, dass Ihr Mann Ambra verkauft hat?«, fragte Laura in das Schweigen hinein.

Sie zuckte mit den Schultern. »Woher denn, wir haben nicht mehr viel miteinander geredet, und die Hunde waren seine Sache.«

»Gonzo auch?«

»Ich weiß noch nicht, was ich mit ihm machen werde, aber Sie sehen selbst, ich habe hier zu tun. Mir läuft die Zeit davon.«

»Verkaufen Sie das Tartufo tatsächlich an Lorano?«, fragte Vito nach.

Sie wandte sich um und trat einen Schritt auf den Commissario zu. »Wissen Sie was, wenn Ihnen nichts Besseres einfällt, dann war es das mit unserer Unterhaltung. Ich möchte, dass Sie gehen, beide.«

»Wir hätten da aber noch ein paar Fragen«, entgegnete Vito.

Sie griff nach ihrem Handy in ihrer Gesäßtasche. »Haben Sie einen Haftbefehl gegen mich?«

»Bräuchten wir einen?«

Vitos Frage war provokativ, doch ein weiteres Mal ließ sich Isabella Simonetti nicht aus der Reserve locken.

»Ich rufe jetzt meinen Anwalt an und frage ihn, ob ich mir Ihre Unverschämtheiten länger gefallen lassen muss.«

Vito winkte ab. »Den Anruf können Sie sich sparen, für heute sind wir fertig. Aber halten Sie sich zu unserer Verfügung. Das heißt, verlassen Sie nicht das Land, nicht die Region und noch nicht einmal die Stadt.«

Diesmal war es an ihr, Vito frech ins Gesicht zu grinsen. »Ich bleibe hier, darauf können Sie Gift nehmen, Commissario.«

KAPITEL 20

MÜDE STIEG LAURA auf ihre türkisfarbene Vespa. Sie war froh, dass sie erst nach dem normalen Feierabendwahnsinn auf die Straße musste. Es war ihre zweite Fahrt mit dem kleinen Flitzer, den sie ihrer Vermieterin abgekauft hatte. Der Weg am Morgen zur Questura war aufreibend gewesen, und sie hoffte auf eine entspanntere Rückfahrt mit weniger genervten Autofahrern auf der Straße. Auch der Disput mit Vito hatte sie erschöpft, noch immer beschäftigte es sie, dass er ihr nicht mal eine vernünftige Erklärung geliefert hatte. Er verlangte blindes Vertrauen, etwas, das Laura schon bei Menschen, die sie besser kannte, schwerfiel.

Sie fuhr rechts um die Questura herum und hielt vier Straßen weiter bei einem kleinen Supermarkt an. Sie musste einkaufen, die Mäuse kamen schon mit verheulten Augen aus dem Kühlschrank, wie so oft, wenn ein Fall anstand. Sie holte ein Ciabatta, frische Tomaten und ein wenig Obst. Als sich sie wieder in den Verkehr einordnete, war er tatsächlich etwas ruhiger.

Laura lenkte die Vespa aus der Stadt und dachte dabei über Vito und die Befragungen des Tages nach. Am meisten beschäftigte sie dabei die Unterhaltung mit Simonettis Frau, die im Moment als Hauptverdächtige im Fokus stand. Laura glaubte nicht, dass sie ihren Mann mit einer vanghetta ermordet hatte. Sie hätte so viel mehr Möglichkeiten gehabt, den Koch eleganter aus dem Weg zu räumen. Bestimmt hätte sie Simonetti nie so nah am Haus umgebracht – und wenn, sicher nicht so blutig und brutal. Der Mord hatte Kraft erfordert und eine gehörige Portion Wut. Ja, es gab Frauen, die so zornig wurden, dass sie mehr Kraft ausüben konnten, als man es bei ihrer Statur erwartet hätte. Aber Isabella Simonetti und ihr Mann waren schon längst getrennte Wege gegangen. Durch den Ehevertrag war sie auch nicht für seine Schulden haftbar, zumindest nicht für alle. Dass sie jetzt welche zu begleichen hatte, war den Hypotheken von Simonetti geschuldet, die auf den Gebäuden lagen. Aber die Spielschulden, darauf würden einige Buchmacher und dubiose Geschäftsleute sitzen bleiben, da war sich Laura sicher.

Sie bog ab, als ihr im Rückspiegel ein Transporter auffiel, der Ähnlichkeit mit dem Wagen in Isabella Simonettis Einfahrt hatte. Er fuhr recht dicht auf. Laura konnte nicht erkennen, wer am Steuer saß, gab ein wenig mehr Gas und konzentrierte sich auf den Verkehr. Sie bog in die Via Aretina ab, eine lange Straße, die hohe Gebäude und Laubbäume säumten und die direkt an ihrem Zuhause vorbeiführte. Die Bäume, die an den Parkplätzen standen, warfen lange Schatten in der Abendsonne, und Laura freute sich über die goldenen Reflexe, die die Sonne überall hervorzauberte.

Sie musste bremsen, ein Auto vor ihr bog ab, ein kurzer Blick in den Spiegel zeigte ihr, dass der Transporter noch immer hinter ihr war. Er klebte förmlich am Heck ihres Rollers. Sie gab mehr Gas, als ihr lieb war. Die Vespa fuhr zügig voran, und der Lieferwagen folgte ihr und fuhr noch dichter auf. Laura wurde es mulmig zumute, das war nicht das Verhalten eines rüpelhaften Autofahrers, der es eilig hatte. Der Lieferwagen bedrängte sie.

Sie versuchte erneut, Abstand zu gewinnen. Der Wagen holte auf, Laura sah eine Ampel vor sich auf Gelb umspringen und traf eine rasche Entscheidung. Sie verlangsamte das Tempo und tat, als würde sie an der Ampel stoppen, um dann, als sie längst umgesprungen war, wieder Gas zu geben. Die Vespa schoss nach vorn, und Laura flitzte mit ihrem Roller bei Rot über die Kreuzung.

Beim Blick in den Rückspiegel war ihr klar, dass der Fahrer des Lieferwagens die Ampel ebenfalls bei Rot überquert hatte. Jetzt gab er weiter Gas, bremste aber ab, als ein Wagen vor ihm in die Lücke zwischen ihm und Laura einbog. Sie wollte sich schon entspannen, als sich die Entfernung zum Transporter vergrößerte, aber dann überholte er den Smart, der sich vor ihn gesetzt hatte, und kam wieder näher. Die Vespa hatte nur einen kleinen Motor, und bei sechzig Stundenkilometern war ihre Höchstleistung erreicht.

Laura beschloss abzubiegen, um den lästigen Idioten loszuwerden. Wahrscheinlich bildete sie sich die Verfolgung nur ein, und der Fahrer hasste nur die Tatsache, dass ihm ein gedrosselter Roller mit einer unsicheren Fahrerin eine schnelle Heimfahrt verwehrte.

Die Straße war zu eng, um zu überholen, bei all dem Gegenverkehr. Sie setzte den Blinker nach links, auf der anderen Seite blitzte der Arno hinter den Häusern auf. Schnell bog sie an der nächsten Kreuzung in Richtung Settignano ab, einen weiteren Vorort von Florenz. Ein Umweg, aber den nahm sie gerne in Kauf, wenn sie damit das ungute Gefühl und das Fahrzeug hinter sich loswurde.

Der Blick in den Spiegel zeigte ihr, dass sie den Verfolger nicht abgeschüttelt hatte. Er war ebenfalls abgebogen, und nun glaubte sie endgültig nicht mehr an einen Zufall.

Sie schoss um eine weitere Kurve, die Straße wurde enger. Wagen standen rechts und links dicht an dicht am Straßenrand. Hinter ihr jaulte der Motor des Lieferwagens auf, und sie spürte, wie etwas sie touchierte und seitlich gegen das Hinterteil des Rollers prallte.

Die Vespa kam ins Schlingern, und Laura griff in die Bremse. Ein Fehler, sie verlor die Kontrolle über den Roller. Es war pures Glück, dass sie keines der geparkten Autos rammte.

Sie stürzte und prallte hart auf den Asphalt. Um sie herum regnete es Tomaten und Trauben, als der Roller über den Asphalt rutschte …

KAPITEL 21

DER MORGEN VERKÜNDETE einen warmen und trockenen Tag. Vito war gut gelaunt, als er die Questura betrat. Marias Nachricht auf dem Handy hatte er kurz nach dem Aufstehen abgehört. Lauras kleinen Fiat hatte er schon auf dem Parkplatz gesehen und sich gewundert, weil sie ihm gestern noch vorgeschwärmt hatte, dass man viel schneller und ohne lästigen Stau mit dem Roller in die Stadt fahren konnte.

Als er den Soko-Raum betrat und Laura mit der weißen Mullbinde um den Arm und dem Pflaster auf der Hand sah, wusste er, warum ihre Wahl heute auf den Wagen gefallen war.

»Oh je ... Ich hoffe, es ist nichts Schlimmes? Was ist passiert?«, fragte er.

»Nein, es ist nichts Schlimmes. Aber es ist auch nicht so, wie du denkst«, entgegnete Laura. »Ich bin mit dem Roller gestürzt, das ist richtig. Aber ich wurde abgedrängt.«

Vito nickte. »Ja, ich sage doch, die fahren hier wie die Irren. So ein Sturz kann böse enden.«

»Ich wurde abgedrängt«, wiederholte sie. »Von einem blauen Lieferwagen, und ich bin mir fast sicher, das war der vom Tartufo.«

Vito blickte sie erstaunt an. »Hast du gesehen, wer am Steuer saß?«

Laura schüttelte den Kopf.

»Du bist dir wirklich sicher mit dem Lieferwagen?«

Sie zuckte mit den Schultern. »Er sah zumindest so aus, aber es ging alles so schnell. Zuerst ist er mir eine ganze Weile gefolgt, und dann ist es passiert.«

»Wo war das?«

»Eine ganze Weile habe ich versucht, ihn abzuschütteln. Ich bin extra in Richtung Settignano abgebogen, doch er kam mir nach. Passiert ist es in der Via Aretina.«

»Was ist mit dem Roller, gab es eine Kollision?«

»Nicht wirklich. Ich bin zur Seite gestürzt, er hat mich wohl gestreift. Der Spiegel ist kaputt, und der Roller hat ein paar ordentliche Kratzer, aber ich bin damit noch nach Hause gekommen. Der Lieferwagen ist einfach weitergefahren, als ich gestürzt bin. Der Fahrer oder die Fahrerin hat es auf alle Fälle mitgekriegt.«

»Gibt es Spuren vom Wagen am Roller? Dann könnten wir den Lieferwagen des Tartufo untersuchen lassen.«

Laura winkte ab. Sie stöhnte kurz auf, ihr Arm schmerzte. »Daran habe ich auch schon gedacht, aber da gibt es nichts. Ich bin wohl durch die leichte Berührung ins Schlingern geraten.«

Vito blickte sorgenvoll drein. »Kannst du überhaupt arbeiten?«

Laura lächelte. »So eine Kleinigkeit wirft eine Römerin nicht aus der Bahn. Der Roller ist zur Reparatur, ich denke, ich kann ihn bald wieder abholen.«

Vito runzelte die Stirn. »Ich dachte, du bist in Pisa geboren«, sagte er versuchsweise scherzhaft. »Zumindest habe ich das irgendwo gelesen. Vermutlich in deiner Personalakte.« »Warst du bei einem Arzt?«, fügte Vito hinzu.

Sie schüttelte den Kopf. »Mariella, meine Vermieterin hat mich verarztet.«

»Wäre es nicht besser, du lässt dich von einem richtigen Arzt untersuchen?«

»Sie hat sieben Kinder großgezogen«, entgegnete Laura. »Glaub mir, die weiß, wie man mit Schürfwunden und Prellungen umgeht. Es ist alles in Ordnung, ich spür schon fast nichts mehr.«

Vito lächelte. »Mit einem Messer im Rücken gehen wir noch lange nicht nach Hause.«

»So ist es. Trotzdem sollten wir natürlich herausfinden, ob der Wagen zum Tartufo gehört. Wobei ich mir gestern Abend den Kopf darüber zerbrochen habe, was das für einen Sinn machen würde, einen Anschlag auf mich zu verüben. Isabella Simonetti müsste doch eher dich auf dem Kieker haben, so wie du mit ihr umgesprungen bist.«

Vito kratzte sich nachdenklich an seinem Dreitagebart. »Da hast du wohl recht, das ergibt keinen Sinn. Wenn dir etwas passiert, werden die Ermittlungen gegen sie ja nicht eingestellt.«

»Eben.«

Vito wandte sich zur Tür. »Hast du Fraccinelli heute schon gesehen?«

Laura nickte. »Er war vorhin bei Maria. Soll ich ihn holen?«

»Ja. Heute kaufen wir uns Isabella Simonetti. Und zwar offiziell. Es wird Zeit, dass wir den Druck erhöhen.«

»Um dann wieder eine Abfuhr zu erhalten, so wie gestern?«, wandte Laura ein. »Lass uns besser nichts überstürzen. Was ist mit Loranos unbestätigtem Alibi?«

»Isabella hat das stärkere Motiv. Wir überstürzen auch nichts, aber dazu später mehr, ich muss noch mal kurz telefonieren. Wir treffen uns hier in dreißig Minuten. Conte und Maria sollten auch hier sein.«

Laura blickte Vito fragend an, doch der lächelte nur geheimnisvoll, bevor er sich umwandte und den Soko-Raum verließ.

Als Vito eine halbe Stunde später zurückkam, blickte er in die erwartungsvoll gespannten Gesichter seiner Mitarbeiter.

»Buon giorno, Commissario Carlucci«, schleuderte ihm Fraccinelli, heute ganz in grellem Orange, entgegen.

»Jetzt bin ich aber mal gespannt, was du für Neuigkeiten für uns hast«, sagte Laura.

»Alles zu seiner Zeit«, entgegnete Vito. »Wichtiger ist erst, was wir gegen Isabella Simonetti im Köcher haben. Avvocato Aquila wird es uns nicht leicht machen, wenn wir uns noch einmal mit ihr unterhalten wollen.«

Conte zuckte mit den Schultern. »Was haben wir schon

gegen sie in der Hand, außer dass es im Wald ganz in ihrer Nähe passiert ist?«

Vito lächelte. »Da wäre zuerst der Umstand, dass sie Schuhgröße neununddreißig hat und ihr eine Schuhspur der Größe vierzig bis zweiundvierzig in unmittelbarer Tatortnähe gemessen habt. Stiefel kauft man ja gerne mal etwas größer, außerdem variieren die Größen je nach Marke der Schuhe. Zwar kein Beweis, aber ein Indiz.«

Laura runzelte die Stirn. »Woher kennst du ihre Schuhgröße?«

»Ich habe beim ersten Besuch nachgesehen, da standen ein paar Schuhe neben der Tür.«

Fraccinelli schnippte mit den Fingern. »Ein Schlitzohr, der Commissario.«

»Danke, Fraccinelli, und du hast ja auch ganze Arbeit geleistet. Wir wissen jetzt, dass es einen Ehevertrag gibt und ihr die Gebäude gehören. Das Tartufo, das Wohnhaus am Stadtrand und das Chalet…«

»Die Lebensversicherung, nicht zu vergessen«, fügte Conte hinzu.

»Richtig, die Lebensversicherung.«

»Außerdem ist sie Gonzos Frauchen«, meldete sich Fraccinelli zu Wort. »Bei all dem Theater, das der Köter veranstaltete, als das junge Pärchen an Simonetti heranwollte, sollten wir das auch im Auge behalten. Bei einem anderen, einem Wildfremden, der seinem Herrchen etwas antun wollte, wäre er wahrscheinlich genauso ausgetickt.«

Vito wandte sich ihm zu. »Sehr guter Einwand, Fraccinelli.«

Der Kollege blickte zufrieden in die Runde.

»Ob das ausreicht, wenn es hart auf hart kommt?«, fragte Laura und hielt sich dabei ihren verbundenen Arm.

»Ich weiß, das sind alles nur Indizien«, resümierte Vito, »aber wenn man diese Umstände zusammen betrachtet, dann ergibt sich ein deutliches Bild.« Dann wandte er sich der Sekretärin zu. »Und jetzt kommt es noch besser, erzähl doch bitte Maria.«

Sie räusperte sich. »Gestern, kurz vor Dienstschluss, ihr wart alle schon weg, hat Giuseppe Bardini hier angerufen und wollte Vito sprechen.«

»Bardini?«, fragte Conte.

»Zweiter Chef de Rang im Tartufo«, erklärte Vito. »Ich hab ihm bei der Befragung meine Karte gegeben.«

»Also«, fuhr Maria fort, »Bardini war am Telefon und wollte unbedingt mit Vito sprechen. Es schien ihm außerordentlich wichtig. Erst zierte er sich bei mir, aber dann hat er doch erzählt, was ihm auf den Nägeln brannte.«

Laura richtete sich neugierig auf.

»Er hat zufällig ein Telefonat mitgehört, in dem es offenbar heiß herging. Anrufer war Lorano. Es ging um den Verkauf des Tartufo.«

»Dieses Telefonat war vor zwei Wochen«, fügte Vito hinzu. »Zu diesem Zeitpunkt war Simonetti noch am Leben. Er schien aus allen Wolken zu fallen, als er davon erfuhr, dass seine Frau Isabella ausgerechnet seinem Widersacher Lorano ein Angebot gemacht hat.«

»Simonettis Ehefrau wollte noch zu Lebzeiten ihres Ehemannes das Lokal verkaufen«, sagte Laura mehr zu sich.

»Wozu sie auch das Recht hatte, schließlich gehörte es ihr ja bereits«, bemerkte Fraccinelli.

»Haben wir das schriftlich?«, fragte Conte.

Vito nickte. »Bardini hat seine Aussage vor einer halben Stunde bei den Kollegen auf dem Commissariato San Giovanni unterzeichnet. Wir haben es mit Brief und Siegel.«

Laura schüttelte den Kopf. »Lorano hat zwar bestätigt, dass es Verkaufsverhandlungen gibt, aber er hat uns nicht gesagt, dass das Angebot von Isabella noch zu Lebzeiten ihres Mannes erfolgte.«

»Ich denke, das hatte seinen Grund«, entgegnete Vito. »Wir werden uns auch noch einmal mit ihm unterhalten müssen, auch wegen des Alibis. Vor zehn Uhr hätte er genug Zeit gehabt, zu Simonetti zu fahren und wieder zurückzukommen.«

Laura nickte. »Allerdings hat Bardini das bei der Befragung im Lokal schon gewusst. Warum hat er uns belogen?«

Vito lächelte. »Weil es jetzt ernst wird. Heute Morgen hatte die Belegschaft des Tartufo die Kündigung in den Briefkästen. Das Lokal wird nächsten Monat geschlossen.«

Conte räusperte sich. »Also dann, worauf warten wir noch?«

Laura stand auf. »Dann holen wir uns die Dame mal hierher und konfrontieren sie mit dem, was wir inzwischen wissen.«

Vito hob beschwichtigend die Hände. »Nicht so schnell, nicht so schnell. Ich habe mit Staatsanwältin Caruso telefoniert. In Kürze liegt eine schriftliche Vorladung zur Vernehmung vor. Unterzeichnet von Ermittlungsrichter Trancetti.«

»Gut, dann fahren wir eben, sobald wir das Dokument haben.«

Vito schüttelte den Kopf und wandte sich seinem Assistenten zu. »Fraccinelli, du wirst Isabella Simonetti zusammen mit einer Streife abholen. Wie gesagt, es ist alles hochoffiziell. Wir dürfen ihrem Anwalt keinen Angriffspunkt bieten. Aquila wartet nur auf so etwas. Er wird sicherlich schnellstmöglich hier auftauchen, wenn er davon erfährt, dass wir sie in die Questura gebracht haben. Bis dahin haben wir Zeit, unsere werte Signora Simonetti einmal so richtig in die Mangel zu nehmen. Du wirst ihr also keinen Anruf mehr gestatten, hast du verstanden, Fraccinelli?«

Der Assistente schien verwirrt. »Aber sie hat doch das Recht darauf.«

»Du nimmst ihr das Handy ab und sagst ihr, dass sie von hier aus anrufen kann.«

Fraccinelli nickte dienstbeflissen.

»Aquila hat seine Kanzlei am anderen Ende der Stadt, bis er hier ist, braucht er etwa eine Stunde. Also, keinen Anruf mit dem Handy.«

»Und … was … was soll ich machen, wenn sie nicht mitkommt?«

Fraccinelli druckste herum, und Vito fragte sich mal wieder, wie das zusammenpasste. Einerseits war seinem Assistenten eine gewisse Bauernschläue nicht abzusprechen. Zugleich benahm er sich noch nach all den Jahren manchmal wie ein Anfänger.

»Fraccinelli!«, sagte er und zog dabei den Namen, jede Silbe betonend, in die Länge.

»Ja …«

»Du nimmst sie einfach mit, basta.«

Laura klopfte dem überforderten Kollegen auf die Schulter. »Du schaffst das schon, notfalls führst du sie eben mit Handschellen ab.«

Fraccinellis Miene hellte sich auf.

»Aber fass sie nicht zu hart an«, mahnte Conte lächelnd.

Maria erhob sich. »Dann sehe ich mal nach, ob wir schon etwas in unserem Postfach haben.«

»Müsste eigentlich schon hier sein«, entgegnete Vito mit einem Blick auf seine Armbanduhr.

KAPITEL 22

DAS VERNEHMUNGSZIMMER WAR vorbereitet, die Strategie besprochen. Vito würde die Befragung durchführen, aber er hatte nichts dagegen, wenn sich Laura und er die Bälle zuspielten, wie zuletzt bei Isabella Simonetti.

Fraccinelli hatte per Funk Vollzug gemeldet und befand sich bereits auf der Rückfahrt.

»Dann wollen wir mal sehen, was uns die Signora zum Thema Verkaufsangebot zu erzählen hat.«

»Sie ist eine starke Frau, sie weiß genau, was sie will«, bemerkte Laura. »Könnte eine harte Nuss werden.«

Zwanzig Minuten später betrat Fraccinelli den Soko-Raum. »Sie sitzt unten, im Vernehmungszimmer. Ich habe sie nicht mehr ans Telefon gelassen.«

»Was für einen Eindruck macht sie?«, fragte Laura.

Fraccinelli rollte mit den Augen. »Als ich ihr die Vorladung gezeigt habe, hat sie kein Theater gemacht, wollte aber sofort telefonieren.«

»Und?«

»Ich habe ihr das Handy unter dem Vorwand abgenommen, dass das erst auf der Questura gehe, weil wir genau prüfen müssten, wen sie anruft. Sie hat sich gefügt, aber ihr Blick hat mir fast ein wenig Angst gemacht.«

»Sie ist im Raum eins?«, fragte Vito.

»Wie gewünscht.«

Raum eins im Erdgeschoss der Questura diente der Vernehmung von Schwerverbrechern. Karge, bedrückende Einrichtung, die Wände in einem fahlen Grau, und vor dem einzigen schmalen Fenster aus beinah undurchsichtigem Milchglas waren schemenhaft die schweren Gitterstäbe zu erkennen. Der Raum war grau und schwarz gefliest und der schmale Tisch in der Mitte aus Metall. Ein Mikrofon hing von der Decke über einem leidlich bequemen Holzstuhl für die Beschuldigten. Die Ermittler nahmen auf gepolsterten Stühlen Platz.

Der riesige Spiegel an der Wand neben der Tür war natürlich von außen durchsichtig. Kameras in beiden Ecken zeichneten die Vernehmung und vor allem die Regungen und die Gestik der Verdächtigten auf. Genau deshalb stand der Holzstuhl beinahe zwei Meter vom Metalltisch entfernt. Alles in allem herrschte eine gewollt bedrückende Atmosphäre, kein Verdächtiger oder Beschuldigter sollte sich hier wohlfühlen.

Isabella Simonetti schien dieser Raum nichts auszumachen, sie wirkte ruhig, fast entspannt, wie sie da mit übereinandergeschlagenen Beinen auf dem Stuhl saß. Seit fünf

Minuten beobachteten Laura, Fraccinelli, ein junger Kollege von der Technik und Vito die Frau durch den venezianischen Spiegel.

»Ich sagte doch, das wird eine harte Nuss«, bemerkte Laura.

Vito zuckte mit den Schultern.

Der Techniker drückte auf den Türöffner. Laura und Vito betraten wortlos den Raum und nahmen hinter dem schmalen Tisch Platz. Umständlich öffnete Vito die Akte, die er unter dem Arm getragen hatte.

»Ich will telefonieren«, sagte Isabella Simonetti bestimmt. »Ich habe ein Recht darauf.«

Vito hob kurz den Arm, und der Türöffner schnarrte. Fraccinelli kam mit einem Mobiltelefon herein.

»Ich gehe davon aus, Sie rufen Ihren Anwalt an. Sie kennen die Nummer?«

Isabella Simonetti streckte die Hand nach dem Handy aus, Fraccinelli reichte es ihr nach einem kurzen Zögern.

»Kann ich ungestört telefonieren?«, fragte sie, doch Vito schüttelte nur den Kopf.

»Ein Telefonat, das ist Ihr Recht.«

Isabella Simonetti rief die Nummer ihres Anwalts im Display auf und wählte. Das Gespräch war nur kurz. Sie informierte ihn darüber, dass sie sich in der Questura befand.

»Mein Anwalt ist auf dem Weg«, sagte sie, als sie Fraccinelli das Telefon zurückgab.

Vito räusperte sich. »Jetzt, wo wir das erledigt haben, kommen wir zur Sache.«

»Signora Simonetti«, sagte Laura mit ernster Stimme. »Sie

werden verdächtigt, Ihren Ehemann Stefano Simonetti unweit Ihres Chalets im Wald von San Miniato ermordet zu haben. Sie haben das Recht …«

Isabella Simonetti winkte ab. »Ich kenne meine Rechte. Und ich muss Sie enttäuschen, ich war es nicht.«

»Signora Simonetti, das behaupten anfangs viele, die hier sitzen«, sagte Vito. »Wir zeichnen dieses Gespräch in Wort und Bild auf.«

»Machen Sie nur, Commissario, Sie tun nur Ihre Pflicht, und ehrlich gesagt interessiert es mich auch, wer an Stefanos Tod schuld ist.«

»Sie haben den größten Nutzen davon«, entgegnete Laura.

Isabella Simonetti schaute sie an. »Ich habe es Ihnen schon das letzte Mal erklärt, das mit dem Ehevertrag und mit den Gebäuden, das war Stefanos Idee. Ich kann nichts dafür, dass er jetzt tot ist und ich davon profitiere.«

»Sie verkaufen das Tartufo?«

»Ich sehe, Sie sind gut informiert.«

»Aber warum ausgerechnet an Alessio Lorano, den größten Konkurrenten Ihres Mannes?«

»Das hätte er bestimmt nicht geduldet«, schob Laura nach.

Isabella Simonetti schien nun doch wieder etwas gereizt. »Das Tartufo, unsere Villa am Stadtrand und das Chalet gehören mir, ich kann damit machen, was ich will.«

»Stefano hätte dies bestimmt anders gesehen.«

»Und wenn schon«, blaffte sie.

Vito richtete sich auf. »Gut, Signora Simonetti, kommen wir zu einem anderen Thema. Als ich bei Ihnen war, um

Ihnen die Todesnachricht zu überbringen, standen Schuhe vor der Tür. Ein paar Sneakers und blaue Wanderschuhe der Marke Scarpa. Ich nehme an, die gehören Ihnen?«

Sie runzelte die Stirn. »Weshalb fragen Sie?«

»Ich würde es begrüßen, wenn Sie auf meine Fragen antworten.«

Vito bemerkte, dass die anfängliche Gelassenheit bei Isabella Simonetti zunehmend einer gewissen Anspannung wich.

»Ich weiß zwar nicht, was das mit dem Tod meines Mannes zu tun hat, aber ja, das sind meine Schuhe. Ich sammle hin und wieder Kräuter, und außerdem male ich, wie Sie ja selbst gesehen haben. Landschaften sind nun mal meine Leidenschaft, und die malt man nicht im Atelier.«

Vito schlug die mitgebrachte Akte auf und zog das Hochglanzfoto eines Scarpa Wanderschuhs hervor. »Das ist der Schuh, zumindest das Modell, ist das richtig?«

Sie erhob sich und nahm das Bild in die Hand, das wohl aus dem Internet stammte. »Marmolada Pro, das ist richtig, nur habe ich für meine Schuhe fünfzig Euro mehr bezahlt. Ich sollte mich bei meinem Händler beschweren.«

Erneut griff Vito in die Akte. Diesmal zog er das Bild der Schuhspur hervor, die Conte in Tatortnähe gesichert hatte. »Sie haben Größe neununddreißig und man sagt, bei Wanderschuhen sollte man eine bis zwei Nummern größer kaufen. Haben Sie das beim Kauf berücksichtigt?«

Sie nickte. »Man sollte den Schuh kaufen, in dem man sich wohlfühlt.«

Vito schob das Foto über den Tisch. »Diese Schuhspur

stammt vom Tatort. Das Profil Ihres Wanderschuhs entspricht ihr. Haben Sie eine Erklärung dafür?«

Sie nahm das zweite Bild an sich, setzte sich wieder auf ihren Stuhl und zuckte einfach nur mit den Schultern.

»Sie haben allen Mitarbeitern im Tartufo gekündigt«, fuhr Laura fort. »Sie verkaufen das Lokal, ist das korrekt?«

Noch immer betrachtete Isabella Simonetti die beiden Fotos. Einen Augenblick lang herrschte Ruhe.

»Signora Simonetti, würden Sie bitte antworten.«

Sie hob den Kopf. Fragend blickte sie Laura ins Gesicht.

»Das Tartufo«, wiederholte Laura.

»Ja natürlich, was soll ich mit einem Lokal.«

Diesmal war es an Vito, die Frage zu präzisieren. »Sie verkaufen an Lorano?«

Isabella Simonetti nickte.

»Sie müssen schon antworten.«

Aus der Anspannung wurde langsam Unsicherheit, gepaart mit aufkeimender Wut. »Ja, er hat mir ein gutes Angebot gemacht.«

Laura lächelte. »War es nicht anders herum, dass sie ihm ein gutes Angebot gemacht haben?«

Die Witwe schaute ein wenig verwirrt drein. »Wie meinen Sie das?«, fragte sie, und nun war der gereizte Ton sehr deutlich. »Das geht Sie überhaupt nichts an.«

»Ich finde schon«, sagte Vito. »Vor allem wenn Ihr Angebot zwei Wochen vor dem Tod Ihres Ehemannes bei Lorano einging.«

Diesmal schwieg Isabella Simonetti und blickte vor sich auf den Boden.

»Es muss Signore Simonetti schwer getroffen haben, als er davon erfuhr.«

»Woher ...«

»Vor allem, wenn ausgerechnet Lorano der neue Besitzer des Tartufo wird«, fügte Laura hinzu.

Isabella Simonetti schwieg, fasste sich ans Kinn und blickte nachdenklich an die Zimmerdecke. Schließlich seufzte sie. »Also gut, dann doch etwas Privates. Ich wollte, dass Stefano endlich kapiert, dass er sein Leben verändern muss.«

»Es war also so etwas wie ein letzter Schuss vor den Bug?«

Sie nickte.

»Und das sollen wir glauben?«, sagte Laura. »Isabella Simonetti, haben Sie Ihren Mann erschlagen?«

»Glauben Sie doch, was Sie wollen! Ich habe meinen Mann nicht umgebracht, ich habe ihn an diesem Tag nicht einmal gesehen. Und wenn, dann hätte ich ihn fortgejagt.«

»Sie haben kein Alibi, es sind Abdrücke Ihrer Schuhe am Tatort, und Sie profitieren als Einzige von seinem Tod, und das ziemlich ordentlich. Alles deutet darauf hin, dass Sie Ihren Ehemann getötet haben. Im Streit möglicherweise, das mag sein. Aber Sie haben es getan, das ist es, was wir glauben, Signora.«

Vito beobachtete, wie es in der Frau arbeitete. Nervös rieb sie sich die Schenkel. Schließlich schaute sie auf.

»Ich kann es nicht gewesen sein«, sagte sie. »Adamo war bei mir, die ganze Nacht. Er ist weggefahren, als Sie bei mir geklingelt haben.«

»Sie hatten ein Verhältnis mit Adamo Brambilla?«, fragte Vito.

Der Türöffner schnarrte, und Fraccinelli stand da.

»Was willst du hier, wir sind noch nicht fertig«, herrschte Vito ihn an.

Der Assistent blickte schuldbewusst zu Boden. »Es tut mir wirklich leid, Commissario. Aber ich muss leider stören.«

»Was ist?«

»Richter Trancetti hat angerufen. Aquila ist bei ihm und macht ihm die Hölle heiß. Wir sollen Signora Simonetti augenblicklich gehen lassen.«

Vito warf Laura einen fragenden Blick zu, doch diese zeigte jetzt keine Regung.

Vito zögerte kurz. »Gut, Signora Simonetti, Sie haben es gehört. Sie können gehen.«

Isabella Simonetti erhob sich. Ein triumphierendes Lächeln umspielte ihre Lippen.

»Sollen wir Sie nach Hause bringen?«, fragte Laura.

»Nicht nötig.«

Vito und Laura blickten sich fragend an. Sie warteten, bis die Frau den Raum verlassen hatte.

»Was war jetzt das?«, murmelte der Commissario.

»Tut mir leid«, erklärte Fraccinelli, »Aquila hat Ermittlungsrichter Trancetti wohl derart unter Druck gesetzt, dass ihm nichts anderes übrig blieb.«

Der Assistent schaute Vito an, als hätte er persönlich versagt. Vito erhob sich und klopfte ihm aufmunternd auf die Schulter. »Schon gut, ich werde mich mal schlaumachen.«

Vito klaubte die Akte zusammen und steckte die Bilder in die Hülle zurück. Schließlich schüttelte er den Kopf und schlug mit der flachen Hand auf den Tisch.

Laura und Fraccinelli zuckten zusammen.

»Tut mir leid, ich ärgere mich nur. Trancetti war schon immer ein Angsthase, aber dass er so leicht einknickt, bei allem, was wir ihm an Beweisen und Indizien geliefert haben, das hätte ich nicht gedacht.«

»Dieser Anwalt Aquila muss ja einen ziemlichen Einfluss haben«, sagte Laura.

»Den hat er«, bestätigte Vito. »Er ist ein Griffelspitzer, der einem vor Gericht ganz schön zusetzen kann. Aber wir haben einen dringenden Verdacht gegen die Frau vorliegen, das muss Trancetti doch selbst sehen.«

»Aquila hat dem Richter offenbar gesagt, dass es ein Alibi gibt und ein Zeuge bestätigen kann, dass sie zur Tatzeit in ihrem Chalet war«, bemerkte Fraccinelli.

»Brambilla.« Laura schüttelte den Kopf.

»Ich frage mich, warum sie das Verhältnis nicht schon beim ersten Besuch eingeräumt hat«, sagte Vito.

»Vielleicht wollte sie uns damals noch in der Rolle der betrogenen Ehefrau gefallen«, bemerkte Laura leise.

Vito hatte sich wieder gesetzt und die Hände auf dem Tisch verschränkt. Nachdenklich ließ er seinen Blick über die schwarz-grau karierten Fliesen schweifen.

Fraccinelli räusperte sich. »Ich gehe dann mal wieder an die Arbeit.«

»Wir müssen mit Brambilla sprechen, und wir müssen es noch heute tun«, sagte Vito und wandte sich Fraccinelli zu.

»Das Tartufo ist geschlossen. Schau bitte, ob Brambilla bei sich zu Hause ist.

Fraccinelli nickte und verließ den Vernehmungsraum. Eine Weile herrschte Schweigen.

Es war Laura, die zuerst die Stille durchbrach. »Glaubst du ihr, glaubst du, dass sie ein Verhältnis mit Brambilla hat und er in der Nacht bei ihr war?«

Vito zuckte mit den Schultern.

»Sie könnten es auch gemeinsam getan haben«, fuhr Laura fort.

»Sie verkauft das Tartufo an Lorano«, entgegnete Vito. »Ich könnte mir aber vorstellen, dass sich Brambilla eigentlich Hoffnungen macht, der neue Chef im Edellokal zu werden. Wir sollten ihn darüber nicht im Unklaren lassen, wenn wir mit ihm sprechen.«

»Wenn er es nicht schon weiß«, sagte Laura. »Auch er hat eine Kündigung erhalten, so wie die anderen Angestellten.«

»Wir werden sehen.«

KAPITEL 23

DIE HALLE DES Mercato centrale, auch Mercato San Lorenzo genannt, war riesig. Laura eilte hinter Vito her, der sich zügig durch die Menschen schob.

»Der Markt wird immer mehr zum Touristenmagnet«, brummte Vito, als sie kurz im Gedränge stecken blieben. »Im Obergeschoß sind einige gute Lokale, und auch das Gebäude selbst ist beliebt. Ich wäre froh, wenn wenigstens unsere Märkte von dem Rummel verschont würden.«

Während Laura noch beeindruckt war von den hohen Glasfenstern, den Rundbögen, der alten Stahlkonstruktion und dem überbordenden Angebot an frischen Lebensmitteln aus der Region, eilte Vito weiter. Sie hatte Mühe, Schritt zu halten. Ein Mann rempelte sie im Gedränge an, der Schmerz in ihrer Schulter flammte auf. Die Verletzungen vom Sturz hatten ihr fürs Erste die Lust auf weitere Rollerfahrten genommen.

An einer langen Theke mit zum Trocknen aufgehängter

Pasta schloss sie wieder zu Vito auf. »Wo finden wir Brambilla?«

Vito lief weiter. »Angeblich bei Pollo e Gallina«, hörte Laura ihn sagen, »ein Stand, der Hühner aus Biozucht und Freilaufhaltung anbietet. Die Souschefin meinte, dort würde er die meiste Zeit verbringen, weil diese Woche Saltimbocca vom Huhn auf der Speisekarte steht und er jedes Tier persönlich aussucht. Sie werden bis auf Weiteres geöffnet bleiben, da sie die bestehenden Aufträge und Reservierungen noch abarbeiten.«

Sie schoben sich zwischen bummelnden oder feilschenden Menschen hindurch, vorbei an bunten Verkaufsflächen mit Tomaten, Paprika, Sellerie und Stängelkohl. Sie passierten eine lange Theke mit aufgestapelten und aufgehängten Käselaiben in allen Größen, dann einen Stand mit Kräutern. Der Duft hüllte Laura ein wie eine Stola, im nächsten Moment ergänzt durch jenen nach frisch gebackenem Brot. Dann die Schinken neben den luftgetrockneten Salamis, Lauras Magen begann zu knurren. Hier musste sie unbedingt zum Einkaufen herkommen.

»Laura!« Vito drängte sie zur Eile.

Sie rief sich zur Ordnung. Zu gerne hätte sie sich treiben lassen von den Sinneseindrücken und der Geräuschkulisse. Sie beschleunigte ihre Schritte, eilte Vito hinterher an einem Karren mit Sommertrüffeln vorbei.

Das Pollo e Gallina am Ende der Halle war ein langer Stand, an dem unzähliges Geflügel in der gekühlten Edelstahlauslage auf Käufer wartete. Wachteln, Enten und Hähne, Maispoularden, Suppenhühner und Gänse, aufgereiht wie eine kleine Armada. Dann blieb Lauras Blick an einem Kunden hängen, der mit einem Mann hinter der Theke diskutierte.

Vito warf ihr einen fragenden Blick zu, Laura nickte. Diesmal war sie mit der Leitung der Befragung an der Reihe.

»Signore Brambilla?«

Der Koch war gerade dabei, einen Handel mit dem Verkäufer zu besiegeln, und blickte Laura überrascht an.

»Sie schon wieder. Was wollen Sie denn jetzt wieder von mir?«, sagte er gereizt. »Ich habe zu tun.«

»Wir können uns hier unterhalten oder in der Questura«, entgegnete Laura, die die unhöfliche und aufbrausende Art des Koches langsam satthatte. »Es liegt ganz bei Ihnen. Ich rate Ihnen nur, sich zügig zu entscheiden. Wenn Sie uns noch einmal quer kommen, können Sie das Mise en Place für heute delegieren und stattdessen den Nachmittag in der Questura verbringen.«

Brambilla schien ernsthaft zu überleben, welche Alternative er bevorzugte, dann seufzte er und fuhr sich genervt durch seine dichten Haare. »Na gut. Dann lassen Sie uns nach oben gehen und einen Kaffee trinken. Ich weiß ja nicht, wann Ihr so mit der Arbeit anfangt, aber ich bin schon seit ein paar Stunden auf den Beinen.«

Brambilla wandte sich dem Verkäufer zu. »Toni, ich brauch die Ware bitte bis morgen früh.« Seine Worte wurden mit einem knappen Nicken quittiert, dann ging der Koch voraus, schob sich wie ein Eisbrecher durch die Menschenmenge auf die Treppe nach oben zu.

Gefolgt von Laura und Vito, eilte Brambilla die Treppe

hinauf in den ersten Stock der Markthalle, wo kleine, zum Teil stark frequentierte Imbisse ihre Produkte anboten. Zielstrebig steuerte er an einem Stand mit Focaccia vorbei auf eine Ecke zu, in der ein kleiner Mann Kaffee und Cantuccini servierte. Der Inhaber des Standes begrüßte ihn freundlich.

Der Koch bestellte sich einen Kaffee, ohne die Kommissare zu beachten, und platzierte sich am freien Stehtisch vor der kleinen Ausgabetheke. Vito und Laura orderten auch etwas zu trinken.

»Also, was kann ich jetzt für Sie tun?«, fragte Brambilla, vielleicht weil er es nun doch für klüger hielt, nicht gleich wieder auf Konfrontation zu gehen.

»Sie könnten etwas bestätigen, was uns Isabella Simonetti mitgeteilt hat. Etwas, das Sie bei unserer ersten Vernehmung offenbar vergessen haben, zu Protokoll zu geben.«

Die Bedienung, ein kleiner Mann mit Glatze, stellte einen Kaffee vor Brambilla und je einen doppelten Espresso vor Laura und Vito.

Der Koch schwieg. Laura gab Brambilla etwas Zeit für die Antwort. Sie kaute bedächtig ihren Cantuccino und nahm einen Schluck Espresso. Der Koch schien zu überlegen.

»Was sagen Sie dazu, Brambilla? Wollen Sie Ihre ursprüngliche Aussage noch ändern?«

»Ich weiß nicht, was Sie meinen. Da müssen Sie schon konkreter werden.«

Vito stellte seine Tasse ab und warf dem Koch einen Blick zu, den Laura schon einmal bei ihm bemerkt hatte. Eine Mischung aus Unglauben, Verachtung und Amüsement.

»Sie haben uns also alles wahrheitsgetreu erzählt und dabei nichts verschwiegen?«, fragte Vito dann.

In Brambilla schien es zu brodeln, sein Gesicht verfärbte sich, doch wollte er sich diesmal offenbar nicht so leicht aus der Reserve locken lassen wie in der Restaurantküche. Laura war trotzdem froh, dass keine Messer in Reichweite lagen. Was konnte er mit einer Kaffeetasse schon anrichten?

»Ich kenne meine Rechte. Haben Sie eine konkrete Frage, oder sind Sie zwei Spürhunde nur hier, um mir die Zeit zu stehlen? Denn dann würde ich jetzt gern weiter meine restlichen Einkäufe tätigen. Ich habe heute Abend ein volles Haus.«

»Sie haben ein volles Haus?«, fragte Laura mit einem Lächeln. »Ist es nicht eher Simonettis Frau, die ein ausgebuchtes Restaurant hat? Sie sind doch nur ein Angestellter. Einer, dem gekündigt wurde.«

Brambilla wurde noch röter. Er nahm einen großen Schluck Kaffee und antwortete dann betont sachlich. »Ich habe schon drei neue Angebote, Commissaria Gabbiano. Eines von Lorano, der mir denselben Job anbietet, den ich auch jetzt innehabe, nur mit mehr Geld. Einige der anderen Angestellten hat er auch gefragt, ob sie nach der Umgestaltung und Neueröffnung für ihn arbeiten würden. Sie sehen also, es ist kein Beinbruch, dass das Gebäude und das Tartufo an ihn gehen.«

»Kein Angebot von Simonettis Frau?«, schaltete sich Vito jetzt ein. »Sie und die Witwe haben doch einiges gemeinsam.«

Brambilla starrte Vito an, seine Augen funkelten. »Worauf genau spielen Sie an, Commissario?«

Jetzt wandte sich Laura an Brambilla. »Signora Simonetti hat uns eine Erklärung für den tatsächlichen Grund Ihrer Anwesenheit am Tag des Mordes im Chalet gegeben. Ein Schäferstündchen mit der Frau Ihres Chefs, während dieser durch die Wälder der Umgebung streifte. Simonetti wurde ermordet, während Sie seine Frau flachgelegt haben.«

Mit ihrer rüden Ausdrucksweise wollte Laura Brambilla zu einer unbedachten Äußerung treiben. Der Koch nahm jedoch einen weiteren Schluck Kaffee, ohne auf die Frage einzugehen, und verschaffte sich so ein paar Sekunden Bedenkzeit. Dann schüttelte er amüsiert den Kopf. »Diese Schlampe benötigt ein Alibi und dichtet mir eine Affäre an, die wir nicht haben? Glauben Sie wirklich, ich wäre so dumm, ausgerechnet die Frau meines Chefs ins Bett zu zerren? Glauben Sie wirklich, ich wäre so dämlich?«

Sehr langsam führte er seine Kaffeetasse zum Mund und trank, bevor er fortfuhr. »So hübsch, dass man ihretwegen einen guten Arbeitsplatz aufs Spiel setzt, ist Isabella auch nicht mehr. Da hätte sie vor zehn Jahre kommen müssen.« Er lachte leise, als hätte er einen guten Witz gemacht. »Isabella muss sehr verzweifelt sein, wenn sie versucht, mich als Alibi zu benutzen.«

Laura warf Vito einen fragenden Blick zu.

Er erwiderte diesen und nahm den Gesprächsfaden auf. »Sie sagen also, Signora Simonetti hat uns angelogen? Sie streiten eine Affäre mit ihr ab?«

Brambilla sah Vito fest in die Augen. »Ich habe Ihnen alles gesagt, was Sie wissen müssen, als Sie mich im Restaurant aufgesucht haben. Ich hatte keinen Grund, Stefano zu töten, und war rein geschäftlich in Bucciano. Dem habe ich nichts hinzuzufügen.«

Vito und Laura tauschten einen weiteren, kurzen Blick aus.

»Sie würden das auch unter Eid aussagen?«

Langsam wandte sich ihr der Koch zu.

»Warum klären Sie das nicht mit Isabella? Sie hat mir gekündigt. Wenn sie glaubt, ich gebe ihr jetzt noch ein Gefälligkeitsalibi, hat sie sich geirrt. Kommen Sie zum Ende, ich habe zu tun und muss zurück ins Restaurant.«

»Nur um das ein für alle Mal klarzustellen, Signore Brambilla«, setzte Laura noch einmal an. »Sie haben und hatten kein Verhältnis mit Isabella Simonetti?«

»Nein, ich habe kein Verhältnis mit Isabella Simonetti.«

Vito trank seine Tasse leer und stellte sie geräuschvoll auf die Untertasse zurück. »Dann halten wir Sie nicht länger auf, Signore Brambilla. Danke für die Kooperation und Ihre Zeit.«

»Dann auf Nimmerwiedersehen.« Brambilla leerte seine Kaffeetasse und stürmte davon.

»Glaubst du ihm?«

»Ich weiß es nicht«, antwortete Laura. »Aber er war sich sehr sicher. Wenn er lügt, gibt er sich viel Mühe und riskiert eine empfindliche Strafe. Warum sollte er das tun? Er hätte zwar Zeit und Gelegenheit gehabt, seinen Chef umzubringen, aber was hätte er davon, wenn das Tartufo ohnehin an Lorano geht?«

»Ich traue ihm nicht. Er spielt nicht mit offenen Karten.«

Laura zuckte mit den Schultern. »So wie es aussieht, wird

Brambilla wohl der neue Chefkoch bei Lorano und überdies noch besser bezahlt.«

»Wenn es bei dem Mord nicht um das Tartufo ging, worum dann?«

Laura lächelte Vito zu. »Wie du schon sagtest, nicht nur Geld kann ein Motiv sein, auch die Liebe. Was, wenn er seinen Konkurrenten aus dem Weg räumen wollte, um an die Frau und das Lokal zu kommen?«

Vito starrte gedankenverloren in das bunte Treiben um sie herum. »Isabella Simonetti war ja schon von ihrem Mann getrennt. Und nach Schmetterlingen im Bauch sah es mir bei den beiden nicht aus. Aber ich bin mir sicher, Stefano Simonetti hätte alle Hebel in Bewegung gesetzt, um den Verkauf des Tartufo an Lorano zu verhindern.«

»Du vergisst, es gehörte ihr bereits.«

Vito lächelte. »Auf dem Papier, aber Papier ist geduldig. Du weißt, wie lange inzwischen Verfahren vor dem Zivilgericht dauern, und ob Lorano in ein, zwei Jahren noch Interesse an dem Lokal gehabt hätte, wage ich zu bezweifeln.«

»Und wenn Brambilla und die Signora es gemeinsam getan haben?«, gab Laura zu bedenken. »Die Schuhspuren wurden abseits des Weges gefunden. Brambilla hätte Simonetti niederschlagen können, und die Signora vollendet mit der vanghetta unterhalb der Böschung, was Brambilla zuvor nicht vermochte. Beide handeln aus unterschiedlichen Motiven. Brambilla in der Hoffnung, so an das Lokal zu kommen, und die Signora, damit dem Verkauf nichts im Wege steht.«

»Das wäre eine Möglichkeit, aber auch Lorano könnte gemeinsame Sache mit Isabella gemacht haben. Sein Alibi ist in Rauch aufgegangen, und er war sicher auch an einem reibungslosen Ablauf der Geschäftsübergabe interessiert.«

Laura verzog ihre Mundwinkel. »Lorano, den hätte ich beinahe vergessen.«

»Egal welche Theorien wir durchspielen, immer taucht irgendwie Isabella auf. Sie hätte in allen Konstellationen ein starkes Motiv, und die Gelegenheit, ihren Ehemann zu töten, hatte sie auch. Die Indizien sprechen auf alle Fälle gegen sie, und jetzt steht sie erneut ohne Alibi da. Wir sollten uns vorerst an sie halten und schwereres Geschütz auffahren.«

»Dann lass uns zuerst noch einmal wegen des Restaurantverkaufs und dem wackeligen Alibi mit Lorano reden, bevor wir die Witwe erneut einbestellen. Ich will nicht, dass sie wieder von ihrem Anwalt rausgeholt wird«, fügte Laura hinzu.

KAPITEL 24

ALS VITO UND Laura bei Loranos Lokal ankamen, wurden Kaffee und kühle Getränke auf der Terrasse serviert. Es war schon nach halb drei, und Laura hatte Hunger.

Sie hatten sich nicht angekündigt, aber die blonde Servicemitarbeiterin erkannte Laura und schien nicht sonderlich erfreut über ihren Besuch. »Buon pomeriggio, Signora Commissaria, Signore Lorano ist gerade in der Küche. Soll ich ihn holen?«

»Das wäre sehr nett«, antwortete Vito, »aber teilen Sie ihm mit, dass wir keine Eile haben. Wir würden gern einen Moment Platz nehmen und eine Kleinigkeit essen, wenn es möglich ist.«

Die Frau nickte Vito zu und deutete dann zu der breiten Holztreppe am Ende des offenen Gastraumes. »Normalerweise servieren wir nur bis zwei Uhr Mittagessen, aber ich bin mir sicher, dass sich da noch etwas machen lässt. Meine Kollegin wird Sie zum Tisch begleiten.«

Sie winkte eine junge Frau, die mit einem Tablett an der Theke hantierte, zu sich. »Allegra, setz die Herrschaften doch bitte an den hinteren Tisch auf der Terrasse und bring Ihnen die Mittagskarte.«

Vito und Laura folgten der Bedienung nach draußen. Die Terrasse gewährte einen schönen Ausblick auf den Boboli-Garten. Dunkelgrüne Markisen sorgten für Schatten, die anthrazitfarbenen Terrassenmöbel wirkten elegant, dicke Sitzkissen luden zum Verweilen ein.

Sie setzten sich, und Laura ließ den Blick schweifen.

Der Park hinter dem Palazzo Pitti bildete einen wunderbar exklusiven Hintergrund für den Restaurantbetrieb. Leider war keine der Skulpturen zu sehen, aber immerhin die berühmte Fontana dell'Oceano. Dazu die prachtvollen Hecken und Zitrusbäume in Terrakottatöpfen.

Ein paar elegant gekleidete Frauen mittleren Alters tranken Prosecco und knabberten an dünnen, selbst gebackenen Grissini, die auf allen Tischen neben kleinen Schalen mit Oliven auf einem farblich passenden Stoffläufer standen.

»Ist das klug, hier zu essen?«, fragte Laura ernst.

Vito sah sie erstaunt an. »Hast du etwa keinen Hunger? Wir arbeiten schon seit heute Morgen, niemand kann uns ein stark verspätetes Mittagessen verwehren.«

Laura schmunzelte. »Ich dachte nur, weil wir vorhaben, den Koch zu vernehmen. Er bereitet unsere Mahlzeit zu.«

Vito lachte leise auf. »Und genau deswegen essen wir vor der Vernehmung. Dann kann er uns milde stimmen.«

Die Bedienung kam mit einer Flasche Tafelwasser und zwei kleinen Menükarten zurück. »Signore Lorano bat mich,

Ihnen mitzuteilen, dass das Essen auf Kosten des Hauses geht.« Die junge Frau wirkte nervös.

Vito schüttelte den Kopf. »Danken Sie Ihrem Chef, aber wir werden bezahlen, wir dürfen leider keine Einladungen annehmen. Aber bitten Sie ihn doch, uns nach dem Essen ein wenig seiner Zeit zu schenken.«

Laura studierte die Karte. Zu gern hätte sie die Scaloppina alla Toscana mit Salbeibutter und Trüffel probiert, aber üppige Mahlzeiten machten sie müde. Also entschied sie sich für die selbst gemachte Pasta nach Art des Hauses und ein Tafelwasser.

Vito bestellte sich ein alkoholfreies Bier und die Saltimbocca. Sie schwiegen einen Moment, und Laura ließ erneut ihren Blick zum Park wandern.

Die Getränke kamen, Laura nahm einen Schluck Wasser, genoss die Wärme. Träge flogen ein paar Bienen über die Terrasse, labten sich am Lavendel, der Loranos Außenbereich zierte. Sogar die Insekten schienen ihre Lautstärke der Umgebung anzupassen und nur diskret zu brummen, wenn sie die violetten Dolden anflogen.

»Es ist schön hier«, sagte sie mit einem kleinen Seufzen.

Vito nickte, streckte die Beine aus und nahm einen Schluck seines alkoholfreien Bieres. Zum ersten Mal, seit Laura ihn kannte, schien er entspannt. »Ja, der Park ist einmalig. Ich wohne und arbeite schon so lange in Florenz, manchmal vergisst man, wie einzigartig es hier ist. Genieße diese ersten Eindrücke, Laura. Sie kommen nicht wieder.«

Seltsame Formulierung, dachte sie, während sie an ihrem

Wasser nippte. Ein Kellner mit weißer Jacke und einem roten Kummerbund kam an den Tisch und stellte Teller ab, die Saltimbocca und die Pasta mit einer dezent nach Kräutern und Knoblauch duftenden Tomatensoße, gekrönt von drei Scheiben Trüffel. Mit viel Brimborium rieb der Kellner etwas frischen Parmesan über die Pasta.

»Guten Appetit.« Vito sah zufrieden aus mit seiner Wahl.

»Dir auch einen guten Appetit. Ich fürchte, das geht nicht aufs Spesenkonto.«

Vito grinste verschmitzt, schnitt ein Stück des Kalbfleisches ab, frischer Salbeigeruch stieg Laura in die Nase. »Nein. Aber ich lade dich ein, zum Einstand. Keine Widerrede.«

Laura murmelte ein *Grazie* zwischen zwei Bissen, und Vito sah sie belustig an. »So gut?«

Sie hielt sich für eine ausgezeichnete Köchin, und Nudeln waren ihre Paradedisziplin, aber dieses Gericht war in seiner Einfachheit verblüffend komplex. Die Aromen harmonierten perfekt, und jede Komponente unterstützte den Geschmack der selbst gemachten Teigwaren.

Als sie fertig waren, trat Lorano mit drei Espresso an ihren Tisch. »Ich weiß, dass Sie das Essen bezahlen wollen, aber ein Espresso aufs Haus ist bestimmt unterhalb der Bestechungsgrenze.« Der Koch wirkte viel besser gelaunt als bei Lauras erstem Besuch mit Fraccinelli. Er verteilte die Tassen auf dem Tisch und setzte sich dann zu ihnen. »Hat es Ihnen geschmeckt?«, fragte er an Laura gewandt.

»Es war hervorragend. Fantastico.«

Ihre Antwort schien Lorano zufriedenzustellen.

»Gut. Aber Sie sind bestimmt nicht nur wegen des Essens hier. Auch wenn ich mir das wünschen würde.«

Lorano saß entspannt neben ihnen, wie zu einem Plausch unter Freunden, und nicht als würde er befürchten, dass man ihn eines Mordes verdächtigt. Dafür, dachte Laura, konnte es zwei Gründe geben. Entweder war er sich sehr sicher, dass man ihm nichts nachweisen konnte und großspurig genug, die Nähe der Ermittler zu suchen. Oder er war absolut unschuldig. Laura, die beides schon erlebt hatte, konnte sich nicht entscheiden, zu welcher Kategorie sie ihn zählen sollte.

»Wir sind wegen einiger Informationen hier, die uns zu Ohren gekommen sind«, erklärte Vito scheinbar locker.

Lorano sah ihn abschätzend und selbstsicher an. Der Koch wartete und strahlte dabei eine lässige Arroganz aus. Laura war beeindruckt von seiner Selbstsicherheit in einer solchen Situation, Lorano neigte nicht zum Understatement. Vielleicht eine Berufskrankheit.

»Sie haben von Simonettis Witwe ein Angebot für das Tartufo erhalten. Ein Angebot, das Stefano Simonetti seine Lebensgrundlage entzogen hätte, wenn Sie es sofort angenommen hätten.«

Lorano trank seinen Espresso aus und steckte sich in Ruhe den kleinen Cantuccino in den Mund, der am Tassenrand lag. Er zwinkerte Laura sogar frech zu, um ihr zu zeigen, dass er sich ihres Polizistenblickes durchaus bewusst war.

»Ist es heutzutage für die Polizei schon ein Verbrechen, wenn man als Geschäftsmann ein gutes Angebot erhält? Ja,

Isabella Simonetti hat mir vorgeschlagen, das Tartufo zu kaufen. Es gehört ihr, und sie wollte es veräußern.«

»Simonetti hätte es bestimmt nicht gefreut. Immerhin waren Sie beide erbitterte Konkurrenten. Hat er Sie aufgesucht? Sie zur Rede gestellt?«

Vitos Fragen blieb einen Moment unbeantwortet, dann seufzte der Koch leise.

»Ja, Commissario, wir waren Konkurrenten, und natürlich ist allgemein bekannt, was das Restaurant für den hiesigen Markt bedeutet. Ich wäre dumm, wenn ich das Tartufo nicht übernehmen würde. Allein die Lage ist die Investition wert. Ich weiß nicht, ob Simonetti von der geplanten Veräußerung wusste, wir haben uns lange nicht mehr gesehen. Aber mein Kauf des Gebäudes hätte Stefano nicht die Lebensgrundlage entzogen. Wir leben von unserem guten Namen. Von unserer Kunst, die wir auf die Teller bringen.«

Lorano sah zu Vito, der ihn ebenso beobachtete wie Laura. »Er hätte sich einen anderen Standort gesucht, und seine Gäste wären ihm gefolgt.«

Laura nutzte die kurze Pause, die der Koch machte. »Sie hätten ihn aus seinem Lokal geworfen, ohne dabei ein schlechtes Gewissen zu haben?«

Lorano schnaubte abfällig. »Isabella hat es mir angeboten, ich habe es erworben, basta. Weswegen sollte ich mir einen Kopf machen, selbst wenn er noch am Leben wäre, hätte ich mir diese Chance nicht entgehen lassen. Er in der umgekehrten Situation ja auch nicht. Zu welchem Schluss kommen Sie jetzt? Bin ich deswegen schuldig?«

»Deshalb nicht, aber Ihr Alibi ist wackelig. Man hat Sie erst gegen zehn Uhr in der Handwerkskammer gesehen, davor kann niemand bestätigen, dass Sie dort irgendwelche Arbeiten verrichtet haben. Sie hätten genügend Zeit gehabt, nach Bucciano zu fahren und Simonetti zu töten.«

Lorano verzog verächtlich den Mund. »Ich hätte wohl ein paarmal über den Gang flanieren sollen, anstatt mich meiner Arbeit zu widmen. Und was, glauben Sie, hätte ich gewonnen, wenn ich ihn umgebracht hätte? Gedemütigt, zerstört und lebend von seinem hohen Ross gestoßen, wäre er mir lieber gewesen, da hätte er mehr gelitten – das hätte er verdient!«

Vito blickte den Koch an, der nun merkwürdig angespannt wirkte.

»Der Verkauf des Tartufo fand aber erst nach Simonettis Tod statt, oder?«, fragte Laura.

Lorano wandte sich wieder ihr zu. »Ja, die Tinte ist noch nicht mal trocken, und der Notartermin steht noch aus, aber der Vertrag ist unter Dach und Fach. Nach seinem Tod hat Signora Simonetti den Preis noch ordentlich erhöht. Aber am Ende wurden wir uns einig, auch weil sie weiß, dass ich viele Angestellte übernehme und sie mit dem Geld in der Lage sein wird, ihre nichtssagenden Klecksereien zu produzieren, die sie so liebt.«

Laura konnte sich vorstellen, dass die Witwe keine einfache Verhandlungspartnerin gewesen war. Isabella Simonetti war eine Frau, die unter der Schale einer armen Künstlerin das Herz eines Goldbarrens versteckte. »Aber Simonettis Tod kam Ihnen nicht ungelegen. Er war nun einmal Ihr ärgster Konkurrent, und nun konnte das Geschäft reibungslos über die Bühne gehen.«

Lorano setzte sich gerade hin, das arrogante Lächeln verschwand aus seinem Gesicht. Er wurde ernst, wirkte auf einmal älter.

»Stefano und ich hatten unsere Differenzen, ja. Ich denke, Sie wissen um das gestohlene Rezept. Aber Differenzen haben alle Konkurrenten. Wir waren die beiden Topadressen in Florenz und decken das gleiche Segment der Kochkunst ab. Nun ja, haben es abgedeckt. Aber ich hätte ihm nie den Tod gewünscht oder einen Grund für einen Mord gehabt.«

Das klang deutlich glaubwürdiger als sein großspuriges Gerede zuvor samt seinem wackeligen Alibi. Laura und Vito tauschten einen Blick aus.

»Signore Lorano, es kann gut sein, dass wir noch weitere Fragen an Sie haben. Bitte bleiben Sie in der Stadt und verreisen Sie nicht.«

Lorano lachte auf. »Signora, ich habe ein Restaurant zu modernisieren. Stefano hat im letzten halben Jahr kaum noch Investitionen getätigt, und ich muss die Küche auf Vordermann bringen. Keine Sorge, Sie finden mich hier oder demnächst im Tartufo.« Er stand auf. »Sind wir fertig?«

»Ja, bringen Sie uns doch bitte die Rechnung.«

Der Koch nickte und ging davon, während Vito einen langen Moment vor sich hin starrte.

»Was denkst du?«

Er war der Typ Ermittler, der gern im Stillen alle Fakten und Meinungen abwog, bevor er seine eigenen Schlüsse zog. »Ich glaube nicht, dass er lügt, was den Kauf des Tartufo angeht. Immerhin gehörte das Gebäude Signora Simonetti. Er ist außerdem zu sehr Geschäftsmann, um die Früchte seiner Arbeit mit einer unbedachten Tat zu gefährden. Er zahlt sogar seine Steuern pünktlich. Brambilla und Simonettis Frau haben beide einleuchtendere Motive. Obwohl Lorano mir einen Tick zu selbstsicher ist.«

Vito nickte. »Dann bleiben im Grunde nur zwei Personen übrig, die durch Simonettis Tod profitieren, und beide haben uns womöglich angelogen.«

KAPITEL 25

SIE HATTEN DEN Dienstwagen an einem schattigen Platz unweit der Festungsmauer des Forte di Belvedere unter einer dichten, wuchtigen Kastanie abgestellt. Gemeinsam überquerten sie die Straße und liefen wortlos auf den Alfa zu.

Noch bevor sie den Wagen erreichten, trat ein kleiner, schmächtiger Mann, Anfang fünfzig, mit grünem Muskelshirt und blauer Sporthose bekleidet aus dem Gestrüpp hervor und blickte sich verschwörerisch um. »Commissario Carlucci«, flüsterte er leise.

Vito musterte den Mann. »Ja. Darf ich fragen, wer Sie sind?«

»Davide«, entgegnete der Schmächtige. »Davide Girbone. Ich arbeite im Nuovo Bianco und habe vorhin mitbekommen, dass Sie sich mit Alessio Lorano über Simonetti unterhalten haben. Er hat Ihnen sicherlich erzählt, dass er nichts mit Simonettis Tod zu tun hat«, fuhr Girbone fort. »Aber ich sage Ihnen, er lügt.«

Vito runzelte die Stirn. »Wie kommen Sie darauf?«

»Sie wissen doch sicherlich, dass Lorano und Simonetti bis auf den Tod miteinander verfeindet waren. Vorletzte Woche war Simonetti noch hier. Er stand genau dort, wo Sie Ihren Wagen geparkt haben. Die beiden haben gestritten, und ich dachte schon, die gehen aufeinander los.«

»Wann war das?«

Der Mann überlegte. »Das war am Freitag. Zwei Tage später war Simonetti tot.«

»Sind Sie sich sicher?«

Girbone lächelte. »Todsicher. Es war gegen Abend, so um neun. Ich war gerade auf dem Nachhauseweg und wollte zu meiner Piaggio. Die verstecke ich immer dort vorne an der Mauer. Man kann hier ja keinem trauen.«

Er wies den Fußweg entlang auf einen dichten Ginsterstrauch, der sich bis zur Festungsmauer erstreckte. »Ich stand dort und bekam alles mit. Sie hatten mich nicht bemerkt.«

»Worum ging es bei dem Streit?«, fragte Laura.

Bevor Girbone antwortete, blickte er sich noch einmal argwöhnisch um. »Um was schon, Lorano will das Tartufo kaufen, und Simonettis Ehefrau, die schöne Isabella, steckt mit Lorano unter einer Decke. Ich sage Ihnen, Commissario. Non ci piove, die beiden haben etwas ausgeheckt, um Simonetti zu beseitigen. Es wäre nie zu einem Verkauf gekommen, wenn er noch am Leben wäre.«

»Was haben Sie tatsächlich gehört?«, fragte Vito nach.

»Ich sah, wie Lorano vor ihm stand und ihm auf die Brust tippte. Dabei wiederholte er immerzu, dass Simonetti ein

Dieb und Hochstapler sei und kein Recht hätte, sich Spitzenkoch zu nennen.«

»Was tat Simonetti?«

»Er wischte mit einer schnellen Bewegung Loranos Hand zur Seite und fauchte ihn an. Cazzone, pazzo, rompipalle und so weiter. Am Ende rief er, mein Lokal bekommst du nur über meine Leiche. Das war so laut, dass es mich wundert, dass es niemand anderes gehört hat.«

Vito nickte. »Interessant. Was antwortete Lorano?«

»Er sagte nur: Wenn du es so haben willst.«

»Was ist dann passiert?«

»Simonetti wandte sich um und ging. Er eilte zu seinem Mercedes, den er auf der anderen Straßenseite geparkt hatte, rief noch einmal, dass sich Lorano keine Hoffnungen auf das Tartufo zu machen braucht, stieg ein und brauste davon.«

»Und Lorano …?«

Girbone zuckte mit den Schultern. »Ist zurück zum Lokal gestapft.«

Vito trat einen Schritt auf Girbone zu und beugte sich zu ihm herab. »Was wissen Sie eigentlich über diese Fehde der beiden, die ja schon mehrere Jahre andauert, wie man hört?«

Girbone lächelte. »Das weiß doch hier jeder, der in der Gastronomie arbeitet. Die beiden sind in Rifredi aufgewachsen und haben dort schon zusammen im Sandkasten gespielt. Simonettis Vater arbeitete bei der Stadtreinigung, und die Mutter putzte im Museum. Signore Lorano senior fuhr Lastwagen für eine Spedition. Auch seine Frau musste arbeiten, in einem Blumengeschäft nahe der Ponte Vecchio. Beide Familien hatten nicht viel, waren einfache Leute. Die meiste Zeit verbrachten die beiden Jungs deshalb bei Angelina, Loranos Großmutter. Sie war eine begnadete Köchin und kochte ab und zu für die Gemeindespeisung. Da können Leute essen, die nichts haben.«

»Ich weiß, was die Gemeindespeisung ist«, sagte Vito, um Girbones Erzählung abzukürzen.

»Sie haben beide bei Mazzano an der Piazza della Signoria das Kochen gelernt, und sie waren offenbar gut darin. Sie waren damals unzertrennlich, sagt man.«

»Und was ist mit dieser Fehde?«

»Ihr erstes Restaurant eröffneten sie zusammen an der Piazza della Repubblica. Es heißt, Mazzano habe ihnen das Geld dazu geliehen. Sie waren damals sogar zusammen auf Trüffelsuche und bildeten Hunde aus, die sie an die tartufaio verkauften. Aber dann lernte Simonetti seine Isabella kennen, und sie gingen getrennte Wege.«

»Und was hat es mit dem Rezept auf sich?«

Girbone wiegte den Kopf hin und her. »Es heißt, dass Simonetti davon erfahren hat, dass ein Tester von Michelin sein Restaurant besuchen würde. An diesem Tag hat er ein Rezept gekocht, das von Angelina, Loranos Großmutter, stammt. Es muss den Tester überzeugt haben, denn kurz darauf bekam Simonetti seinen ersten Stern.«

»Die Gnocchi?«

Girbone nickte. »Gnocchi alla Romana con Tartufo, und man könnte … alla maniera di Angelina dazusetzen, heißt es.«

»Dieses Rezept ist tatsächlich der Ursprung der Fehde?«, fragte Laura, die näher gekommen war.

»Klar, genau darum geht es. Für Lorano, der sich mit seiner Trattoria im Schatten der schmuddeligen Piazza della Stazione niedergelassen hatte, weil er alleine die teurere Pacht an der Piazza della Repubblica nicht zahlen konnte, war das natürlich ein Schlag ins Gesicht. Sein bester Freund lässt ihn nicht nur im Stich, er stiehlt auch noch das Rezept der Großmutter und macht damit Karriere. Das wäre auch für mich ein Grund, einen Menschen abgrundtief zu hassen.«

Vito räusperte sich. »Lorano hat ebenfalls Ahnung von Trüffelsuchhunden?«

»Klar, er hat mit Simonetti Hunde ausgebildet.«

Vito warf Laura einen Blick zu, ehe er sich wieder dem sonnengegerbten Mann im sportlichen Outfit zuwandte. »Hat Lorano derzeit denn noch Hunde?«

Davide Girbone zuckte mit den Schultern. »Da bin ich überfragt, Commissario. Aber vor etwa drei Wochen, da war sein Freund aus Frankreich zu Gast, und der hatte tatsächlich zwei Hunde in seinem Kombi.«

»Ein Freund aus Frankreich?«

»Ja, Signore de Champs aus Avignon«, antwortete Girbone. »Hin und wieder macht er hier in Florenz Station bei uns. Er soll für das französische Fernsehen arbeiten und ein gefragter Moderator sein. Aber was weiß ich schon über französisches Fernsehen.«

»Unter den Hunden war nicht zufällig ein weiß-braun gefleckter Lagotto?«

Erneut bewegte Girbone den Kopf hin und her. »Ich kenne mich mit Hunden nicht so gut aus. Aber sie waren klein, reichten etwa bis zum Knie und hatten wuscheliges Fell. Einer davon war weiß und braun gefleckt. Und am Kopf hatte er einen großen Fleck.«

Vito wandte sich Laura zu. »Ambra ist weiß, mit einem braunen Kopf.«

Laura überlegte und strich sich eine Haarsträhne hinters Ohr.

»Als Simonetti damals diesen Stern verliehen bekam, da standen ihm auf einmal alle Türen offen«, fuhr Girbone fort. »Sein Bild ging durch die Gazetten, und Rai Uno berichtete sogar darüber in einer Vorabendsendung. Dieser Stern ist wie eine Lizenz zum Gelddrucken, und ganz Florenz war stolz darauf, dass es ein Lokal der Stadt in den Kreis der Auserwählten geschafft hat. Lorano hingegen musste sich seinen Stand hart erarbeiten und hatte Schulden bis über beide Ohren. Er hat damals sogar versucht, Simonetti vor dem Giudice di Pace zu verklagen, aber die Klage wurde abgewiesen. Es gibt eben kein Patent auf ein Kochrezept, das schon von Generation zu Generation weitergereicht wurde.«

»Das muss ein schwerer Schlag für Lorano gewesen sein«, bemerkte Laura.

»Es war ein Desaster für ihn. *La Nazione* brachte damals sogar einen großen Bericht darüber, und Simonettis Lokal wurde für kurze Zeit gemieden. Doch dann mussten sie eine Gegendarstellung drucken, und Lorano stand wie ein Verlierer da, der auf unseriöse Weise versucht, irgendwie an Geld zu kommen und dabei über Leichen geht.«

»Das hat sich Lorano doch sicherlich nicht so einfach gefallen lassen«, sagte Vito.

Girbone beugte sich verschwörerisch vor. »Er soll Simonetti im Wald von San Miniato mit einer Schrotflinte bedroht haben, munkelt man. Zufällig kamen ein paar Waldarbeiter vorbei und verhinderten wohl das Schlimmste.«

»Lorano hat eine Schrotflinte?«, fragte Laura.

Girbone nickte vehement. »Sicher, er ist doch Jäger. Und sein Revier liegt ausgerechnet in dem Gebiet, in dem Simonetti das Recht auf die Trüffelsuche zugesprochen wurde. Das Leben hält manchmal seltsame Kapriolen für uns bereit.«

Vito kratzte sich am Kinn. »Woher wissen Sie das alles, und weshalb erzählen Sie es uns?«

»Ich bin vierundfünfzig und fing als Küchenhelfer bei Simonetti an, dann wechselte ich zu Lorano in sein Restaurant. Da kümmere ich mich um das Gebäude, den Rasen und schneide die Bäume. Simonetti mag einen üblen Charakter gehabt haben, aber Lorano ist ein Schwein. Er tut nur so freundlich. In Wirklichkeit ist er ein arroganter und herrschsüchtiger Despot, der die Leute ausbeutet.«

»Würden Sie diese Aussage auch vor Gericht machen?«, fragte Laura.

Der Mann im Sportdress lächelte und schüttelte den Kopf. »Ich habe es Ihnen erzählt, was Sie daraus machen, das ist Ihre Sache.«

So wie Girbone aus dem Nichts aufgetaucht war, verschwand er auch wieder. Vito und Laura warfen sich einen langen Blick zu, ehe sie in den Alfa einstiegen.

Lauras Vorschlag, Lorano gleich noch einmal aufzusuchen und zur Rede zu stellen, hielt Vito für keine gute Idee. Schließlich hatte Girbone offensichtlich ein Problem mit seinem Chef, und ohne Verifizierung war die Aussage des Mannes nicht viel wert.

»Er läuft uns nicht weg«, sagte Vito, als er losfuhr.

*

Conte kam ihnen im Flur der Questura entgegen. »Ich habe versucht, euch zu erreichen.«

Vito und Laura mussten lächeln, weil sie im Restaurant beide ihr Handy auf Lautlos gestellt hatten.

»Was hast du für uns?«, fragte Vito.

»Das Labor hat die vanghetta nach DNA untersucht«, berichtete Conte. »Eine DNA gehört nicht zum Opfer.«

»Endlich mal eine gute Nachricht«, sagte Laura zufrieden.

»Die schlechte Nachricht ist, dass sie zu keiner aus unserer Fahndungsdatei passt.«

Vito überlegte einen Augenblick. »Ich denke, ich sollte mit Trancetti sprechen. Dieser Fund wäre ein Grund, eine DNA-Probe bei Isabella anzuordnen, schließlich hat sich ihr vermeintliches Alibi nach dem Gespräch mit Brambilla mehr oder weniger in Luft aufgelöst.«

»Warum nehmen wir Sie nicht einfach fest?«, schlug Laura vor. »Es gibt eine Fülle von Indizien, die gegen sie sprechen und jetzt in einem anderen Licht erscheinen.«

Vito schüttelte den Kopf. »Damit sie uns noch einmal durch die Maschen schlüpft? Was, wenn die DNA von einer anderen Person ist? Aquila würde uns in der Luft zerreißen.«

Laura blickte missgestimmt drein. »Habt ihr etwa Angst vor einem Anwalt?«

»Nicht vor einem Anwalt«, erwiderte Vito. »Aber wir werden sauber arbeiten. Eine neue Spur ist aufgetaucht, und das ändert das Spiel. Sie könnte Brambilla als Alibi benutzt haben, weil sie weiß, dass wir ihn dort gesehen haben. Und sie könnte tatsächlich mit Lorano unter einer Decke stecken. Der Hund im Wagen des Franzosen könnte nach der Beschreibung Ambra gewesen sein.«

»Könnte … könnte … könnte, der Verdacht gegen Lorano ist zwar vage, aber eigentlich hat er kein Alibi, das haben wir überprüft.«

Vito winkte ab. »Diese Geschichte mit der Handelskammer, ich weiß. Wir konnten es aber bislang noch nicht widerlegen, und auf den Hausmeister ist kein Verlass. Auch wenn seine Angaben durchaus einen konkreten Verdacht rechtfertigen würden. Nein, wir konzentrieren uns erst einmal auf die Signora. Mit der Behauptung, eine Liaison mit Brambilla zu haben, hat sie sich keinen Gefallen getan. Trancetti wird angesichts dieser Wendung den Beschluss zur DNA-Probe unterschreiben, da bin ich mir sicher. Wir werden bald sehen, was die Analyse ergibt. Wenn die Spur zu ihr gehört, dann wird ihr auch Aquila nichts mehr nutzen.«

»Es ist spät, wir sollten uns beeilen, damit Trancetti den Bericht gleich morgen früh auf dem Tisch hat.«

KAPITEL 26

AM NÄCHSTEN MORGEN zogen sich Laura und Vito in den Soko-Raum zurück, um die weitere Vorgehensweise zu besprechen. Trancetti hatte einer DNA-Probe zugestimmt und den Beschluss dazu per Fax an die Questura gesendet.

»Conte und Fraccinelli werden uns begleiten«, sagte Vito entschlossen. »Ich will, dass dieser Besuch einen offiziellen Charakter erhält und sie vielleicht ein wenig gesprächiger macht, wenn sie langsam merkt, dass sich die Schlinge um ihren Hals zuzieht.«

»Sie wird uns kein Geständnis liefern«, widersprach Laura. »Diese Frau ist tough. Sie wird die Tat bis zuletzt bestreiten. Und wenn sie erfährt, dass Brambilla eine Affäre abstreitet, wird sie vielleicht versuchen, die Schuld auf ihn abzuwälzen. Wir sollten uns keine großen Hoffnungen machen, dass sie so einfach einknicken wird und ein Geständnis ablegt.«

»Einen Versuch ist es wert.«

Laura verzog kurz ihre Mundwinkel. »Trotzdem hätte ich versucht, einen Haftbefehl gegen sie zu beantragen. Das würde den Druck erhöhen.«

»Ich habe doch schon erklärt, weswegen wir das nicht tun. Diese Frau wird uns nicht weglaufen. Sie hat es getan, um an Geld zu kommen und ihren unliebsamen Ehemann loszuwerden, der sie am Ende vielleicht noch in eine Gläubigerklage gestürzt hätte, wenn er sein Leben so weitergelebt hätte und Geld, das er nicht hatte, einfach so zum Fenster hinauswerfen hätte können.«

Laura nickte und schwieg.

»Außerdem möchte ich erfahren, welche Rolle Lorano in dieser Sache spielt. Ganz so unschuldig, wie er tut, ist er wohl nicht. Ich habe gestern noch ein wenig im Internet recherchiert. Girbones Geschichte scheint zu stimmen, und die Sache mit dem Rezept ebenfalls.«

»Umso mehr ein Grund, Isabella zu verhaften.«

»Ich sagte, wir warten noch.«

Laura presste die Lippen zusammen und blickte kurz zur Seite.

»Holst du den Wagen? Ich suche inzwischen Fraccinelli. Conte wartet schon auf dem Parkplatz.«

Zehn Minuten später fuhren sie mit dem Alfa durch die Stadt, überquerten den Arno auf der Ponte alla Vittoria und erreichten nach vierzig Minuten ihr Ziel: das Chalet von Isabella Simonetti in den Hügeln von San Miniato. Fraccinelli und Conte folgten im weißen Bus der Spurensicherung.

Als sie sich der Auffahrt näherten, versperrte ihnen ein rostiger, alter Citroën den Weg.

»Das ist doch das Auto von Marra«, bemerkte Vito, als Laura den Wagen stoppte.

»Dem Trüffelhändler aus Compiobbi?«

Vito nickte und öffnete die Autotür. Aus dem Chalet drangen laute Stimmen.

»…ich gehe nicht ohne mein Geld!«

Es musste Marra sein.

»Verschwinde, sonst nehme ich diesen Spaten hier und …!«, schrie Isabella Simonetti.

Vito griff reflexhaft an sein Holster. »Was ist da los?«, fragte Laura.

»Ich fürchte, daran bin ich schuld«, antwortete er und spurtete auf das Chalet zu. Er überquerte den Rasen, sprang über ein paar niedere Magnolien und hielt auf die offene Tür zu. Kaum hatte er sie erreicht, stand Marra vor ihm, den Arm zu seinem Schutz in die Höhe gereckt. Isabella, keinen halben Meter von ihm entfernt, umklammerte einen Handspaten und hatte bereits zum Schlag ausgeholt.

»Aufhören!«, rief Vito.

Marra tat einen Schritt zurück, stolperte über ein paar gelbe Gummistiefel und stürzte im Flur rücklings auf den harten Stein. Isabella, erschrocken von Vitos plötzlichem Erscheinen, ließ den Spaten fallen und stieß einen schrillen Schrei aus.

»Was soll das hier!«, rief Vito.

»Das … das ist eine Furie!«, stammelte Marra, während er sich allmählich vom Boden aufrappelte.

»Er hat mich überfallen«, konterte Isabella, die ihre Fassung zurückgewonnen hatte. »Er stand plötzlich mitten in meinem Haus und forderte Geld von mir, dieser elende Hund!« Sie zeigte auf Marra, der sich mühsam erhoben hatte und seine Hose abklopfte.

»Langsam, beruhigen Sie sich, Signora Simonetti.«

Inzwischen waren auch Laura, Conte und Fraccinelli an der Tür des Chalets angekommen. Laura hielt ihre Dienstwaffe in der Hand.

»Ich will, dass dieser Kerl aus meinem Haus verschwindet und mich in Ruhe lässt!«

Marra wandte sich Vito zu. »Ich gehe hier nicht ohne mein Geld weg. Simonetti schuldet mir über zehntausend Euro, und sie ist seine Erbin und will von nichts wissen.«

»Ruhe!«, fuhr Vito die beiden in einer Lautstärke an, dass sie zusammenzuckten.

»Was ist hier passiert?«, fragte Laura.

Vito hob beschwichtigend die Hände in die Höhe. »Wir werden alles in Ruhe klären, verstanden?«

»Er hat nichts auf meinem Grundstück verloren.« Mit wutentbranntem Gesicht deutete Simonettis Frau auf Marra.

»Du Schlampe«, entgegnete Marra und wollte auf sie losgehen, doch Vito trat ihm in den Weg.

»Du kannst die Waffe einstecken«, sagte er zu Laura. Dann packte er Marras Arm, drehte ihn auf seinen Rücken und presste den Mann gegen die Wand.

Vito legte Marra die Handschellen an und schob ihn zur Tür. »Fraccinelli, bring ihn zu seinem Wagen und warte dort auf uns.«

Fraccinelli nickte, griff nach Marras Schulter und führte ihn unsanft ab.

»Und nun zu Ihnen, Signora Simonetti«, sagte Vito. »Wir müssen uns unterhalten.«

»Ich wüsste nicht, worüber wir uns noch unterhalten sollten, Commissario, es ist alles besprochen. Ich habe meinen Mann nicht umgebracht.«

Vito wartete, bis Fraccinelli und Marra außer Hörweite waren. »Wollen wir hier miteinander reden? Ich glaube, das ist auch in Ihrem Interesse.«

Die Frau zuckte mit den Schultern. »Was wird aus dem?«, fragte sie und wies zu Marra, der mit Fraccinelli gerade durch das schmiedeeiserne Tor das Grundstück verließ.

»Ich werde mich darum kümmern, er wird Sie nicht mehr bedrohen«, versprach Vito.

Isabella Simonetti zeigte den Flur entlang, führte ihre Besucher in das Wohnzimmer und bat sie, auf dem Sofa Platz zu nehmen. Sie selbst blieb an den offenen Kamin gelehnt stehen. Sie schien sich wieder gefangen zu haben, strahlte wieder diese gelangweilte Gelassenheit aus.

»Was wollen Sie von mir, Commissario?«

»Sie haben uns belogen.«

»Wo soll ich Sie belogen haben?«

»Brambilla«, sagte Vito nur.

Isabella Simonetti zuckte mit den Schultern. »Was ist mit ihm?«

»Brambilla bestreitet, dass er ein Verhältnis mit Ihnen hat, und er bestreitet auch, dass er die Nacht, in der Signore Simonetti erschlagen wurde, mit Ihnen verbracht hat.«

Isabella Simonettis Gesichtsausdruck änderte sich. Ärger und Wut kochten hoch. »Questo figlio di puttana«, zischte sie. »Er lügt, dieser bastardo.«

Vito schaute sie gleichmütig an. »Wieso sollte er?«

Die Frau schwieg. Verbissen starrte sie auf die Bodenfliesen aus Marmor.

»Signora Simonetti«, setzte Laura an. »Ich glaube, Ihre Ehe war längst am Ende und es war keine Trennung auf Zeit, so wie Sie zu Beginn der Ermittlungen behaupteten.«

Isabella schaute auf. »Was hat das damit zu tun?«

»Sie wohnen hier, Ihr Mann in der Stadt«, fuhr Vito fort. »Sie gingen sich meist aus dem Weg, und Konflikte gab es zuvor schon. Einmal musste sogar die Streife …«

»Das gehört hier nicht her.«

Vito richtete sich im Sessel auf und blickte ihr in die Augen. »Sie hatten allen Grund, Ihren Mann zu hassen. Er hat sie mit jeder Aushilfskellnerin betrogen, die interessiert war. Er hat das Geld zum Fenster hinausgeschmissen, es mit Glücksspiel durchgebracht und dabei Tausende Euros verspielt. Ihre Ehe ist kinderlos …«

»Hören Sie auf!«, rief sie. »Sie haben gar keine Ahnung. Ja, wir haben keine Kinder, ist das etwa auch ein Verbrechen, Commissario?«

Vito ließ sich wieder in den Sessel sinken. »Sie hatten sehr viele Gründe, Ihr Leben zu verändern, und Ihr Mann störte doch nur dabei.«

»Lassen Sie mich endlich in Ruhe!«

»Gut, eine andere Frage. Weshalb verkaufen Sie das Tartufo ausgerechnet an Lorano, den Todfeind Ihres Mannes?«

Sie beruhigte sich ein wenig. »Eigentlich geht Sie das gar nichts an, ich kann verkaufen, an wen ich will, Commissario. Aber wenn Sie es genau wissen wollen, ich habe keinen Ärger mit Lorano. Im Gegenteil, ich halte ihn für einen ausgezeichneten Geschäftsmann.«

»In der Ausgabe der *La Nazione* vor einigen Jahren, als diese üble Geschichte mit dem angeblich gestohlenen Rezept ans Licht kam, haben Sie noch ganz anders über Lorano gesprochen und Ihrem Mann den Rücken gestärkt.«

Sie winkte ab. »Puh, das ist lange her, und außerdem war Stefano meine Familie. Und die Familie hält zusammen, das ist ein eisernes Gesetz, Commissario.«

Laura lächelte. »Warum verkaufen Sie überhaupt, es gehört Ihnen doch bereits alles? Was gehen Sie die Schulden Ihres Mannes noch an?«

Isabella wies zur Tür. »Sie haben es ja selbst gesehen. Glauben Sie, ich habe Lust darauf, dass mir Stefanos Gläubiger die Tür eintreten, so wie dieser cane pazzo gerade eben. Ich will meine Ruhe haben, deswegen werde ich die Schulden begleichen.«

Vito räusperte sich. »Kennen Sie einen gewissen Monsieur de Champs? Er soll aus Avignon stammen?«

Sie zog die Schultern hoch. »Wer soll das sein? Den Namen habe ich noch nie gehört. Und außerdem reicht es mir jetzt. Ich wäre Ihnen dankbar, wenn Sie gehen und dafür sorgen, dass der Hitzkopf nicht mehr hier auftaucht.«

»Um den kümmern wir uns schon«, entgegnete Vito. »Aber wir sind noch nicht fertig, Signora, tut mir leid.«

»Was wollen Sie denn noch von mir, ich bin unschuldig, Commissario. Und alles Weitere klären Sie bitte mit meinem Anwalt.«

Vito wies auf Conte, der im Sessel neben ihm saß. »Ispettore Conte wird jetzt eine DNA-Probe bei Ihnen entnehmen.«

»Das wird er nicht.«

Vito erhob sich und zog die richterliche Anordnung aus der Tasche. Er ging auf Isabella zu und reichte ihr das Schriftstück.

Sie nahm es entgegen und warf einen langen Blick darauf. »Ich glaube nicht, dass Sie das dürfen.«

Vito wies auf das Papier. »Darin steht, dass wir es sogar gegen Ihren Willen dürfen, notfalls mit Gewalt.«

»Haben Sie deshalb die Verstärkung mitgebracht?«

»Es reicht jetzt!«, rief Laura, die von ihrem Sessel aufgesprungen war. »Entweder Sie werden uns diese Probe freiwillig geben oder ...«

Vito berührte sie am Arm. Sie verstummte.

»Ich werde zuerst meinen Anwalt fragen«, sagte Isabella und zog ihr Handy aus der Tasche.

»Tun Sie das«, sagte Vito ruhig.

Isabella verschwand in einem Nebenraum und schlug die Tür hinter sich zu.

»Diese Art ist doch lächerlich«, erklärte Laura in genervtem Ton. »Wir sollten sie auf jeden Fall verhaften.«

»Warum seid Ihr Römerinnen immer so heißblütig«, entgegnete Vito entspannt. »Versuchen wir es doch mit etwas toskanischer Gelassenheit. Du wirst sehen, gleich kommt sie zurück und wird die Probe über sich ergehen lassen. Wetten?«

Conte saß lächelnd in seinem Sessel und verfolgte belustigt den Disput.

»Sie gehört in den Knast«, wetterte Laura weiter. »Ein paar Tage hinter Gitter, dann wird sie schon gesprächiger sein.«

Vito schüttelte den Kopf. »Wir sind ausschließlich wegen der DNA hier. Alles andere ist keine Option. Außerdem gibt es mit Brambilla und Lorano noch zu viele Verdächtige, ich denke, wir sollten jetzt nichts übereilen.«

Laura verdrehte die Augen und ließ sich schließlich wieder in den weißen Ledersessel fallen.

»Jetzt wo das geklärt ist, kommt Ihr hier sicherlich ohne mich zurecht.« Vito erhob sich und ging zur Tür. »Schau bitte mal, ob du noch etwas über den Verbleib von Ambra herausfindest, und frag sie noch einmal nach Lorano und diesen Franzosen.«

»Wohin gehst du?«

»Ich kümmere mich um Marra. Ich fahre mit ihm zu seinem Gehöft, damit er hier kein weiteres Unheil anrichtet. Es wäre nett, wenn du mich in zweieinhalb Stunden bei ihm abholen könntest.«

»Was willst du ausgerechnet jetzt bei Marra?«

»Wir müssen mehr über die Trüffelsuche mit Hunden herausfinden. Ich werde das Gefühl nicht los, dass Simonettis Hunde in diesem Fall eine Rolle spielen.«

Bevor Laura eine weitere Frage stellen konnte, kehrte Isabella Simonetti aus dem Nebenzimmer zurück. »In Gottes

Namen, bringen wir das jetzt endlich hinter uns«, sagte sie, blieb vor Conte stehen und hielt ihm den linken Arm entgegen, als wollte sie Blut spenden.

»Im Hals, Signora«, erklärte Conte. »Wir nehmen die DNA-Proben im Rachen.«

KAPITEL 27

»MARRA, MARRA, MARRA«, seufzte Vito, als er ihn von den Handschellen befreite. »Wie kann man denn so dumm sein. Sie glauben doch nicht wirklich, dass Sie auf diesem Weg zu Ihrem Geld kommen?«

Der Angesprochene blickte verlegen zu Boden. »Aber, Commissario, Sie haben doch selbst gesagt, halten Sie sich an die Erben.«

»Aber doch nicht auf diese Art. Sie können diese Frau nicht einfach überfallen.«

»Ich wollte nur …«

»Ich weiß, was Sie wollten, aber so werden Sie Ihr Geld nicht bekommen.«

Vito wies auf die Beifahrerseite des Citroën.

»Was ist?«, fragte Marra.

»Schlüssel, ich fahre.«

Etwas widerwillig griff Marra in die Hosentasche. »Eigentlich finde ich selbst nach Hause.«

»Das weiß ich, aber wie kann ich mir sicher sein, dass Sie nicht noch auf dumme Ideen kommen, wenn wir hier abrücken.«

»Und wenn ich Ihnen mein Wort gebe?«

Vito öffnete die Tür des schrottreifen Gefährts, setzte sich hinter das Steuer, schob die Beifahrertür auf und startete den Motor, der erst nach dreimaligem Versuch ansprang.

»Worauf warten Sie, Marra.«

Marra seufzte leise und nahm neben Vito Platz.

»Anschnallen.«

Vito legte unter kräftigem Gruß vom Getriebe den ersten Gang ein.

»Vorsicht«, warnte Marra. »Das Mädchen ist nicht mehr die Jüngste.«

Langsam fuhren sie aus der Einfahrt und bogen auf die Straße in Richtung Florenz ein.

»Ambra«, sagte Vito nach einer Weile des Schweigens. »Ist der Hund wirklich so außergewöhnlich?«

Verträumt, beinahe ehrfurchtsvoll blickte Marra zum schmutziggrauen Dachhimmel des Wagens. »Ambra ist eine Königin«, sagte er entrückt.

»Ist ein Hund nicht einfach ein Hund?«

»Sie können das nicht verstehen, Commissario«, erwiderte Marra. »Jeder Hund hat eine relativ feine Nase, doch was er damit tut, das ist alleine seine Sache. Training, Übungen, ja, klar, da ist einiges möglich. Aber Ambra hat Talent, sie hat das gewisse Etwas, das ein Hund braucht, um erfolgreich zu sein.«

Vito musste schmunzeln.

»Das verstehe ich tatsächlich nicht.«

»Wie auch, Commissario. Dazu muss man eben ein echter tartufaio sein.«

»Erklären Sie es mir bitte.«

Sie näherten sich Grassina, und Vito beschleunigte den alten Diesel auf der Strada Provinciale.

»Viele glauben, man stapft einfach so durch den Wald, gräbt Löcher in den Boden, das schwarze Gold liegt dann einfach so da, und man braucht es nur aufheben. Aber das ist weit gefehlt. Sie müssen wissen, wo Sie zu suchen haben.«

»Und wo genau sucht man?«

»Trüffel sind Pilze«, fuhr Marra enthusiastisch fort. »Schlauchpilze, genauer gesagt. Sie leben in Symbiose und verbinden sich mit den Wurzeln der Bäume und einiger Sträucher. Sie bevorzugen Eichen, Buchen, Pappeln und Haselnussbäume. Alkalisch muss der Boden sein, und auch sonst müssen einige Faktoren passen, damit der Trüffel wächst. Ein echter tartufaio weiß genau, wo er suchen muss. Und hat er einen Hund dabei, mit einer so feinen Nase, wie Ambra sie hat, wird er mit einem vollen Korb nach Hause gehen. Aber er wird nicht über die Pilze herfallen, wie es die Amateure tun. Er wird immer etwas davon zurücklassen, denn dann weiß er, dass er im nächsten Jahr wiederkommen kann.«

»Ist so ein Hund teuer?«

»Das kommt darauf an.«

Der Motor dröhnte, und Marra warf einen Blick auf den

Schalthebel. »Drehen Sie den Motor nicht so hoch, Commissario, das ist kein Rennwagen.«

Vito wandte den Blick nach unten und legte den fünften Gang ein. »Worauf kommt es an?«

Marra suchte nach Worten. »Wie soll ich Ihnen das erklären, Commissario. Sehen Sie, Sie kaufen Ihrer Tochter ein Pferd, damit es einen Freund hat, den es füttern und streicheln kann. Dafür zahlen sie tausend, vielleicht zweitausend Euro. Sie kaufen ein Pferd, das über Hindernisse springen kann, die uns gerade bis zum Knie reichen. Dafür zahlt man Summen, für die man einen Mittelklassewagen bekommen würde. Andere kaufen ein Pferd, das über richtig hohe Hindernisse springt, die fast so groß sind wie wir. Dann müssen Sie schon mit der Summe eines hübschen Chalets rechnen.«

Vito grinste. »Ich verstehe. Und Ambra kostet ein Chalet?«

»Nicht ganz, aber soweit ich gehört habe, soll jemand Simonetti schon mal dreißigtausend geboten haben.«

Vito stieß einen lauten Pfiff aus und bog bei Varlungo in Richtung San Jacopo Al Girone ab.

»Trotzdem hat Simonetti nicht verkauft. Und das, obwohl er das Geld, nach allem, was man jetzt weiß, gut hätte gebrauchen können«, sagte Marra und zwinkerte dem Commissario zu.

Sie fuhren eine Weile geradeaus, ehe sich Vito wieder an Marra wandte. »Sagt Ihnen der Namen de Champs etwas? Aus Avignon?«

»Didier de Champs?«

»Ja.«

»Didier de Champs, sicher. Jeder, der etwas mit Trüffeln zu tun hat, kennt ihn.«

»Weshalb?«

»Er verkauft Trüffeln im großen Stil. Sogar online und in Supermärkten bietet er sie in Plastikfolie verpackt an. Von ihm kriegen Sie alle Arten, egal ob am Stück, in Scheiben oder gerieben. Aber sie sind nicht frisch, ganz im Gegensatz zu meinen, die ich aus den Wäldern hole.«

»Er ist also so etwas wie ein Großhändler.«

»Er ist ein Albtraum für einen jeden ehrlichen tartufaio«, erklärte Marra. »Überall kauft er die Lizenzen auf, auch hier bei uns in der Toskana. Dann schickt er seine Schergen los, die gnadenlos den Wald ausplündern. Sie hinterlassen Friedhöfe, Friedhöfe, auf denen niemals mehr ein Pilz wachsen und gedeihen kann.«

»Kauft Lorano bei ihm?«

»Lorano kauft alles, was er kriegen kann. Er kauft auch bei mir, aber im Gegensatz zu Simonetti bezahlt er bar bei Lieferung.«

»Es könnte also sein, dass ich bei Lorano ein Trüffelgericht bestelle, das mit geriebenem Trüffel aus der Plastiktüte zubereitet wurde?«

Marra überlegte kurz. »Es könnten auch Zuchttrüffel aus de Champs' Trüffelgarten sein. Er hat drei Stück davon. Aber es gelingt nicht oft, die Bäume und die Trüffeln zu verheiraten, deshalb ist es schwierig und sehr arbeitsintensiv. Sie lassen sich eben nicht züchten wie einfache Champignons oder Pfifferlinge. Der Trüffel hat Charakter. Er wächst nur, wenn er es auch wirklich will.«

Sie waren in Compiobbi angekommen und fuhren den Hügel hinauf, auf dem Marras Anwesen stand.

»Sie sollten tanken«, bemerkte Vito, als die gelbe Kontrollleuchte aufleuchtete.

»Das wollte ich auch, aber jetzt ist es zu spät, die letzte Tankstelle gibt es unten am Eingang des Ortes.«

»Signora Simonetti ist tabu, haben wir uns verstanden?«

»Klar, Commissario. Stimmt es denn, dass sie ihren Mann umgebracht hat?«

Vito bog auf den Weg zum halb verfallenen Gehöft ab und stoppte den Wagen vor dem Haus, das aus braunen Steinen gemauert war. »Wie kommen Sie darauf?«

»Tja, man hört so einiges.«

Vito schaltete den Motor ab. »Was hört man denn?«

»Das pfeifen die Spatzen doch schon von den Dächern, Commissario. Die Signora ist eine reiche Frau nach dem etwas überraschenden Abgang ihres Gatten.«

»Das war sie schon vor seinem Tod«, entgegnete Vito. »Sein Tod ändert nicht viel an der Situation.«

»Mag sein, aber man sagt noch mehr«, antwortete Marra mit einem wissenden Lächeln auf den Lippen.

»Noch mehr?«

Marra zuckte mit den Schultern. »Jeder weiß, dass Stefano Simonetti unersättlich war. Seine Touren mit den jungen weiblichen Angestellten in die Hügel nach San Miniato sind hinlänglich bekannt. Aber dass die schöne Isabella, nun ja, so schön ist sie ja jetzt nicht mehr, auch keine Kostverächterin ist, das hört man ebenfalls.«

»Sagt wer?«

»Wer oft im Wald ist, der hört auch hin und wieder die Vögel zwitschern«, antwortete Marra geheimnisvoll. »Ausgerechnet der Souschef, das hätten nicht viele vermutet. Zumal die Signora mehr auf frischere Ware steht. Der treue Adamo liegt ja schon etwas länger in der Auslage.«

Marra lachte herzhaft über seinen eigenen Scherz. Dann fasste er sich an den Magen. »Dieser Vormittag hat mich hungrig gemacht, Commissario. Wie steht es um Ihren Appetit, Sie haben doch sicher auch Hunger?«

Vito nickte. Er verspürte tatsächlich ein Hungergefühl. »Warum haben Sie mir das beim ersten Besuch nicht erzählt?«

»Da kannten wir uns noch nicht so gut, Commissario. Aber jetzt denke ich, Sie sind ganz okay, für einen sbirro.«

Marra wies auf das Haus. »Nachdem Sie jetzt schon einiges über das schwarze Gold der Toskana erfahren haben, sollten Sie auch den Unterschied zwischen der Ware aus dem Kühlfach und einem frischen scorzone kennenlernen. Wie wäre es mit einer Portion Pasta al tartufo nero?«

Vito warf einen Blick auf seine Uhr. Bis Laura ihn abholte, blieben noch beinahe eineinhalb Stunden. »Da sage ich nicht Nein.«

Sie gingen über den geschotterten Weg, auf dem hier und da dichte Grasbüschel wuchsen, auf das Haus zu.

»Ich habe noch eine Frage zu den Hunden«, sagte Vito. »Simonettis Gonzo soll ebenfalls ein ausgezeichneter Suchhund sein.«

»Ja, sicher. Er ist überdurchschnittlich, keine Frage, aber dennoch weit entfernt von Ambras Fähigkeiten. Das ist kein

Zufall, denn beide stammen aus dem gleichen Wurf, und Mutter wie Vater waren ebenfalls überdurchschnittlich begabt. Der Züchter stammte übrigens aus Siena und hatte einen ausgesprochen guten Namen. Leider ist er vor zwei Jahren verstorben.«

Marra führte Vito in die Küche und bot ihm Platz auf einem einfachen Stuhl vor dem Holztisch an. »Eine gute halbe Stunde wird es dauern, bis wir essen können.«

»Ich habe Zeit«, entgegnete Vito. »Und wie war das mit Pico, Simonettis erstem Hund? War er auch überdurchschnittlich talentiert, so wie die anderen beiden?«

»Pico, ja genauso hieß er, dieser verrückte Köter«, erklärte Marra, den der Gedanke an den Hund offenbar amüsierte. »Auch ein reinrassiger Zuchthund, aber noch von Simonetti und Lorano ausgebildet. Damals, als sie noch Freunde waren. Er erreichte natürlich bei Weitem nicht das Niveau von Ambra, und auch von Gonzo war er noch weit entfernt. Aber er war zuweilen ganz brauchbar, wenn er nicht diese Macke gehabt hätte.«

»Eine Macke, was hatte er denn?«

Marra stellte einen Topf voller Wasser auf eine Platte des altertümlichen Elektroherdes.

»Er suchte eine Weile, und dann hatte er die Nase voll und wollte spielen. Meist lief er dann wie von der Tarantel gestochen davon. Das wurde ihm schließlich zum Verhängnis.«

Vito wurde neugierig. »Wie denn das?«

»Dazu müssen Sie wissen, Commissario, dass sich Simonetti und Lorano einen Teil des Waldes auf dem Hügel teilten. Östlich von dem Chalet, in dem jetzt die Signora wohnt.«

»Lorano sammelt auch Trüffeln?«

Marra lachte auf. »Nein, aber er geht auf die Jagd.«

»Davon habe ich schon gehört.«

»Simonetti hat in diesem Wald die Lizenz zur Trüffelsuche, und Lorano hat den Wald zur Jagd gepachtet. Eines Tages, Lorano veranstaltete eine Treibjagd mit ein paar Freunden, machte Simonetti mit Pico einen Spaziergang. Wie es der Teufel will, der verrückte Hund rennt einfach davon. Kurz darauf macht es peng, und Pico ist tot. Blattschuss. Bis heute weiß niemand, wer den Hund erwischt hat. Lorano oder einer seiner Jagdkumpane. Aber ich tippe auf Lorano, wenn Sie mich fragen, Commissario.«

Das Wasser im Topf fing an zu kochen, Marra streute ordentlich Salz hinein und gab die Pasta in das sprudelnde Wasser. Auf einem Holzbrett schnitt er einen Trüffel in kleine Scheiben, die er in eine Pfanne mit angeschwitzter Butter legte. Anschließend fügte er noch gehobelten Parmesan hinzu.

»Es duftet köstlich«, sagte Vito und schaute Marra beim Kochen zu.

»Es wird auch köstlich schmecken und ist dennoch ein ganz einfaches Gericht.«

Vito nickte und warf einen Blick aus dem trüben, mit Staub bedeckten Fenster. Kochen konnte Marra offenbar, doch auf den anderen Gebieten der Hausarbeit hatte er wohl so seine Schwächen.

»Wie geht es Leyla, ihrer Hündin?«

Marra zuckte mit den Schultern. »Ich glaube nicht, dass sie es noch lange macht.«

»Kaufen Sie sich einen neuen Hund?«

»Würde ich gerne machen, aber …« Er rieb seinen Zeigefinger gegen den Daumen.

»Ach ja, das liebe Geld«, sagte Vito. »Was kostet denn ein junger Hund, der noch keine Ausbildung genossen hat?«

»Ich sagte schon, einen Tausender muss man da schon hinlegen. Und die Ausbildung dauert über ein Jahr, bis er so weit ist, dass er verlässlich auf Suche geht.«

»Jetzt gehen Sie ohne Hund auf die Suche?«

»Ich brauche einen Hund, das ist Vorschrift. Leyla liebt Spaziergänge, auch wenn man sie eigentlich nur noch zum Pinkeln ausführt. Aber das Gesetz sagt nichts darüber aus, ob der Hund oder der tartufaio die Trüffel finden darf. Glücklicherweise kenne ich die Stellen, wo ich graben muss. Ich kann mich nicht, wie der werte Signore Simonetti, auf die Trüffelsuche als Hobby beschränken, ich lebe davon, Commissario.«

Inzwischen hatte sich das köstliche Aroma der Pilze, der Butter und des Parmesans zusammen mit den Kräutern in der Küche ausgebreitet. Vito lief das Wasser im Mund zusammen. Marra schüttete die Pasta ab, holte zwei Teller aus dem offenen Hängeschrank, bei dem die Tür wohl schon seit einiger Zeit herausgebrochen war.

»Sie haben mehrere Pachten in den Hügeln?«, fragte Vito.

»Sechs dort und eine hier in der Gegend«, antwortete Marra und zupfte Basilikumblätter von einer Pflanze, die neben dem Fenster stand.

»Das ist sicherlich teuer?«

»Ja, das ist es, aber die Pacht ist bezahlt, und es werden bessere Zeiten kommen. In diesem Jahr war es bislang leider etwas zu trocken. Die Ernte ist sehr mager.«

Marra wandte sich um und platzierte den Teller mit der dampfenden Pasta vor Vito auf dem Tisch. Besteck zog er aus einer Schublade, die er gewaltsam aufreißen musste.

»Dieses blöde Ding klemmt von Zeit zu Zeit.«

Vito blickte sich um.

»Die Möbel sind wohl schon älter.«

Marra zuckte mit den Schultern und setzte sich an den Tisch. Mit der Hand wies er auf Vitos Teller. »Essen Sie, Commissario, die Pasta muss warm sein.«

Vito ließ sich das kein zweites Mal sagen. Das Essen war köstlich, und er verstand, was Marra mit der Frische der zubereiteten Trüffel meinte.

»Lecker, nicht wahr?«

»Ausgezeichnet«, entgegnete Vito kauend. »Die Pilze schmecken vorzüglich.«

Marra erhob sich, holte zwei Weingläser und eine Flasche Chianti. Bevor er Vitos Glas einschenken konnte, legte dieser die Hand darauf. »Tut mir leid, ich bin noch im Dienst.«

Marra lachte und wies in die Küche. »Keine Angst, der Questore kommt selten als Gast zu mir.«

»Schon gut, aber trinken Sie nur, Marra. Mir reicht die leckere Pasta.«

Er lächelte und schenkte sich das Glas voll. Sie saßen noch eine ganze Weile zu Tisch und sprachen über den schwarzen Sommertrüffel, aber auch über den seltenen und teuren weißen Trüffel, den es bald wieder zu ernten gab.

Anschließend erhob sich Marra und ging nach draußen, um seine Hündin im Zwinger zu füttern. Vito folgte ihm. Der Zwinger, an dem längst eine Seite des rostigen Maschendrahts erneuert werden musste, befand sich hinter der kleinen Werkstatt mit der offenen Tür, in der überall verstreut Werkzeug lag. Marra hielt wohl nicht viel von Ordnung.

Seine Hündin lag ausgestreckt auf der Seite und döste. Marra öffnete den Zwinger und trat ein. Nur kurz hob die Hündin den Kopf.

Vito warf einen mitleidsvollen Blick auf das arme Tier. Dann schaute er auf seine Armbanduhr.

»Jetzt müsste meine Kollegin bald kommen, und ich habe genug Ihrer Zeit in Anspruch genommen. Ich laufe schon mal zur Straße.

Er verabschiedete sich vom Trüffelhändler. »Danke für die Pasta. Und wie gesagt, lassen Sie die Finger von Isabella Simonetti, klar?«

Marra lächelte. »Keine Angst, ich habe Sie verstanden, Commissario, Sie können sich auf mich verlassen.«

KAPITEL 28

CONTE TÜTETE DIE Probe ein und wandte sich Laura zu. »Das wär's. Ich bin fertig.«

Laura bedankte sich. »Ich komme gleich, bitte warte am Auto auf mich.«

Der massige Mann nickte ihr zu, ehe er nach draußen ging.

Isabella Simonetti saß mit ihrem bemüht hochmütigen Blick auf der Couch und starrte durch das riesige Fenster auf die grünen Hügel und den gepflegten Garten, der sich als wunderschönes Sommerpanorama präsentierte. Sie wollte zwar den Eindruck erwecken, als nehme sie alles mit stoischer Gelassenheit, aber Laura war nicht entgangen, wie nervös sie die Probenentnahme gemacht hatte. Jetzt blinzelte die Frau ein wenig zu oft, fast so, als wolle sie verhindern, dass sich Tränen in ihren Augen sammelten.

Laura wartete, bis sie hörte, wie die Haustür zugezogen wurde. Sie war nun mit Isabella Simonetti allein, ein

Umstand, der ihr vielleicht half. Ein Gespräch von Frau zu Frau, vielleicht würde es etwas bringen.

»Alles spricht gegen Sie, Signora Simonetti«, sagte sie in sachlichem Ton. Wenn Ihre DNA-Probe zu den Spuren auf der Mordwaffe passt …« Die Worte hingen in der Luft, und Laura wartete.

Abrupt stand die Witwe auf und ging zu der kleinen Kommode, die neben der Ledercouch stand. Sie öffnete das mit Intarsien verzierte Möbelstück und holte eine Flasche und ein Glas heraus. »Das wird sie nicht.«

Isabella Simonetti wandte Laura den Rücken zu und schenkte sich etwas ein, das wie Cognac aussah. Dann nahm sie einen großen Schluck und drehte sich zu Laura um. Ihre Augen waren jetzt klar und ihr Blick voller Wut.

»Ja, er hat mich mit diesem Mailänder Flittchen betrogen. Mein Mann, Signora Gabbiano, hätte sogar Sie hier vor meinen Augen gevögelt, wenn Sie es ihm gestattet hätten. Er war sehr viril, schon vor unserer Ehe. Aber er ist immer wieder zu mir zurückgekehrt. Und wissen Sie, warum?«

Laura setzte sich auf den Sessel gegenüber der Couch, schlug betont langsam die Beine übereinander und sah Isabella Simonetti an. »Nein, das weiß ich nicht. Bestimmt erklären Sie es mir gleich.«

Isabella Simonetti, die in ihrer Jeans und einem langen Tunikashirt lässig wirkte, stürzte einen großen Schluck Cognac hinunter. »Weil ich ihn an seinen Eiern hatte. Im wahrsten Sinn des Wortes. Er hatte keine Rücklagen, spielte, hurte herum und war kurz davor, sein Restaurant zu verlieren. Es war nur noch eine Frage von Tagen, bis er wieder angekrochen gekommen wäre. Mit diesem Modepüppchen hatte er schon abgeschlossen. Ich hatte eigentlich erwartet, dass er direkt wieder bei mir auftauchen würde, aber trotz allem hatte er seinen Stolz. Doch ich bin mir sicher, er hätte an meiner Tür gekratzt und mich um Verzeihung angefleht.«

Noch einmal schenkte sich Isabella ein Glas ein. Laura würde nichts dagegen einwenden, Alkohol löste die Zunge. »Also war die Ehe zerrüttet. Aber Sie hielten Ihren Mann an der kurzen Leine, zumindest finanziell?«

Isabella nickte und ging zur Couch. Fahrig ließ sie sich auf das weiße Leder gleiten und stellte das Glas auf dem Tisch ab.

»Und die angebliche Affäre mit Brambilla?«

In den Augen der Frau blitzte Zorn auf. »Angeblich? Wissen Sie, warum er lügt und mich verleugnet?«

Laura schüttelte den Kopf.

»Weil er wie Stefano nur an seinem Vorteil interessiert ist! Er dachte, wenn er mit mir eine Affäre anfängt, würde ich ihn als Geschäftsführer und Koch im Restaurant einsetzen. Er hat wirklich geglaubt, meine Ehe wäre am Ende und ich würde meinen Mann diesmal endgültig verlassen.« Sie fuhr sich mit der Hand durch die Haare. »Aber warum sollte ich mir nicht nehmen, was er mir so freizügig angeboten hat? Er ist attraktiv und leidenschaftlich. Aber auch dumm, wenn er wirklich geglaubt hat, für ein wenig Spaß würde ich ihm das Restaurant zuschustern. Ich bin nicht die Wohlfahrt, und immerhin ist er ja auch auf seine Kosten gekommen, wenn wir zusammen waren.«

Laura war sich sicher, dass Isabella hier die Wahrheit sagte. Sie wirkte authentisch, sie war offenbar empört, dass der Koch es auf diese Weise bei ihr versucht hatte.

»Wie passt das alles zusammen?«, fragte Laura. »Die Affäre, die Tatsache, dass Sie ihren untreuen Mann trotzdem zurückhaben wollten? Sie müssen zugeben, es ist für jemand Außenstehenden nicht ganz verständlich. Immerhin waren Sie auf ihn nicht angewiesen. Im Gegenteil. Ein Spielsüchtiger, der Sie bei jeder Gelegenheit mit jüngeren Frauen betrogen hat.«

Isabella griff erneut nach ihrem Glas und nahm einen großen Schluck. Ihre Augen schimmerten nun wieder feucht, und Laura fragte sich, ob es Krokodilstränen waren. Bislang hatte sie offenbar ganz gut gewusst, wie sie sich in Szene setzen musste.

»Stefano und ich waren seit unserer Jugend immer füreinander da. Wir schworen, uns immer zu lieben. Nur einmal haben wir uns während seiner Ausbildung kurz aus den Augen verloren. Aber als wir dann wieder zusammenkamen, haben wir uns gemeinsam ein Leben aufgebaut, als Paar. Er gab für mich den Traum einer großen Familie auf, weil es uns nicht vergönnt war, bambini zu haben. Und er kam immer zu mir zurück, die Affären und das Kochen waren nur seine Art, mit allem zurechtzukommen. Das können Sie nicht verstehen. Dieses Leben, all das hier …« Die Witwe deutete auf das teuer eingerichtete Wohnzimmer, die Bilder mit den Hunden auf der Kommode und einige Familienfotos, die das glückliche Paar zeigten. »Wir sind zusammen, seit wir Teenager sind. Das wirft man nicht einfach weg. Er glaubte an die Ehe, genauso wie ich. Eine Scheidung hätte es niemals gegeben. Ich und die Hunde waren am Ende alles, was er an Familie hatte.«

»Was ist mit Lorano, er wuchs doch mit Stefano auf?«

Sie zuckte herablassend mit den Schultern. »Lorano war ein Freund aus der Kinder- und Jugendzeit, aber ich war Stefanos große Liebe.«

Laura glaubte ihr. Sie mochte die Art der Beziehung nicht verstehen, aber Isabella Simonetti hätte sich, wenn sie das gewollt hätte, jederzeit von ihrem Mann trennen können. Zwar war sie jetzt, nach seinem Tod, finanziell hervorragend gestellt, aber sie hätte auch ohne den Mord an ihm nicht am Hungertuch genagt. Sie mochte gierig sein, doch diese Frau war auf keinen Fall dumm.

»Wenn seine Hunde und sie seine Familie waren, wo ist dann Ambra? Die Hündin ist verschwunden, angeblich hat ihr Mann sie einem Franzosen namens de Champs verkauft. Vielleicht wollte er diesmal einen endgültigen Schlussstrich ziehen, wenn er sich sogar von einem seiner geliebten Hunde trennte.«

Die Witwe blickte scheinbar ungerührt zum Fenster hinaus. »Das hätte er nicht getan, niemals«, sagte sie mit eisiger, aber auch etwas zittriger Stimme.

»Also haben Sie keine Ahnung, wo die Hündin ist?«

Ein Kopfschütteln. Isabella Simonettis Aussagen wiesen weiterhin die ein oder andere Unstimmigkeit auf. Laura wollte nicht lockerlassen. Sie würde die Witwe noch ein bisschen provozieren, um sie aus der Reserve zu locken.

»Wegen des Angebots an Lorano hat Ihr Mann dieses

Mal vielleicht doch nicht mehr an eine Versöhnung geglaubt. Sie wollten ihn in die Enge treiben und sind zu weit gegangen. Sie haben vom Verkauf der Hündin erfahren, und dann haben Sie ihn umgebracht, weil Sie wussten, dass er nicht mehr zu Ihnen zurückkehren würde.«

Die Witwe sprang auf und stemmte erbost die Hände in die Hüften. »Nein! Ich habe ihm gesagt, dass ich an Lorano verkaufe, wenn er nicht zurückkehrt. Und wie Sie wissen, hatte Lorano zu der Zeit lediglich ein Angebot. Abgesehen davon kenne ich weder diesen de Champs, noch wusste ich, dass Ambra weg ist. Mein Mann lebte in der Stadt, ich hier. Hören Sie auf, mir den Mord in die Schuhe zu schieben! Ich habe Stefano geliebt.«

Die Aufregung zusammen mit dem Alkohol ließen Isabella schwanken. »Ich will, dass Sie verschwinden! Auf der Stelle, oder ich rufe meinen Anwalt an.«

Laura stand auf. »Danke. Sie haben mir sehr geholfen.«

Sie verabschiedete sich und verließ das Zimmer. Als sie den Flur entlangschritt, hörte sie, wie hinter ihr etwas mit einem lauten Klirren zu Bruch ging, vermutlich Isabellas Glas an der Wohnzimmerwand. Zufrieden verließ Laura das Chalet. Sie hatte mehr erfahren als erhofft.

Draußen warteten Conte und Fraccinelli in der Mittagssonne auf sie. Sie fuhren die DNA ins Labor. Gleich darauf machte sich Laura auf, um Vito beim Trüffelsucher abzuholen und ihn über die Ereignisse und die Befragung Isabella Simonettis zu informieren. Zurück in der Questura, brüteten Laura und Vito dann noch bis spät in die Nacht im Soko-Raum über den Akten und Aussagen. Sie diskutierten die möglichen Motive sowohl der Witwe als auch von Brambilla und Lorano.

*

Der nächste Morgen begann für Laura um sieben Uhr früh mit einem Anruf Contes. »Die DNA, die wir an der Vanghetta sichergestellt haben, stimmt mit der von Isabella Simonetti überein.«

Laura wählte sofort Vitos Nummer, mit verschlafener Stimme ging er ans Telefon.

»Vito, wir haben sie!«

Als Laura ihm vom DNA-Abgleich berichtete, konnte sie die Freude darüber, ihre erste Ermittlung so schnell mit einem Fahndungserfolg zu beenden, kaum verbergen.

»Ganz ruhig«, antwortete Vito, »das ist erst mal ein Beweis, aber sie könnte ihn entkräften. Immerhin hat sie im Chalet gewohnt und mit Sicherheit Zugang zu den Geräten gehabt. Die Spuren können von einem früheren Zeitpunkt stammen. Einem Durchsuchungs- und Haftbefehl sollte jetzt allerdings nichts mehr im Wege stehen. Fahr doch bitte zu Richter Trancetti, zeig ihm das Ergebnis und hol dir die notwendigen Papiere.«

»Kannst du ihn nicht anrufen, und er faxt uns alles?«

»In dem Fall ist es besser, wenn du ihm das persönlich erläuterst und ihn überzeugst. Wir treffen uns in der Questura. Dann fahren wir mit Fraccinelli und Conte zum Chalet.«

Ohne Kaffee und ohne Frühstück eilte Laura aus dem Haus. Sie ärgerte sich ein wenig, dass sie extra zu Trancetti fahren sollte. Aber für sie war es zugegeben ein kleinerer Umweg zum Richter, der in der Nähe der Villa Medici in Fiesole lebte, als für Vito.

Die morgendliche Luft strömte durch die offenen Fenster des Fiats, während Laura im entspannten Sonntagsverkehr durch Poggio Gherardo fuhr und sich Fiesole durch die schattigen Wälder näherte. Bis zur Villa des Richters waren es zwanzig Minuten, genug Zeit, um richtig wach zu werden.

Sie stieg aus, klingelte an einem Tor mit Kamera und Hochsicherheitstechnik und wartete. Eine Stimme ertönte aus der Sprechanlage, und Laura musste sich vor der Kamera ausweisen, ehe sich die Pforte öffnete.

An der Haustür der Villa erwartete sie ein hochgewachsener Mittfünfziger in einem eleganten Hausmantel. Er musterte sie in ihrer schwarzen Hose und hellblauen Wickelbluse.

»Richter Trancetti?«

Er nickte, schien aber nicht geneigt, sie ins Haus zu bitten.

»Wie ich eben schon an der Sprechanlage sagte, bräuchten wir, mein Partner Commissario Vito Carlucci und ich, bitte einen Durchsuchungsbefehl für das Anwesen von Isabella Simonetti. Und auch einen Haftbefehl. Uns liegen neue Erkenntnisse vor, die das rechtfertigen.«

»Welche?«, fragte der Mann, runzelte die Stirn und sah demonstrativ auf seine Armbanduhr. »Und warum ist das so wichtig, dass Sie sonntags vor zehn Uhr hier auftauchen?«

Laura musste sich zusammennehmen und dachte an Vitos

Worte, der schon vermutet hatte, dass man den Richter womöglich ein bisschen würde bearbeiten müssen. »Die DNA von Simonettis Frau stimmt mit der DNA auf der Mordwaffe überein. Die Laborergebnisse kamen in aller Frühe herein. Ich habe Ihnen bereits eine E-Mail mit den Unterlagen geschickt. Commissario Carlucci und ich befürchten, dass die Witwe jetzt versuchen könnte, weitere Beweise zu beseitigen, wenn wir nicht zügig handeln.«

Der Richter antwortete nicht, er schien kurz abzuwägen. »Die Zeit drängt«, fuhr Laura fort. »Commissario Carlucci vermutete, dass Sie in diesem Fall, der ja schon einigen Wirbel in der Presse verursacht hat, vielleicht direkte Kontrolle haben wollen. Mir ist bewusst, dass Sie bisher zurückhaltend auf unsere Ermittlungen reagiert haben. Wenn es Ihnen lieber ist oder falls ich Sie beim Frühstück störe, kann ich auch zum Gericht fahren und mich an den diensthabenden Richter wenden.«

»Cazzate«, sagte Trancetti nur.

Laura unterdrückte ein Grinsen, als er ihr die Tür mit einem gebrummelten »Moment« vor der Nase zuschlug. Vito hatte vorhergesagt, dass Trancetti den Durchsuchungsbefehl selbst ausstellen wollen würde, um den Verdacht zu vermeiden, er wäre bei seiner früheren Einmischung in Bezug auf Signora Simonetti parteiisch gewesen.

Nur ein paar Minuten später öffnete sich erneut die Tür, und Trancetti reichte ihr einen Umschlag mit dem offiziellen Briefkopf des Gerichts.

»Isabella Simonetti ist eine geachtete Mitbürgerin und bekannte Malerin. Sie werden taktvoll und diplomatisch vorgehen, Commissaria. Sagen Sie das auch Ihren Kollegen. Ich will den Tod des armen Mannes auch aufgeklärt wissen, aber wehe, Sie geben der Presse vorschnell irgendwelches Futter für Spekulationen. Die ganze Sache ist schon ärgerlich genug. Auf Wiedersehen.«

KAPITEL 29

CONTE, FRACCINELLI UND zwei weitere Kollegen waren mit einem der Polizeitransporter vorausgefahren. Vito hatte auf Laura gewartet. Mittlerweile hatten sie den dunklen Van auf der Autobahn mit dem Alfa überholt und fuhren vor ihnen die Auffahrt zu Simonettis Chalet hinauf.

Immerhin hatte ihr Vito einen Kaffee im Pappbecher mitgebracht, die Fahrt war dann allerdings nahezu schweigend verlaufen. Vito hatte nur brummige Antworten auf Lauras Fragen gegeben und sich dann auf den Verkehr konzentriert.

Jetzt brach er die Stille. »Entschuldige bitte. Morgens brauche ich immer ein, zwei Stunden zum Warmlaufen. Ich hatte schon lange keinen Partner mehr, ich bin den Austausch einfach nicht mehr gewöhnt, und Fraccinelli geht mir morgens inzwischen schon vorsorglich aus dem Weg.«

Laura war erleichtert, kein tieferer Grund also, nicht ihre Ungeduld am Vortag oder so etwas.

»Ein Morgenmuffel …«, bemerkte sie nur.

»Nicht ein Morgenmuffel, Laura. Der Morgenmuffel schlechthin.«

Sie lachte leise auf.

»So, dann wollen wir mal. In aller Ruhe und mit Bedacht. Nicht so ungeduldig wie gestern, si, Laura?«

»Ja, natürlich. Du hattest recht, ich war etwas unbeherrscht. Vielleicht bin ich ungeduldig geworden, weil Isabella Simonetti nicht gerade sehr interessiert daran scheint, den Mörder ihres Mannes zu finden. Aber mit der DNA sind wir jetzt ja einen guten Schritt weiter.«

»Ja, konzentrieren wir uns auf die Beweise und die DNA – der Rest findet sich hoffentlich bei der Durchsuchung. Vielleicht haben wir Glück.«

Vito schien immer lieber einmal mehr abzuwägen, als schnell zu agieren. Es stimmte schon, was nützte es, wenn man vorschnell festgenommene Verdächtige dann nach einem Tag wieder laufen lassen musste.

Laura und Vito sahen Conte, Fraccinelli, Vice Commissaria Chieso von der Abteilung organisierte Kriminalität und Agente Nacar von der Spurensicherung die Zufahrtsstraße zum Chalet hinauffahren. Sie warteten einen Moment, bis Conte geparkt hatte.

Laura begrüßte Paola Chieso, die sich wie Conte und David Nacar, einen weißen Einwegoverall, Überziehschuhe und Handschuhe anzog.

Vito bedeutete Conte, mit den anderen am Van zu bleiben, während die beiden schnell vorgingen. Sie wollten Isabella Simonetti möglichst unvorbereitet antreffen. Als

Vito kurz darauf an der Haustür klingelte, öffnete die sich erstaunlich schnell.

Vor ihnen stand Isabella Simonetti in einem weißen, mit Farbe bespritzten Kittel, das dunkle, lockige Haar nachlässig in ein farbbekleckstes Tuch gehüllt.

»Am Sonntag?«, fuhr sie die Kommissare an. »Das ist langsam reine Schikane! Diavolo! Ich arbeite!«

Sie schien weiterschimpfen zu wollen, aber Vito hob die Hand, und zu Lauras Erstaunen funktionierte es. Simonettis Witwe verstummte.

»Signora Simonetti, wir konnten Ihre DNA auf der Tatwaffe nachweisen. Hier sind der Durchsuchungsbefehl für das Haus und ein Haftbefehl. Sie stehen unter Verdacht, Ihren Mann, Stefano Simonetti, erschlagen zu haben.«

Inzwischen waren die anderen Kollegen beim Haus angelangt. »Fraccinelli, führen Sie bitte Signora Simonetti in ihr Wohnzimmer und klären Sie sie über ihre Rechte auf. Die Signora wird dort warten, bis wir hier fertig sind und sie mit nach Florenz nehmen. Conte, ihr könnt mit der Durchsuchung loslegen.«

»Ich darf doch sicher meinen Anwalt anrufen?«, fragte die Witwe leise. Sie wirkte nicht mehr so selbstsicher wie zuvor.

Vito nickte. »Selbstverständlich. Aber er braucht nicht hierherzukommen. Er soll zur Questura fahren. Laura, du behältst alles im Auge und übernimmst das Wohnzimmer, ich sehe mich auf dem Gelände um.«

Laura zog sich Einmalhandschuhe an, während Fraccinelli Isabella Simonetti über ihre Rechte informierte. Danach ging der Assistente neben der Tür in Stellung. Von dort behielt er die Witwe im Blick, die an eines der großen Fenster trat und leise mit ihrem Anwalt telefonierte.

Laura näherte sich der Intarsienkommode mit den Familienfotos darauf und öffnete sie. Auf der rechten Seite eine kleine Hausbar mit Gläsern, Karaffen und Spirituosen aller Art. Sie zog die zweite Tür auf, die mit einem leisen Knarzen aufschwang. Einige Schachteln mit Unterlagen lagen dahinter, und Laura griff sich die oberste, aus der Unterlagen hervorquollen. Zettel um Zettel legte sie akkurat neben sich auf den Boden. Unterlagen zu den Hunden, Impfpässe, Briefe vom Tierarzt und eine Rechnung für Deckgebühren. Dann zog sie zwei Ordner hervor, die alten und rissigen Einbände enthielten Dokumente zur Pacht des Waldes, Trüffelsuchlizenzen und Korrespondenz dazu.

»Sehen Sie? Wie ich es Ihnen gesagt habe, Stefano hatte nicht vor, sich von mir zu trennen. Sogar einige seiner persönlichen Unterlagen sind noch hier. Und er kam mindestens zweimal in der Woche vorbei.«

Laura packte alle Dokumente sorgfältig in einen der Kartons für die Beweismittel, die Nacar im Flur abgestellt hatte, und sah dann Isabella an. »Ja, und deshalb konnten Sie ihn auch mit seiner eigenen vanghetta im Wald erschlagen. Ihre DNA ist auf der Mordwaffe. Und zwar nur Ihre, Signora Simonetti.«

Die Witwe zog die Augenbrauen zusammen und schüttelte den Kopf. »Natürlich ist meine DNA auf der vanghetta. Mein Gatte, dieser pazzo, hat hier genauso wenig Ordnung gehalten wie in unserem Haus in Florenz. Ich musste ihm ständig hinterherräumen, mehr als einmal habe ich nur mitbekommen, dass er hier war, weil seine Sachen hinterher überall im Flur herumlagen. Auch seine vanghetta und die Hundeleinen habe ich regelmäßig weggetan. Das dreckverkrustete Ding lag letzte Woche auf der Schlüsselablage. Natürlich habe ich es grob gereinigt und mit den Hundeleinen in die Kammer gebracht. Mein verstorbener Mann hätte das niemals gemacht, Stefano hielt Ordnung für etwas, das anderen Leuten zustößt. Nur in seiner Küche war er penibel.«

Laura stöhnte innerlich. Genau da lag der Hase im Pfeffer – solange es eine Erklärung für das Gericht gab, waren die Beweise eben nur Indizien, nicht hieb- und stichfest. Sie hoffte inständig, dass sie heute noch etwas finden würden, das die Schuld der Frau untermauern konnte. Sonst würde jeder halbwegs fähige Anwalt die Witwe wieder aus der Haft herausboxen.

Unter den wütenden Blicken von Isabella Simonetti öffnete Laura nach und nach die anderen Schränke im Wohnzimmer, fand aber nichts mehr, das für den Fall relevant war.

Auch im Obergeschoss wurden Türen geöffnet, und ab und an kamen entweder Nacar oder Commissaria Chieso mit gefüllten Kartons herunter, die sie nach draußen schleppten.

Conte erschien in der Tür. »Wir sind in fünf Minuten abfahrbereit, Commissaria.«

Das war schneller gegangen, als sie gedacht hatte. »Möchten Sie sich noch umziehen?«, fragte Laura Simonettis Witwe. Die lachte auf.

»Nicht doch. Ein Bild in der Presse von der Witwe, die Sie

mit farbverklecksten Arbeitsoutfit direkt von der Staffelei weg verhaftet haben, ist doch gutes Marketing für meine Werke. Ich gehe nicht davon aus, Ihre Gastfreundschaft länger als für den heutigen Nachmittag in Anspruch nehmen zu müssen, Commissaria Gabbiano!«

Laura zuckte mit den Schultern, offenbar war sich Isabella Simonetti ihrer Lage immer noch nicht bewusst. Laura bezweifelte, dass die Witwe heute noch aus dem Gewahrsam kommen würde. Mindestens eine Nacht im Gefängnis war ihr sicher. Dass die Frau jetzt wieder an Profit dachte und nicht an die Tatsache, dass sie Hauptverdächtige eines Mordes war, blieb Laura ein Rätsel. War es ein Hinweis auf ihre Unschuld oder schlicht das überzogene Selbstbewusstsein der High Society, die glaubte, Regeln würden für sie nicht gelten? Laura wusste es nicht.

»Gut, wie Sie wünschen. Fraccinelli, legen Sie der Dame bitte Handschellen an und bringen Sie sie zur Questura. Dort wartet eine schöne Zelle auf sie.«

Fraccinelli nickte, und die Miene der Witwe veränderte sich. Zum ersten Mal deutete sich Besorgnis in ihren Zügen an.

»Das wagen Sie nicht, Sie kleine monella!«

Bevor Laura antworten konnte, erklang Vitos Stimme aus dem Flur. »Wir haben genug Beweismittel gesichert, Signora. Sie sollten etwas kooperativer sein, in Ihrem eigenen Interesse.«

Daraufhin führte Fraccinelli die Frau ab.

»Waren wir erfolgreich?«, fragte Laura ihren Kollegen vor dem Haus.

»Ja. Wir waren sehr gründlich. Jede Menge DNA-Proben und Hundehaare und Kopien der Zuchtbücher von Ambra und Gonzo, dazu ordentlich Unterlagen zum Restaurant, offene Rechnungen, Schuldscheine, Kontoauszüge, auch von einem Privatkonto des Opfers, Versicherungsunterlagen und Fotos. Ein Kleidungsstück der Signora mit Flecken, die Blut sein könnten. Eins mit Dreck, der aus dem Wald stammen könnte oder von der Gartenarbeit. Mal sehen, was Conte sagt.«

Das klang vielversprechend.

»Wir werden Signora Simonetti in der Zelle lassen«, fuhr Vito fort. »Keine Befragung. Ihr Anwalt kann gern kurz mit ihr reden. Heute wird keine Kautionsverhandlung mehr stattfinden. Ein Tag in Haft wird einen positiven Einfluss auf ihre Kooperationsbereitschaft haben. Und morgen nehmen wir sie noch mal in die Mangel, wenn wir die Ergebnisse der Proben kennen.«

»Dann mal los«, sagte Laura und wollte zum Auto gehen.

Doch Vito deutete hinter das Haus und runzelte die Stirn. »Es gibt noch ein kleines Problem, das wir lösen müssen, ehe wir los können …«

KAPITEL 30

»WELCHES PROBLEM?«, fragte Laura, als sie das Chalet umrundeten. Dahinter war ein kleiner Anbau, zielstrebig ging Vito auf eine hölzerne Tür zu, die offen stand.

»Sieh selbst«, sagte Vito mit trauriger Stimme.

Laura warf einen Blick in den kleinen und kargen Raum. Da saß Gonzo und sah schwanzwedelnd zu ihr auf. Der braune Lagotto Romagnolo war angebunden und schien sich über den Anblick von Besuchern zu freuen. Wasser, Futter, ein Körbchen und Spielzeug standen herum, aber der Hund war hier offenbar schon länger nicht mehr herausgekommen. Es stank bestialisch, und Exkremente lagen in den Ecken, die das Tier an der kurzen Leine gerade mal erreichen konnte.

»Der arme Hund!« Laura war entsetzt.

»Im Tierheim von San Miniato hat Fraccinelli niemanden erreicht«, erklärte Vito. »In Florenz fühlt sich auch keiner zuständig, alles ist überfüllt. Ich habe schon mit Maria telefoniert, aber sie kennt auch niemanden, der ihn heute auf die Schnelle unterbringen kann. Wir müssen uns überlegen, was wir mit ihm machen. Vielleicht kann ihn ja ein Nachbar versorgen …«

Laura sah Vito stirnrunzelnd an. »Wir können das arme Tier doch nicht in diesem Drecksloch zurücklassen. Sieh dir das an. Und wenn der Nachbar ihn nicht versorgt oder es vergisst, ist er hier auf sich allein gestellt. Was, wenn Isabella Simonetti nicht mehr auf freien Fuß kommt? Wir nehmen ihn mit, zur Not nehme ich ihn erst mal mit zu mir. Alles andere wäre Tierquälerei.«

Laura, die mit Hunden aufgewachsen war, öffnete den unteren Teil der alten Stalltür und trat in den Raum. Gonzo wedelte wild mit dem Schwanz. Als sie den Hund losgebunden hatte, reichte sie Vito zwei leere Näpfe und den offenen Beutel mit Hundefutter. »Hier, kannst du das bitte zum Auto mitnehmen?«

Der Lagotto hüpfte freudig zwischen ihnen hin und her.

Vito sah zwar nicht begeistert aus, als sie am Auto ankamen, packte das Futter und die Näpfe aber in den Kofferraum. »Leg ihm eine Decke unter, nicht dass er das Auto versaut.« Vito reichte Laura eine Picknickdecke.

»Auf Gonzo, komm! Wir hauen hier ab.« Laura setzte den Hund auf den Rücksitz, wo er sich auf der Decke einrollte, als wäre er es so gewohnt. »Siehst du, Vito, er ist ganz brav.«

»Der Hund kann heute bei uns in der Questura bleiben, bis wir Feierabend machen, aber für morgen musst du dir was überlegen, Laura. Wir können es in Florenz gern noch mal beim Tierheim probieren.«

Sie schüttelte energisch den Kopf. »Zur Not lasse ich ihn tagsüber in meiner Wohnung, bis ich eine bessere Lösung finde. Ansonsten fahre ich ihn am nächsten Wochenende zu meinen Eltern. Sie haben ein Weingut und schon zwei Hunde, da kann er bestimmt erst mal bleiben.«

Vito warf einen skeptischen Blick auf den Rücksitz und startete den Wagen. »Na bravo, jetzt sind wir auch noch Hundesitter.«

*

Als Laura am folgenden Morgen aufwachte, zeigte ihr ein Blick auf den Wecker, dass es erst kurz vor sechs Uhr war. Draußen zog ein heller Streifen über den dunklen Himmel und kündigte den Sonnenaufgang an. Laura war müde, sie hatten den gesamten gestrigen Sonntag bis spät am Abend in der Questura Beweise gesichert, katalogisiert, die Berichte zur Verhaftung und Durchsuchung geschrieben und eine Indizienkette gegen Signora Simonetti für die Staatsanwältin vorbereitet. Zudem hatten sie die Vernehmung für den heutigen Tag geplant. Immer mal wieder war Laura mit Gonzo vor die Tür gegangen.

Am späten Nachmittag war Conte mit einem quietschenden Spielzeug für Gonzo erschienen, und einmal ertappte sie Vito dabei, wie er ihm Leckerchen zusteckte, als er dachte, sie wäre Kaffee holen. Selbst Fraccinelli wickelte der Lagotto mit seiner freundlichen Art um den Finger. Allerdings verlangsamte die Anwesenheit des Vierbeiners das Arbeitstempo deutlich.

Zudem war Gonzo die Nacht über unruhig und winselte

immer wieder leise. Erst nach zwei langen Spaziergängen am Arno entlang konnte Laura ihn weit nach Mitternacht halbwegs beruhigen. Dann hatte er sich im Wohnzimmer auf der für ihn bereitgelegten Decke eingerollt, und Laura war todmüde und froh über die Stille ins Bett gefallen.

Jetzt hätte sie sich am liebsten einfach umgedreht und weitergeschlafen. Doch schnell war ihr klar, dass sie sich gleich wieder um ihren vierbeinigen Gast kümmern musste.

Ihre Vermieterin hatte sich bereit erklärt, während sie bei der Arbeit war, mit Gonzo Gassi zu gehen. Ein Hund gehörte nicht in die Questura, und auf die Dauer ließ sich das Halten eines derart bewegungsfreudigen Tieres nicht mit Lauras extremen Arbeitszeiten vereinbaren.

Ein merkwürdiger Gedanke, dass sie jetzt mit der Mordverdächtigen auch noch würden klären müssen, ob sie ein neues Zuhause für ihren Hund suchen durften.

Sie zog ihre Hausschuhe an und ging schlaftrunken hinüber ins Wohnzimmer, aber Gonzo begrüßte sie nicht. Verwirrt schaltete sie das Licht an. Die Decke lag verlassen neben der Couch auf dem Boden.

»Gonzo?«

Nichts regte sich, es blieb totenstill.

Sie trat zurück in den kleinen Flur und sah in die Küche. Kein Gonzo. Die Tür zum Bad war geschlossen, dort konnte er ebenfalls nicht sein.

Als sie einen leichten Luftzug spürte, erschrak sie. Die Wohnungstür stand einen Spalt weit offen. Ihr Herzschlag beschleunigte sich.

»Mannaggia!« Wo steckte der verflixte Köter? Lauras Fluchen führte zu nichts. Sie eilte zur Garderobe, zog sich einen langen Strickmantel an, kickte die Hausschuhe achtlos beiseite und schlüpfte in ein paar alte Turnschuhe. Schnell schloss sie den Mantel vorn über ihrem Schlafshirt und rannte die Treppe hinunter.

War Gonzo weggelaufen? Zu ihrer Verwunderung war die Haustür ebenfalls offen. War sie nach der letzten Gassi-Runde so nachlässig gewesen? Ja, sicher war sie erschöpft gewesen, aber dermaßen zerstreut, weder die Haus- noch die Wohnungstür abzuschließen?

Nach rechts und links pfeifend, lief Laura die leere Straße entlang. Nichts. Sie eilte ein Stück in Richtung Ortsmitte, bog dann zum Fluss ab und liefe auf einer taunassen Wiese die Strecke ab, die sie gestern mit dem Hund gegangen war. Schon nach kurzer Zeit hatte sich ihr Mantel im hohen Gras vollgesogen und klatschte nass gegen ihre Beine.

»Gonzo! Komm her, mein Junge!« Sie lauschte. Kein Lebenszeichen, auch keine Spuren zu entdecken.

»Wahrscheinlich wäre Gonzo im Tierheim sicherer gewesen«, schimpfte sie sich leise.

Laura rannte zu ihrer Wohnung zurück, von dem Gedanken geplagt, dass Gonzo angefahren oder von einem Jäger erschossen worden war.

Als sie sich der offenen Haustür näherte, stutzte sie. Das Schloss zeigte Spuren von Gewalteinwirkung. Das weiß lackierte Holz war zum Teil abgesplittert, und kleine Holzschnitzel lagen vor der Tür auf dem Boden. Da hatte jemand die Tür offenbar mit einem Brecheisen aufgehebelt.

Laura spurtete die Treppe nach oben. Auch außen an der

Wohnungstür konnte sie jetzt Spuren erkennen, Spuren eines Einbruchs.

Laura schauderte, dass jemand in ihr Reich eingebrochen war, aber dann besann sie sich. Sie eilte an der Garderobe vorbei, öffnete den kleinen Schrank, in dem sie Jacken und Schuhe verstaute, und schloss den Waffentresor darin auf. Als sie ihre Dienstpistole und die Munition in ihre Jackentasche steckte, fühlte sie sich gleich ein wenig besser.

Sie ging ins Wohnzimmer, wo sie am Vorabend ihre Handtasche abgestellt hatte. Sie prüfte den Inhalt ihrer Tasche. Ihr Geldbeutel, ihre Papiere und alle Wertgegenstände waren noch da. Was fehlte, war der Hund … und seine Leine.

Sie lief weiter zum Schlafzimmer, sah sich hier ebenfalls um und entdeckte einen Fußabdruck – direkt vor ihrem Bett.

Sie zuckte zusammen. Jemand war hier gewesen, während sie geschlafen hatte. Und der Eindringling hatte Gonzo gestohlen.

KAPITEL 31

VITO STAND UNTER der Dusche, als sein Handy klingelte. Er stellte das Wasser ab, griff zu einem Handtuch und eilte aus dem Bad in das Wohnzimmer. Kaum hatte er den Tisch erreicht, auf dem das Handy lag, schwieg das dumme Ding und das Display verdunkelte sich. Vito fluchte, so war es fast immer, wenn sich diese Nervensäge zu Wort meldete und Gianna Nanninis Hit »Bello e impossibile« ertönte. Er nahm es in die Hand und wischte über das Display.

Maria aus der Questura hatte angerufen. Er blickte auf die Uhr. Es war doch noch viel zu früh, acht war ausgemacht, dachte er, als er sie zurückrief.

»Ciao, Vito«, grüßte Maria, die ihren Dienst meist eine halbe Stunde vor dem Rest der Mannschaft begann, um noch die Post zu sondieren. »Ich gehe davon aus, du weißt noch nicht, dass bei Laura in der vergangenen Nacht eingebrochen wurde?«

Vito erschrak. »Geht es ihr gut?«, fragte er besorgt.

»Schon gut, schon gut«, beruhigte ihn Maria. »Laura ist okay, und offenbar wurde auch nicht viel gestohlen. Nur der Hund ist weg.«

Vito atmete auf und fuhr sich mit der Hand über die Stirn. »Was für ein lausiger Wachhund. Er ist vermutlich abgehauen, als der Einbrecher kam.«

»Fährst du zu ihr? Ich schicke Conte und Fraccinelli, sobald sie hier eintreffen.«

»Klar, mach ich sofort«, antwortete Vito, ging in die Küche, schaltete den Kaffeeautomaten ein und wählte einen starken Espresso.

Während er sich anzog, leerte er eilig die Tasse und verließ sein Haus.

Schneller als sonst fuhr er mit seinem BMW über die Via Aretina Nuova, und parkte keine zwanzig Minuten später vor Lauras Haus am Arno. Als sie kurz darauf aus der Tür trat, umarmte er sie fest. »Maria hat mich angerufen. Geht es dir gut, ist dir wirklich nichts passiert?«

»Ich bin okay. Er muss mitten in der Nacht gekommen sein«, antwortete sie. »Bis kurz nach Mitternacht war ich ja noch selbst mit Gonzo unterwegs.«

Sie löste sich aus seinem Griff. »Schau es dir an.«

Vito kniete sich vor den Türrahmen und betrachtete die Aufbruchspuren im Holz, dann die Splitter auf dem Boden.

»Du hast nichts gehört?«, fragte Vito und sah zu Laura auf.

Sie schüttelte den Kopf. Etwas zittrig stand sie da in ihrer Jeans und der weißen Bluse, darüber der dünne rosafarbene Strickmantel, den sie mit vor der Brust verschränkten

Armen festhielt. Sie fror, wohl weniger wegen der morgendlichen Temperaturen als wegen der Feuchtigkeit ihrer Kleidung und dem Schock, dass ein Fremder nachts in ihre Wohnung eingedrungen und sie womöglich wehrlos schlafend beobachtet hatte.

»Zweifellos ein Brecheisen«, murmelte Vito, als er sich wieder aufrichtete. »Conte und Fraccinelli werden gleich hier sein.«

»Ich verstehe das nicht«, sagte Laura. »Was wollte dieser Mistkerl hier, es gibt bei mir doch nichts zu holen. Weshalb nimmt er den Hund mit?«

»Es fehlt wirklich nichts außer Gonzo?«

Laura schüttelte den Kopf. »Mein Schmuck, meine Geldbörse, die Waffe, alles ist noch da.«

Vito zuckte mit den Schultern. »Gonzo ist sicher abgehauen. Bestimmt läuft er jemandem zu, der das Tierheim verständigt. Ich frage mich nur, weshalb er nicht gebellt hat.«

»Ich glaube nicht, dass er einfach nur weggelaufen ist«, entgegnete Laura. »Nicht nur der Hund ist weg, auch die Leine fehlt. Und nicht jeder Hund bellt, manche haben Angst oder bleiben still, wenn sie entsprechend erzogen wurden.«

Vito kratzte sich am Kinn, ging auf sie zu und umarmte sie noch einmal.

Nachdenklich betrachtete Laura dann die aufgebrochene Eingangstür.

»Ich habe mich geirrt«, stammelte sie plötzlich. »Ich bin von vollkommen falschen Voraussetzungen ausgegangen.«

»Inwiefern?«

»Es hat mit Ambra zu tun.«

»Der andere Hund? Wieso jetzt Ambra? Was hat das mit Gonzo zu tun?«

»Ambra ist die Königin, und Gonzo war der Kronprinz. Die ganze Zeit über dachte ich, Stefano hat Ambra verkauft, weil er gegenüber Isabella ein Zeichen setzen wollte. Doch nicht er hat Ambra verkauft, sondern Isabella war es.«

»Wie kommst du darauf?«

»Sie kennt Stefano seit ihrer Kindheit, und er war Loranos bester Freund, also kannten sich alle drei von früher. Der Hund im Wagen des Franzosen muss Ambra gewesen sein.«

»Ich verstehe«, sagte Vito. »Stefano, Isabella und Lorano sind zusammen aufgewachsen, und am Ende gehört Ambra dem Franzosen de Champs, einem guten Freund von Lorano. Marra nannte ihn einen Trüffelhändler ohne Herz und ohne Seele. Isabella hat behauptet, nichts über den Verbleib von Ambra zu wissen, es wird schwer, ihre Behauptung zu widerlegen.«

»Isabella war auch die Einzige, die wusste, wo Gonzo die Nacht verbringen wird. Ich musste es ihr sagen, bevor man sie wegbrachte, es ist schließlich ihr Hund. Verstehst du?«

Vito schaute sie an. »Du meinst, Isabella hat wahrscheinlich auch Gonzo an de Champs verkauft. Marra erzählte mir, dass de Champs auch hier in der Toskana ein Revier gepachtet hat, und er hat Angestellte, die die Ware aus deiner Wohnung geholt haben könnten.«

Ein weißer VW-Bus fuhr vor. Conte und Fraccinelli stiegen aus und kamen auf das Haus zu.

»Bei dir ist eingebrochen worden?«, konstatierte der Spurensicherer an Laura gewandt. »Kannst du mal ein Stück zur Seite gehen? Ich will mir das anschauen.«

Vito deutete auf den Türrahmen. »Kennt sich da jemand aus, oder ist es das Werk eines Stümpers?«

Conte stellte den Spurensicherungskoffer neben sich ab und öffnete ihn. Mit der Lupe betrachtete er die Aufbruchspuren. »Ich würde sagen, da hat jemand ein Gespür für Schlösser. Ein Amateur hätte wohl das gesamte Türblatt ramponiert und das Schloss heraus gewuchtet. Aber hier hat der Täter nur leicht angesetzt, mit Gefühl angedrückt und dann verkantet, sodass sich die Verriegelung löste, ohne zu viel zu zerstören …«

»Was aber trotzdem Lärm gemacht haben muss«, sagte Laura fast mehr zu sich.

Conte nickte. »Wobei ein gutes Sicherheitsschloss wohl nicht so leicht nachgegeben hätte. Wann ist das denn passiert?«

»Ich würde sagen, zwischen Mitternacht und sechs Uhr heute Morgen.«

Vito räusperte sich. »Also ein Profi?«

Conte zuckte mit den Schultern. »Entweder ein Schlosser oder zumindest jemand, der das nicht zum ersten Mal gemacht hat.«

»Oben sieht es genauso aus«, bemerkte Laura und informierte ihre Kollegen über die Situation.

»Das ist ungewöhnlich, nur der Hund und die Leine gestohlen, was meinen Sie, Commissario?«

»Commissario?«

»Ja, was ist?«, entgegnete er so laut, dass Fraccinelli zusammenzuckte.

»Entschuldigung«, sagte er jetzt geistesabwesend, »mir ist da etwas durch den Kopf gegangen. Kümmert ihr euch um den Einbruch.«

»Und was machst du?«, fragte Laura.

»Ich fahre zu Marra. Er wird sicherlich wissen, wer hier für de Champs auf Trüffelsuche geht. Und wer weiß, vielleicht ist jemand dabei, der schon mal Bekanntschaft mit unserer Datei gemacht hat, und wir finden Gonzo noch, bevor auch er nach Frankreich gebracht wird.«

»Soll ich mitkommen, Commissario?«, fragte Fraccinelli.

»Nein, du wirst hier gebraucht, jemand muss sich um die Nachbarschaftsbefragung kümmern. In dieser ruhigen Gegend fallen Fremde auf, also klingle bitte an jeder Haustür und geh nicht weg, bevor du mit jemandem geredet hast, klar?«

Fraccinelli salutierte und machte sich an die Arbeit.

Vito stieg in seinen Wagen und fuhr zur Strada Provinciale, die nach Compiobbi führte. Unterwegs rief er in der Questura an.

»Vito hier«, sagte er, als sich Maria meldete. »Du musst etwas für mich herausfinden.«

»Ich bin ganz Ohr.«

»Ruf bitte bei der Regionalverwaltung an und frag nach, welche Gebiete ein gewisser Didier de Champs in unserer

Region zur Trüffelsuche gepachtet hat. Vielleicht findest du auch heraus, wer hier für ihn arbeitet?«

»De Champs, ein Franzose, ja?«

»Ja, genau, er soll aus Avignon stammen.«

»Okay, mach ich, übrigens hat Staatsanwältin Caruso schon zweimal hier angerufen. Sie hätte gerne, dass du zurückrufst. Aquila macht offenbar Ärger.«

»Soll er doch.« Vito hatte nichts anderes von Isabella Simonettis Anwalt erwartet. »Und«, fuhr er fort, »überprüfe doch bitte auch, welche Trüffelgebiete auf einen gewissen Fabio Marra aus Compiobbi eingetragen sind.«

»Mach ich.«

Bei Compiobbi bog Vito in Richtung des Lago di Romena ab.

KAPITEL 32

DASS DER HUND weg war, schien in einem Zusammenhang zum Fall zu stehen, aber in welchem? Die Witwe schied aus, diese hatte die Nacht in der Zelle der Questura verbracht und außer mit ihrem Anwalt seit gestern mit niemandem mehr sprechen können. Und ihn wollte Laura doch erst mal nicht verdächtigen. Also wer konnte wissen, dass Laura den Hund bei sich zu Hause gehabt hatte? Vielleicht war alles doch nur ein riesiger Zufall? Sie seufzte. Vito hatte sich so schnell auf den Weg gemacht, dass sie sich nicht richtig mit ihm hatte besprechen können.

»Kann ich etwas für Sie tun?«

Laura blickte auf. Fraccinelli, mit einem Hemd voller roter Hibiskusblüten. »So etwas geht einem immer an die Nieren. Das eigene Zuhause ist ein sensibler Bereich. Wenn ich Sie irgendwie aufmuntern kann, Commissaria?«

Laura rang sich ein Lächeln ab. Sie hätte dem Assistente so einfühlsame Worte gar nicht zugetraut. »Danke, Fraccinelli.

Sehen Sie sich doch bitte gründlich in der Nachbarschaft um.«

Sie wusste, so schnell würde sie den Schrecken nicht abschütteln, aber Fraccinelli nickte ihr zu und strahlte sie so an, dass es ihre Stimmung zu ihrer Verwunderung hob. Er war ein merkwürdiger Kauz, aber ein netter Kollege.

»Wird gemacht, Commissaria.«

Fraccinelli ging davon, und Laura wandte sich Conte zu, der Fingerabdrücke an der Haustür abnahm. »Brauchst du noch was? Kann ich mich irgendwie nützlich machen?«

Sie kam sich ein wenig überflüssig vor, wollte sich ablenken, auch von der Vorstellung, was der Einbrecher womöglich gerade mit Gonzo anstellte.

Conte sah Laura an. »Ich kann dich leider nicht in deine Wohnung lassen, bis wir hier fertig sind. Aber vielleicht könntest du einen Kaffee organisieren?«

Contes gespielt sorgenvoller Blick, als er um einen Kaffee bat, ließ Laura lächeln.

»Ich will schauen, was ich tun kann. Signora Boccaccio, meine Vermieterin, wohnt gerade mal ein Haus weiter. Ich frag sie mal.«

Als Laura vor Signora Boccaccios Haus ankam, verschwand deren Gesicht vom Fenster, und einen Augenblick später stand sie in der Tür. Vom ersten Tag an hatte die Signora, deren Kinder abgesehen vom jüngsten Sohn alle schon ausgezogen waren, Laura adoptiert. Seit sie ihr den Roller verkauft hatte, fragte sie jeden Abend nach, ob auch alles mit ihm in Ordnung war. Signora Boccaccio war neugierig, sie steckte ihre Nase in Lauras Angelegenheiten, aber so sanft und vorsichtig, dass es etwas Schützendes hatte und Laura sich immer willkommen fühlte. Manchmal stellte die Signora ihrer jungen Mieterin einen Korb voll Gemüse aus ihrem Garten oder ein Glas Pastasoße vor die Haustüre, immer war sie da, um Pakete für sie entgegenzunehmen.

»Ach, so eine Aufregung, Kindchen, wie geht es Ihnen?«, fragte die Frau mit den grauen Locken, nachdem Laura sie ins Bild gesetzt hatte. Sie sah sie besorgt an.

»Danke, es geht schon, ich habe nur einen Schreck bekommen. Hätten Sie vielleicht einen Kaffee für meine Kollegen?«

»Natürlich, bellezza.« Sie drehte sich zu der offenen Haustür um. »Giacomo! Hast du der netten Commissaria schon Guten Morgen gesagt? Bei ihr wurde eingebrochen.«

Der Sohn, das jüngste der sieben Kinder, ein kräftiger Mechaniker mit einem freundlichen Gesicht, erschien im Flur hinter Signora Boccaccio. Laura war klar, dass ihre Vermieterin versuchte, ihr Giacomo schmackhaft zu machen.

»Entschuldigen Sie, Signora. Guten Morgen. Es tut mir sehr leid, dass bei Ihnen eingebrochen wurde.«

Laura folgte der Signora, die in die Küche ging und ihre silberne Kanne auf den Herd stellte. Während sie das tat, wandte sie sich an ihren Sohn.

»Hast du den Roller der Commissaria schon mitgenommen?« Signora Boccaccio sah ihren Sohn auffordernd an.

Er schüttelte bedauernd den Kopf. »So ein dämlicher Kastenwagen hatte vor der Garage geparkt, als ich heute Nacht nach Hause gekommen bin. Ich musste den Transporter woanders parken.« Giacomo wandte sich mit einem Achselzucken an Laura. »Wenn ich nachher zur Werkstatt fahre, lade ich Ihren Roller noch auf, Signora Gabbiano, und repariere umgehend die Delle und die Kratzer.«

Laura bedankte sich, aber nicht die Reparatur beschäftigte sie, sondern etwas anderes, das Giacomo gesagt hatte. »Wie sah dieser Kastenwagen, der da geparkt war, denn aus?«

Signora Boccaccio schenkte den dampfenden Espresso in zwei Tassen ein und sah dabei erstaunt zu Laura, deren Tonfall bei der Frage schärfer als beabsichtigt geklungen hatte.

»Er war dunkel und hatte an der Seite eine Aufschrift. Eine furchtbar versiffte Karre und sie blockierte die gesamte Einfahrt. Ich kam aus Florenz, mein Kumpel und ich haben an seinem Auto geschraubt, es war sehr spät. Fast schon wieder früh.«

Signora Boccaccio schnaubte missbilligend.

»Ich wollte nicht mitten in der Nacht alle Nachbarn aus dem Bett klingeln, also habe ich mir einen anderen Parkplatz gesucht.«

»Danke sehr, Giacomo. Vielleicht hilft uns das weiter.«

Lauras Vermieterin hielt ihr die beiden gefüllten Kaffeetassen hin. »Hier, bellezza. Sie halten uns doch auf dem Laufenden, ja? Mein Junge wird sich alle Schlösser vornehmen und einen zusätzlichen Riegel an Ihrer Haustür anbringen, nicht wahr?«

Der Mechaniker nickte eifrig mit dem Kopf.

Laura nahm die zwei Tassen und bedankte sich. Sie wollte Vito anrufen und ihm mitteilen, was Giacomo beobachtet hatte.

In einer Mordermittlung gibt es keine Zufälle, es gibt nur weitere Hinweise, so hatte es der inzwischen verstorbene Professore Galli gesagt, der selbst Ermittler gewesen war und stets Theorie und Praxis zu verbinden wusste.

Die beiden Tassen in den Händen, eilte Laura zurück zu ihrer Wohnung. Dort hatten Conte und Agente Nacar inzwischen überall das dunkle Fingerabdruckpulver verteilt. Auch ihre Handtasche war damit eingedeckt.

»Ah, Kaffee. Laura, du bist die Beste!«, rief Conte, als er sich eine Tasse nahm. Mit dem Unbehagen, dass nun die halbe forensische Abteilung wusste, wie ihr Schlafzimmer aussah, würde sie sich zu einem anderen Zeitpunkt beschäftigen. Jetzt wollte Laura Vito erreichen.

»Laura!«, meldete sich Maria, nachdem Vito nicht an sein Handy gegangen war. »So eine Schweinerei, dieser Einbruch, wie geht es Ihnen?«

»Mir geht es gut. Ich erreiche Vito nicht. Wenn er sich bei Ihnen meldet, bitten Sie ihn, mich anzurufen.«

»Natürlich. Gerade habe ich übrigens von der Stelle, die die Trüffelpachten vergibt, erfahren, dass Simonetti sich um eine weitere Pacht bemüht hat, und zwar um die von Fabio Marra.«

Laura überlegte nicht lange, schnappte sich ihren Autoschlüssel und steckte die Dienstwaffe ein.

»Du willst doch nicht etwa weg?«, fragte Conte irritiert.

»Ihr kommt hier sicher auch ohne mich zurecht.« Im Gehen warf sie Conte den Wohnungsschlüssel zu. »Schließ ab, wenn ihr fertig seid.«

KAPITEL 33

VITO FUHR DEN Hügel zu Marras Anwesen hinauf und war noch nicht oben angekommen, als ihm sein Handy den Eingang einer SMS mit einem Dreiklang signalisierte. Er fuhr an den Straßenrand, griff nach seinem Mobiltelefon und wischte über das Display. Die SMS stammte von Dottore Adani, dem Leiter des forensischen Labors der Questura. Der Dottore hatte die Hundehaare aus dem Zwinger von Isabella Simonettis Chalet untersucht. Unter den vielen braunen Haaren hatte er auch weiße und silberfarbene entdeckt. Darunter ein Büschel noch mit den Haarwurzeln dran.

Vito rief sofort zurück. »Ciao Daniele, ich habe deine SMS gelesen.«

»Conte meinte, es ist wichtig, ich soll dich sofort informieren«, antwortete der Forensiker.

»Ja, das ist richtig, danke. Ich habe da noch eine Frage. Du schreibst etwas von einem Haarbüschel mit Wurzeln. Welche Farbe haben diese Haare?«

»Silbergrau, würde ich sagen.«

»Kannst du mir auch sagen, wie lange das Haarbüschel im Zwinger gelegen hat?«

Vito hörte ein Rascheln. »Moment«, sagte der Dottore. Es dauerte einen Moment. »Dem Spurensicherungsbericht nach hatten sich die Haare in dreißig Zentimeter Höhe im Maschendrahtzaun neben der Tür verfangen. Ich schätze, das Büschel dürfte vor sechs bis zehn Tagen ausgerissen worden sein.«

»Danke dir, Daniele.«

Vito beendete das Gespräch, fuhr sich mit der Hand über das Kinn und rechnete. Vor acht Tagen war Simonetti in den Hügeln von San Miniato gestorben. Zwei Tage zuvor hatte Girbone, Loranos gesprächiger Angestellter, einen Hund im Wagen von Didier de Champs vor Loranos Restaurant gesehen. Dabei handelte es sich zweifelsfrei um Ambra. Jetzt machte es auch Sinn, dass Isabella Simonetti Kopien der Zuchtbücher der Hunde in einer Schublade gehabt hatte. Erst gestern hatte Isabella Laura gegenüber noch erklärt, nicht zu wissen, wo Ambra abgeblieben war. Dennoch musste sich die Hündin nach den Feststellungen des Dottore vor acht bis zwölf Tagen im Zwinger des Chalets befunden haben. Und dieser war direkt neben dem Gebäude. Den Hund dort zu übersehen, war absolut unwahrscheinlich, Signora Simonettis Aussage also unglaubwürdig. Und jetzt fehlte auch noch Gonzo, und Isabella hatte als Einzige gewusst, wo der Hund über Nacht untergebracht war.

So langsam keimte in Vito der Verdacht auf, dass das Motiv für den Mord nichts mit Geld und dem Tartufo zu tun hatte. Isabella hatte erklärt, dass sie Stefano zurückhaben wollte, aber er sollte nicht aufrecht, sondern gebrochen und als reumütiger Sünder zu ihr zurückkehren. Zu Geld hatte Stefano längst kein Verhältnis mehr gehabt, und auch das Tartufo hatte er mehr und mehr schleifen lassen. Aber seine Hunde waren noch immer sein Ein und Alles gewesen.

Was, wenn nicht Stefano Ambra seiner Schulden wegen an de Champs verkauft hatte, sondern Isabella zuerst Ambra und letztendlich auch Gonzo an den französischen Trüffelmagnaten verschachert hatte? Und das Ganze, um ihren labilen Ehemann endgültig in die Knie zu zwingen? Lagen deshalb die Kopien der Zuchtbücher bei ihr, und befanden sich die Originale längst in den Händen von de Champs? Stefano musste außer sich gewesen sein, als er von dem Komplott erfuhr. Und dann war die Sache eskaliert, dort am frühen Morgen unweit des Chalets im Wald von San Miniato. Isabella war kräftig genug, um einen Mann mit einem Ast niederzuschlagen. Und auch mit einer vanghetta konnte sie als Frau eines tartufaio sicherlich umgehen.

Genauso musste es gewesen sein. Ambra und auch Gonzo waren der Grund für Simonettis Tod. Und jetzt hatte sich de Champs Gonzo holen lassen. Wahrscheinlich von einem seiner Schergen.

Vito legte das Handy auf den Beifahrersitz und startete den Motor. Er war gespannt, was Marra über de Champs und seine italienischen Angestellten wusste.

Als er auf den Hof fuhr, musste er einem altersschwachen, mit trockenem Stroh vollgeladenen Anhänger ausweichen.

Marras Citroën stand mit geöffneter Heckklappe direkt davor und versperrte den Fahrweg, neben dem ein kleiner Graben verlief. Vito hielt vorsichtshalber an, er wollte sich nicht den Unterboden seines Wagens ruinieren. Er legte den Rest des Weges zu Fuß zurück.

»Marra!«, rief er laut. Keine Antwort.

Er ging auf das Haus zu und klopfte an der Tür. Drinnen rührte sich nichts. Es war nicht abgeschlossen. Vito trat ein.

»Marra!«, rief er erneut. »Wo sind Sie?«

Wieder blieb sein Rufen unbeantwortet. Vito schaute zuerst in der Küche nach. Schmutziges Geschirr türmte sich in der Spüle und auf dem Tisch. Er suchte in der Stube und im Schlafzimmer. Die schmutzige Bettdecke lag zerwühlt auf dem Bett.

»Verdammt, wo steckt der nur?«, murmelte Vito, ehe er das Gebäude verließ und sich der Scheune zuwandte. Doch auch dort suchte er vergebens. Als er am Zwinger vorbeikam, bemerkte er, dass die Tür offen stand. Von Marras altersschwacher Hündin auch hier keine Spur.

War er mit ihr spazieren?

Er schaute sich um.

»Marra! Commissario Carlucci hier, ich muss mit Ihnen sprechen.«

Außer dem Gesang einiger Vögel und dem Wind, der durch die Birken hinter dem Haus strich, war nichts zu hören. Auf der anderen Seite stand ein weiteres, halb verfallenes Gebäude aus Holz und grauem Stein. Vito ging darauf zu. Plötzlich drang lautes Hämmern aus der offen stehenden Tür. Vito beschleunigte seinen Schritt und blieb vor dem Eingang stehen. Marra stand hinter einer Werkbank, hielt einen Hammer in der Hand und trieb lange Nägel in einen Holzbalken.

»Marra, da sind Sie ja«, rief Vito.

Marra zuckte zusammen und ließ beinahe den Hammer fallen, als er Vito erblickte.

»Commissario«, stammelte er erschrocken. »Was tun Sie denn hier?«

»Ich muss mit Ihnen sprechen, Marra. Es ist dringend.«

»Ich war die ganze Zeit über hier«, antwortete er wie aus der Pistole geschossen. »Ich halte mein Wort. Ich lasse die Signora in Ruhe, so wie ich es Ihnen versprochen haben. Das müssen Sie mir glauben!«

Vito winkte ab. Er sah, dass die Hände des Mannes zitterten. »Sie kennen de Champs. Sie haben mir erzählt, dass er auch hier in der Toskana einige Reviere gepachtet hat, in denen hiesige Trüffelsucher arbeiten.«

»Ja, das stimmt. Weshalb fragen Sie, Commissario?«

»Gonzo wurde heute Nacht gestohlen.«

Marra gewann langsam seine Fassung zurück. »Gonzo? Gestohlen, wie meinen Sie das?«

»Er befand sich über Nacht in polizeilichem Gewahrsam und wurde gestohlen«, erklärte Vito diplomatisch. »Gibt es unter de Champs Trüffelsuchern Leute, denen Sie so etwas zutrauen würden?«

Marra kratzte sich an der Stirn. »Wenn Sie so fragen, dann tippe ich auf Vanelli.«

»Vanelli?«

»Massimo Vanelli, er stammt aus Centro Storico und ist

in der Nähe des Bahnhofs aufgewachsen. Er müsste jetzt so Mitte der Dreißig sein und dürfte eine lange Liste an Anzeigen im Polizeicomputer haben.«

»Was hat er angestellt?«

»Schlägereien, Einbrüche, Diebstähle, und zuletzt hat er gewildert und wurde von Ihren Kollegen von der Corpo Forestale della Stato beim Auslegen von Fallen erwischt. Saß auch schon zwei Jahre im Knast. Ich sage doch, de Champs ist das egal, Hauptsache, der Profit stimmt.«

»Wie lange arbeitet dieser Vanelli schon für de Champs?«

Marra zuckte mit den Schultern. »Zwei Jahre, würde ich sagen.«

»Hat er sonst noch Mitarbeiter, denen ein solch dreister Diebstahl zuzutrauen wäre?«

Marra legte den Hammer zur Seite und kam auf Vito zu. »Eher nicht. Grosso ist schon an die siebzig und ein grundehrlicher Mann, der nur noch ab und zu auf die Suche geht, um sich ein paar Euro zu verdienen. Gilardinio ist zu dick und zu träge. Nein, Commissario, Vanelli ist dafür schon der Richtige.«

»Sind das alle Mitarbeiter?«

Marra schüttelte den Kopf. »Ich kenne nicht alle. Da gibt es noch zwei, drei. Ein Junge namens Emilio, aber den Nachnamen weiß ich nicht. Der ist gerade mal trocken hinter den Ohren geworden.«

»Wo wohnt dieser Vanelli?«

»Zuletzt soll er in Rifredi in der Via dello Steccuto bei seiner Freundin untergekrochen sein. Aber ob er noch immer dort haust, da bin ich überfragt, Commissario.«

»Wie heißt die Freundin, wissen Sie das zufällig?«

Marra lächelte. »Jeder kennt die schöne Stella. Stella Moroni, arbeitete als Serviererin im Club 69. Sie soll aber auch schon eher horizontalen Tätigkeiten nachgegangen sein, wenn Sie wissen, was ich meine, Commissario.«

Vito notierte die angegebenen Namen und Adressen in sein Notizbuch, während sich Marra wieder seinen Hölzern auf der Werkbank zuwandte.

»Eine Frage noch, Marra ... Halten Sie es für möglich, dass Simonetti Ambra und Gonzo an de Champs verkauft hat?«

Marra wedelte aufgeregt mit beiden Händen. »Unmöglich! Eher hätte er sich die Hände abgehackt.«

»Er hatte Schulden.«

»Die ganze Welt hat Schulden. Wenn Sie mich fragen, dann steckt die Signora dahinter. Zuerst hat sie ihn sitzen lassen, dann wollte sie seine Lebensgrundlage, das Tartufo, an Lorano verscheuern, und am Ende hat sie ihm auch noch seine Hunde weggenommen. Simonetti hätte Ambra niemals weggegeben und an de Champs schon mal gleich gar nicht.«

Vito lächelte, als Marra die Theorie, die ihm kurz zuvor noch durch den Kopf gegangen war, mit einer solchen Selbstverständlichkeit darlegte, dass es nach der absoluten und allein gültigen Wahrheit klang.

»Und darüber hinaus hat sie ihn auch noch totgeschlagen«, fuhr er fort. »Wahrscheinlich ist er ihr auf die Schliche gekommen. Sie wollte ihn am Boden liegen sehen, aber er hat sich zur Wehr gesetzt, da hat sie einfach nachgeholfen.«

»Wir haben Signora Simonetti verhaftet«, sagte Vito.

In Marras Augen war ein Leuchten zu erkennen. »Das hätte ich schon längst. Jeder weiß, dass sie dahintersteckt. Das Pfeifen doch schon die Spatzen von den Dächern.«

»Aber wir sind die Polizei, wir müssen die Tat beweisen. Wir brauchen Tatsachen und keine Gerüchte. Die Hunde wären ein Motiv, wenn sie Ambra und Gonzo tatsächlich an de Champs verkauft hat.«

»Avidità«, raunte Marra. »Diese Frau ist die Habgier in Person. Soll sie doch ersticken an all dem, was sie sich inzwischen einverleibt hat.«

»Gut, Marra, das war's schon. Wir werden uns diesen Vanelli mal genauer ansehen.«

»Aber passen Sie auf, Commissario. Er ist mit allen Wassern gewaschen, und er hat immer ein Messer in der Hosentasche.«

»Danke für die Warnung, Marra.«

Marra winkte ab. »Keine Ursache, Commissario. Auch wenn ich es normalerweise nicht so mit der Polizei habe, Sie sind ganz in Ordnung. Es täte mir leid, wenn Ihnen etwas zustoßen würde.«

»Ihre Fürsorge rührt mich, Marra. Ehe ich es vergesse. Ich bin am Zwinger vorbeigekommen, da stand die Tür offen …«

Marra hob die Hände vor die Brust und schaute zum Himmel. »Leider hat mich mein Mädchen vorgestern verlassen.«

»Vorgestern, als ich bei Ihnen war?«

»Es war am Abend«, erklärte Marra. »Ich konnte nichts mehr für sie tun. Das Alter, Sie verstehen, Commissario.«

Vito nickte. »Das tut mir leid.«

»Das ist der Lauf der Dinge«, sagte Marra und strich sich mit der Hand über die Augen. »Sie hatte ein gutes Leben und einen leichten Tod.«

Vito wies auf die Werkbank. »Bauen Sie deshalb diese Holzkiste?«

Marra schüttelte den Kopf und deutete mit dem Daumen über seine Schulter. »Dort hinten im Wäldchen habe ich ihr eine Grabstätte errichtet. Sie kann von dort das gesamte Tal überblicken.«

»Was bauen Sie hier?«

»Das gibt einen neuen Zwinger«, erklärte Marra. »Ich will nicht, dass ein anderer Hund ihren Platz einnimmt, also baue ich einen neuen Zwinger, direkt neben dem alten.«

»Sie haben einen neuen Hund?«

Marra lächelte. »Bald. Ich muss nur noch ein paar Schulden eintreiben. Ich habe ein Angebot aus Siena. Ein Rüde, kostet mich fünftausend. Ist es aber wert. Geht schon seit drei Jahren mit seinem Herrchen auf die Suche. Aber das Herrchen ist schon alt und setzt sich zur Ruhe. Sie wissen doch, Commissario. Nur mit Hund ist bei uns in der Region die Trüffelsuche erlaubt. Man will nicht, dass der Waldboden umgepflügt und überall niedergetrampelt wird. Ein echter tartufaio schützt den Wald und zerstört ihn nicht. Schließlich ist der Pilz seine Lebensgrundlage, und der Tartufo ist sehr empfindlich. Empfindlicher als eine Frau, heißt es.«

»Richtig«, bestätigte Vito. »Sie haben es mir ja ausführlich erklärt.«

»Ja, bei mir wäre ein Hund zwar nicht nötig, ich kenne meine Stellen genau. Nach dreißig Jahren Erfahrung macht mir in meinem Handwerk keiner mehr etwas vor. Aber Vorschrift ist nun einmal Vorschrift.«

»So ist es, Marra. Und wer sich an die Regeln hält, der bekommt keine Probleme.«

Marra lächelte. »Keine Angst, ich weiß, was ich tue. Und jetzt, wo die Signora in der Zelle schmort, wäre es sowieso Zeitverschwendung, sich weiter mit ihr zu beschäftigen.«

»Was Sie allerdings nicht von einer Klage abhalten muss«, fügte Vito hinzu. »Wenn Ihre Forderungen berechtigt und nachweisbar sind, könnte ein Friedensrichter sich erbarmen und Ihnen einen entsprechenden Betrag zusprechen. Einen Versuch ist es allemal wert.«

Marra lächelte. »Ich werde es mir durch den Kopf gehen lassen.«

Vito verabschiedete sich und lief zurück zu seinem Wagen, den er hundert Meter entfernt hatte stehen lassen müssen.

Marra blieb in seiner Werkstatt. Das monotone Hämmern begleitete Vito und gab den Takt vor. Als er das Haus umrundet hatte, verharrte er kurz und horchte. Der Lärm war verstummt, dafür mischte sich ein anderes Geräusch unter das Gezwitscher der Vögel und das Singen des Windes. Irgendwo hinter dem mannshohen Gras zu seiner Rechten bellte ein Hund. Vito schaute sich um, nichts zu sehen. Er ging ein paar Schritte in die Richtung, aus der das Gebell gekommen war. Ein weiteres Mal horchte er in den Morgen. Erneut bellte der Hund, dann folgte ein angsterfülltes Winseln. Vito beschleunigte seine Schritte. Das Winseln wurde lauter.

Sein Blick fiel auf eine kleine Hütte, die unten am Hügel aus dem Gras auftauchte. Er näherte sich ihr rasch. Es war mehr ein Verschlag, und darin musste sich ein Hund befinden.

Hatte Marra nicht gesagt, dass seine Hündin gestorben war und er erst noch Schulden eintreiben musste, bevor er sich einen neuen Hund besorgen konnte?

Als Vito die Hütte erreichte, wurde das Winseln zu einem aufgeregt freudigen Bellen. Er zog die quietschende Holztür auf und trat ein. Es roch nach dem Stroh und Heu, das verstreut am Boden lag. In einem Käfig, kaum höher als bis zu den Knien reichend, kauerte ein brauner Lagotto Romagnolo, der aufgeregt mit dem Schwanz wedelte. Vito erkannte den Hund auf den ersten Blick.

»Gonzo! … Marra, verdammt!«, fluchte er und griff zu seinem Handy. Er hatte es kaum in der Hand, als er hinter sich ein Geräusch hörte.

Vito wirbelte herum, doch genau in diesem Moment traf ihn ein harter Schlag an seiner Schläfe. Nur noch schemenhaft erkannte er den Schatten, der hinter ihm stand. Er taumelte, und sein Blick fiel auf die Füße der Gestalt. Sie steckten in Stiefeln und waren auffallend klein für die eines Mannes.

»Verdammt!«, stöhnte er noch einmal, bevor ihn die Dunkelheit umgab.

KAPITEL 34

ES WAREN DIE wärmenden Strahlen der Sonne, die Vito durch einen Schlitz in der Wand des Holzverschlags ins Gesicht schienen und ihn aus seiner traumlosen Ohnmacht erweckten. Er blinzelte, langsam kam er zu sich. Tausende von Hummeln flogen planlos in seinem Schädel umher. In seinem Mund schmeckte er das Blut, das auf seinen Lippen klebte. Er hob den Kopf und stöhnte laut, als der Schmerz wie ein Blitz durch seine Schläfen schoss. Er versuchte sich zu bewegen, die Hände auszustrecken, doch sie gehorchten ihm nicht.

Was war passiert?

Langsam kam die Erinnerung zurück. Etwas hatte ihn getroffen und wie ein Dampfhammer niedergestreckt. Er erinnerte sich an die schwarzen Schnürstiefel, auf die er gestarrt hatte, als er zu Boden ging und die Besinnung verlor.

Nochmals versuchte er, seine Hände und seine Beine zu bewegen, doch bei aller Anstrengung, es war hoffnungslos.

Er inhalierte den Duft von Heu und Stroh. Erneut blinzelte er, vorsichtig öffnete er die Augen und blickte sich um. Er lag auf dem Boden, und er war allein.

Wo ist Gonzo, schoss es ihm durch den Kopf, im nächsten Moment verschwand der Gedanke in einer Melange aus Verwirrung und Schmerz. Ein Hustenanfall schüttelte ihn, als er den Kopf zur Seite neigte und dabei feinste Heureste einatmete.

Marra, ein weiterer Gedanke bahnte sich seinen Weg durch den milchigen Schleier. Eine weitere Woge des Schmerzes folgte, als er versuchte, seinen Kopf ein klein wenig anzuheben.

Gonzo, Marra, Simonetti. Langsam fügten sich die Gedankensplitter zu einem Bild zusammen, verwoben und verschwommen noch. Erst jetzt erkannte Vito den groben Strick, der sich um seinen Körper schlang, wie eine Python.

Nochmals tauchte der Schatten vor seinem inneren Auge auf, und dieser Schatten war Marra. Doch dessen Gesicht war grausig verzerrt, er wirkte bedrohlich, nicht so friedlich und entspannt wie noch in der Werkstatt oder am letzten Samstag, als er die leckere Pasta gekocht hatte.

Entkräftet sank Vito zurück auf den Boden. Einen Moment lang war er bereit, sich in sein Schicksal zu ergeben und einfach nur die Augen zu schließen. Doch er kämpfte dagegen an. So leicht wollte er es Marra nicht machen.

Vito spürte ein Kribbeln, das Blut kehrte langsam in die Gefäße zurück. Er bewegte seine Füße, seine Beine, die Arme und Finger, so gut es ging und soweit es die Fesseln zuließen.

Verdammt, wie lange hatte er hier gelegen. Minuten, Stunden, einen ganzen Tag vielleicht. War Marra noch hier oder längst über alle Berge?

Das Bild wurde klarer. Marra hatte Gonzo gestohlen und nicht de Champs oder einer seiner Schergen. Vito ärgerte sich, dass er wie ein Anfänger in die Falle getappt war. Und jetzt lag er hier, in diesem alten und verfallenen Schober, verschnürt wie ein Paket.

Hatte Marra den Hund gestohlen, weil er sich auf diese Weise schadlos halten und seine Schulden eintreiben wollte?

Gerne hätte er diese Version der Geschichte geglaubt, doch sein Verstand, der langsam wieder zu funktionieren begann, belehrte ihn eines Besseren. Marra hatte nicht nur Gonzo gestohlen, Marra war ...

Er schob den Gedanken beiseite und horchte auf. Draußen war ein leises Pfeifen zu hören. Vito öffnete die Augen und konzentrierte sich auf das Geräusch.

Es war ein Pfeifen, nein, vielmehr ein schrilles Quietschen, und es wurde zunehmend lauter und kam direkt auf ihn zu.

Mit seinen Fingern nestelte er unbeholfen am Strick, doch die Fesseln waren zu festgezogen, als dass er eine Hand hätte befreien können.

Beinahe zum Greifen nah war das Quietschen inzwischen und ziemlich laut. Plötzlich verstummte es. Vito hob den Kopf. Auf einmal schwang die Tür des Schobers auf und klatschte gegen die Holzwand.

Der Schatten stand in der Tür.

»Marra«, krächzte Vito. »Was haben Sie vor?«

Marra trat ein, in der Hand den hölzernen Stiel eines Beils.

»Es ist Ihre Schuld, Commissario«, sagte er kalt. »Warum sind Sie nicht einfach weitergegangen, warum mussten Sie unbedingt wissen, was sich hier in diesem Schober befindet.«

»Marra, machen Sie sich nicht unglücklich. Wegen des Hundes wird Ihnen keiner den Kopf abreißen.«

Marra lächelte. »Commissario, halten Sie mich nicht für dumm. Ich weiß genau, was Sie wissen, und ich lasse mir mein Leben nicht kaputtmachen. Von niemandem, auch nicht von Ihnen, Commissario.«

»Was soll das heißen, Marra?«, flüsterte Vito fast, sein Mund war trocken wie nach drei Tagen ohne Wasser in der Wüste. Ein infernalischer Durst.

»Ich habe es in Ihren Augen gesehen. Ich sah Ihnen an, dass Sie es wissen. Ich sah es, als Sie mir auf die Stiefel blickten, kurz bevor Sie weggetreten sind.«

»Wasser, Marra, geben Sie mir wenigstens einen Schluck Wasser.«

Marra grinste. »Sie werden bald Wasser genug haben, Commissario.«

KAPITEL 35

DIE GANZE FAHRT über hatte Fraccinelli versucht, Vito auf seinem Handy zu erreichen. Der Assistente hatte sich in Lauras Fiat gezwängt und schien erleichtert, als die Einfahrt des abgelegenen Gehöfts endlich vor ihnen auftauchte.

»Das nächste Mal nehmen wir Contes Wagen. Nix für ungut, Commissaria, aber für diese Schuhschachtel bin ich zu groß.«

Laura nickte abwesend, sie konzentrierte sich auf die Umgebung. Vito musste seinen BMW hier irgendwo geparkt haben, aber sie entdeckte nur Marras zerbeulten Berlingo und einen mit Stroh beladenen Anhänger, die hintereinander in der Einfahrt standen.

War Vito etwa schon wieder weggefahren? Dann hätte er sich doch bestimmt gemeldet.

Laura war sich ziemlich sicher, dass sie hier zumindest Gonzo finden würde. Ihr Instinkt sagte ihr, dass auch ihr Kollege hier sein musste. Sie fuhr auf das Gehöft mit dem schäbigen Haupthaus und den heruntergekommenen Nebengebäuden zu. Einst mochte es ein prächtiges Anwesen gewesen sein, aber jetzt zeigten sich deutlich Spuren des Verfalls. Die grünen Fensterläden an der Steinfassade hingen teilweise schief in den Angeln, an einigen blätterte die Farbe ab. Die Haustür stand offen, davor stapelten sich alte Eimer und allerlei Unrat.

Laura hielt vor dem offen stehenden Eingang. Fraccinelli schälte sich aus dem Auto, wie ein Schweizer Armeemesser entfaltete er seine lange Gestalt und streckte sich ausgiebig neben dem Fiat.

»Signore Marra?«, rief Laura, aber niemand antwortete.

»Fraccinelli, Sie suchen in den Nebengebäuden nach Marra oder Commissario Carlucci. Ich sehe mich im Haus um.«

»In Ordnung, Commissaria.«

Laura ging zur Eingangstür. Im Flur lagen jede Menge Hundeleinen, ein Stapel Papiere neben einer leeren Bierflasche und eine grüne Jacke sowie dreckverkrustete grüne Gummistiefel auf dem Boden. Der Spiegel war fast blind, und vergilbte Schnappschüsse von Hunden klemmten zwischen dem Glas und dem Rahmen.

Laura durchquerte den Flur und betrat die Küche, in der sich schmutziges Geschirr in der Spüle stapelte, dazu der säuerliche Geruch von Essensresten. Laura versuchte, nicht durch die Nase zu atmen.

»Signore Marra? Vito?« Ihr Ruf verklang ohne Antwort.

Sie hielt eine Hand an ihr Holster und bewegte sich vorsichtig.

Sie warf einen Blick in das Schlafzimmer des tartufai,

schmutzige Bettwäsche, verdreckte Klamotten auf dem Boden, alles in Hundehaaren und Staub mariniert. Auch im Wohnzimmer und im Bad war niemand.

»Verdammt, Vito, wo steckst du?«, brummte Laura und verließ das Gebäude.

Fraccinelli trat aus dem Nebengebäude und schüttelte bedauernd den Kopf. »Kein Gonzo, kein Marra, kein Vito. Und auch kein anderer Hund, da drüben ist nur ein leerer Zwinger. Sehr sauber und ordentlich ist es nicht bei diesem Kerl. Nur das Kühlhaus mit den Trüffeln und die angrenzende kleine Waschküche sind picobello.«

»Rufen Sie doch bitte noch mal Maria an. Vielleicht weiß sie, wo Vito steckt.«

Laura sah sich um, es führten mehrere Trampelpfade von dem Haupthaus aus in das weitläufige Gelände.

War Vito mit dem Mann und seinem Hund spazieren? Unmöglich war das nicht. Nur, warum ging er dann nicht an sein Telefon?

»Buon giorno. Maria, haben Sie Commissario Carlucci erreicht?«

Fraccinelli hörte kurz zu und verabschiedete sich dann knapp. Mit einer hilflosen Geste wandte er sich an Laura. »Maria bekommt den Commissario auch nicht ans Telefon, und er hat sich noch nicht bei ihr gemeldet. Er hat das Telefon zwar oft lautlos, aber er reagiert normalerweise auf Anrufe.«

Laura nickte. »Fraccinelli, Sie schauen sich bitte noch mal im Haus um, ich übernehme die anderen Gebäude.«

»Si, Signora.« Sie spürte es, Vito war in Gefahr. Fraccinelli ging es offenbar genauso.

»Irgendwas stimmt hier ganz und gar nicht«, sagte sie. Er nickte. »Und versuchen Sie es weiter auf Vitos Handy. Wenn er sich nicht in der nächsten halben Stunde meldet, lasse ich Maria eine Fahndung nach seinem Auto herausgeben.«

Der Assistente trat zum Haus, Laura zum ersten Nebengebäude, eine kleine Waschküche, die überraschend sauber war. Daneben war ein kleiner Kühlraum, in dem Körbe mit Trüffeln lagerten. Der angenehm erdige Geruch stand im krassen Gegensatz zum Gestank im Haupthaus.

Was auch immer Marra für ein biologisches Experiment in seinen Privaträumen durchführte, die Trüffel behandelte er besser als sich selbst.

Auch im angrenzenden Zwinger konnte sie keinen Hund oder Hinweis auf den Verbleib des Tieres oder seines Besitzers finden. Im Schuppen entdeckte Laura Nägel und frisch gesägtes Holz, noch vor Kurzem hatte hier jemand gearbeitet.

Sie lief zurück und umrundete das Haus, es kitzelte in der Nase, die bunten Wiesen verbreiteten einen herben Duft, der alles andere überlagerte. Im Gestrüpp lärmten Vögel so laut, dass sie fast befürchtete, sie könnten Vitos Rufen übertönen.

Sie strich sich die Haare aus dem Gesicht, als ein paar umgeknickte und platt getretene Grashalme ihre Aufmerksamkeit weckten. Sie folgte der Spur.

Nach einer Weile sah sie eine kleine windschiefe, teils schon mit Moos bewachsene Hütte mit einem eingefallenen Dach.

Laura trat näher, die Tür des Schuppens stand offen. Sie

schob sich ins Innere. Die baufällige Kate diente als Stroh- und Heulager, aber da war auch ein geöffneter Stahlkäfig. Leer.

Laura wandte sich zum Gehen, als ein leises, tiefes Brummen ertönte. Sie fuhr herum und lauschte. Es brummte erneut. Hektisch begann sie, zwischen dem piekenden Stroh zu suchen. Das Geräusch ertönte ein weiteres Mal, und endlich konnte sie die Richtung ausmachen. Rasch tastete sie sich vor, Staub drang ihr in die Nase.

Nichts. Sie fluchte und richtete sich auf. Mit dem Fuß schob sie muffiges Heu beiseite, als das dumpfe Brummen ein weiteres Mal ertönte. Sie hielt inne, wartete kurz. Dann zog sie ein vibrierendes Handy aus dem Stroh und nahm das Gespräch an.

»Commissario Carlucci?«

Fraccinelli klang erleichtert.

»Nein, ich bin's, Gabbiano. Ich habe sein Handy gefunden. Rufen Sie Verstärkung, hören Sie? Und schauen Sie nach, ob Sie in Richtung Straße etwas finden, ich durchsuche die andere Seite des Grundstücks!« Sie legte auf, ihre Hände zitterten.

Sie ließ Vitos Handy in ihre Tasche gleiten, öffnete das Holster, griff nach ihrer Waffe und entsicherte die Pistole. Vorsichtig wandte sie sich wieder dem Ausgang zu und starrte in die Landschaft mit den knorrigen Bäumen.

Wo war ihr Partner? Was hatte Marra mit ihm gemacht? War Vito noch am Leben?

KAPITEL 36

SO PLÖTZLICH WIE er gekommen war, verschwand Marra wieder. Das Quietschen entfernte sich, und Vito war wieder allein. Allein im Stroh mit dem quälenden Durst, allein in der erzwungenen Bewegungslosigkeit und allein mit den infernalischen Schmerzen, die in seinem Kopf wüteten. Doch immerhin war das Gefühl wieder in seine Glieder zurückgekehrt. Wiederum versuchte er, mit seinen Fingern die Schnur um seine Handgelenke zu fassen.

Als er sich diesmal aufrichtete, blieb ihm der stechende Schmerz erspart. Er blickte an sich hinunter. Seine Hände waren auf dem Rücken zusammengebunden, und er spürte die Hanffasern, die in seine Handgelenke stachen.

Zeit, das war es, was er brauchte. Zeit und die Hoffnung, dass man nach ihm suchen und ihn rechtzeitig aus seiner misslichen Lage befreien würde. Marra hatte den Schwindel durchschaut. Es machte keinen Sinn mehr, den Ahnungslosen zu mimen und ihm vorzugaukeln, dass es nur um

Gonzo ging. Der Trüffelhändler wusste genau, dass Vito ihn angelogen hatte. Er wusste, dass er ihn für den Mörder Simonettis hielt.

Ein weiteres Mal versuchte er, mit den Fingern die Schnur um seine Handgelenke zu fassen, doch es gelang ihm nicht. Marra war versiert im Verpacken von Dingen.

Seufzend sank Vito zurück und blickte sich um. Überall lag Stroh auf dem Boden des Schobers, der kaum mehr als zwei Meter lang und drei Meter breit und aus groben Brettern zusammengezimmert war. Dort wo er Gonzo gefunden hatte, stand nur noch ein leerer Käfig.

Vorsichtig bewegte er den Kopf zur Seite. Ein Brummen war zu hören, doch ehe er realisierte, aus welcher Richtung es kam, verstummte es wieder. Im Halbdunkel suchte er nach einem Ausweg. Marra hatte die Tür verschlossen, doch auf der gegenüberliegenden Seite waren einige Bretter im unteren Bereich herausgebrochen. Das Loch, durch das die Helligkeit in sein Verlies schien, war gerade groß genug, dass er hindurchpassen würde, wenn er sich dicht auf den Boden presste. Er musste da irgendwie durch, denn eines war sicher, Marra würde ihn nicht verschonen.

Vito zog seine Beine an. Alles war besser, als hier regungslos auf den Tod zu warten. Stück um Stück robbte er auf die Öffnung in der Wand zu. Kurz verharrte er und lauschte, doch draußen war nichts zu hören.

Ein weiteres Mal schob er sich auf dem Rücken liegend mit der Kraft seiner Beine voran, bis sein Kopf durch das Loch nach draußen ragte. Die Sonne schien ihm mitten ins Gesicht, und er schloss die Augen. Einen Augenblick lang wartete er und blinzelte, bis sich seine Augen an die Helligkeit gewöhnt hatten.

Ein Trampelpfad führte einen halben Meter unterhalb der Hütte entlang, dahinter folgte eine mit hohem Gras bewachsene Böschung. Vielleicht konnte er sich dort zumindest für eine Weile vor Marra verstecken. Ein weiteres Mal zog er die Beine an und stemmte sie dann in den Boden.

Das Quietschen kehrte zurück. Panik keimte in ihm auf. Ein weiterer kräftiger Schub, und der Oberkörper war im Freien. Er atmete heftig, sein Herz raste. Er hörte das Quietschen, doch als er sich erneut mit aller Kraft nach vorne bewegte, verstummte es. Er hatte es geschafft.

Verschnürt wie er war, rollte er seitwärts den kleinen Abhang hinab und blieb auf dem schmalen Pfad liegen. Jetzt musste er es nur noch ins hohe Gras schaffen. Er nahm all seine Kraft zusammen, als plötzlich ein Gesicht mit einem Lächeln über ihm auftauchte.

»Ciao Commissario, ich bin enttäuscht von Ihnen«, sagte Marra. »Ich hoffte, Sie würden meine Gastfreundschaft genießen.«

»Marra, lassen Sie mich frei!«

Marra beugte sich zu Vito hinab, hob seinen Kopf an und hielt eine Feldflasche an seinen Mund. »Trinken Sie, Commissario. Ich bin schließlich kein Unmensch.«

Vito öffnete den Mund. Das kalte Wasser, das durch seinen Gaumen ran, tat gut. Er trank, bis er sich verschluckte und ihn ein Hustenanfall schüttelte.

»Nicht so gierig, Commissario.« Marra erhob sich und schraubte die Flasche wieder zu.

»Was haben Sie vor, Marra?«

Der Trüffelhändler zuckte mit den Schultern. »Sie lassen mir keine Wahl.«

Für einen Moment verschwand er aus Vitos Sichtfeld. Diesmal war das Quietschen direkt neben ihm. Es kam von dem hölzernen Vorderrad einer alten Sackkarre. Marra riss Vito in die Höhe und hievte ihn auf die Karre.

»Marra, machen Sie sich nicht unglücklich. Binden Sie mich los.«

»Commissario, ich kann Sie nicht einfach freilassen. Ich gehe nicht ins Gefängnis. Nicht für dieses Aas.«

»Was hat Ihnen Simonetti angetan?«

»Da fragen Sie noch?«, blaffte Marra. Er hob die Karre an und schob Vito unter lautem Quietschen den Pfad entlang.

»Ich möchte es nur verstehen, also halten Sie an, erklären Sie es mir. Vielleicht lässt der Richter Gnade walten. Aber wenn Sie jetzt einen Polizisten töten, dann werden Sie im Gefängnis verrotten.«

Der Trüffelhändler schob unbeirrt weiter. »Er wusste, wie es um meine Liebste stand, dieser Bastard«, erklärte er.

»Ihre Hündin?«

Marra nickte. »Er hatte Schulden bei mir und versprach mir dafür einen Welpen aus Ambras Wurf, und ich habe mich darauf eingelassen, ich Idiot. Ich hätte ihm niemals trauen dürfen.«

»Er hat Sie betrogen, deswegen haben Sie ihn umgebracht?«

Marra lächelte kalt. »Ambra wurde von einem Rüden in

Frankreich gedeckt, der dieselben Instinkte wie sie hatte. Was wäre das für ein einzigartiger Wurf geworden.«

»Vielleicht hat ja Isabella Ambra an de Champs verkauft«, wandte Vito ein.

Marra stellte den Karren hart auf dem Boden ab, ein Stich durchfuhr Vitos Kopf.

»Das hat sie nicht, er hat es selbst getan. Er hatte nicht nur bei mir Schulden. Da waren auch Kerle dabei, denen man nicht so einfach mit lapidaren Ausreden kommen kann. Den Welpen kann ich jetzt abschreiben, den bekomme ich nie. Und ohne Hund keine Trüffelsuche mehr. Er war dabei, mein Leben zu zerstören, aber das hat ihn nicht gekümmert. Im Gegenteil, er wollte sogar noch Profit daraus ziehen, dieses verlogene Schwein.«

»Wegen seiner Spielschulden?«

Der Trüffelhändler verzog seine Mundwinkel. »Er war maßlos. Und er war hinterlistig, gemein und niederträchtig.«

»Sie haben sich mit ihm gestritten?«

»Ich wollte ihn zur Rede stellen, doch ich kam zu spät. Als ich vor seinem Haus anhielt, fuhr er mit seinem Wagen vom Hof in Richtung San Miniato. Ich wusste genau, wohin er will.«

»Zur Trüffelsuche.«

Marra schob die Karre wieder weiter. »Am Abend davor hatte ich erfahren, dass man mir meine Pacht wegnehmen will. Der Ufficiale der Bezirksverwaltung wusste, dass ich keinen vorschriftsmäßigen Suchhund mehr hatte und meine Pachtverträge auslaufen. Er sagte sogar, dass es einen geeigneten Bewerber gibt, der meine Reviere übernehmen will. Mir war sofort klar, wer mich angeschwärzt hatte.«

»Deshalb wollten Sie mit Simonetti reden.«

Der Trüffelhändler schüttelte den Kopf. »Ich habe auf ihn gewartet, an dem Morgen im Wald von San Miniato. Ich wollte es ernsthaft noch einmal im Guten versuchen. Doch als er dort mit Gonzo den Weg entlangschlenderte, so als ob ihm die ganze Welt gehörte, da setzte es bei mir aus …«

»Sie haben nach einem Ast gegriffen …«

»Ja, Commissario. Ich habe mich hinter einem Baum versteckt, und als er an mir vorbeiging, schlug ich zu.«

Der tartufaio bog vom Pfad ab und schob die Schubkarre durch hohes Gras ins Unterholz. Kurz darauf blieb er stehen und setzte die Karre ab.

Vito blickte sich um und sah ein paar zusammengezimmerte, teilweise mit Erde überzogene Holzbohlen auf der Erde.

»Bei ihm hatte ich weniger Glück als bei Ihnen, Commissario. Gonzo hat mich bemerkt und gebellt, Simonetti wandte sich um. Ich habe ihn zwar getroffen, aber er ging nicht zu Boden. Er ließ nur seine vanghetta fallen, hat mich ungläubig angeschaut und angefangen, mich aufs Übelste zu beschimpfen.«

Marra umrundete den Wagen und hob die Holzbohlen auf. Ein dunkler, kreisrunder Schlund wurde sichtbar.

»Ich habe mich gebückt, nach der vanghetta gegriffen und zugeschlagen. Zweimal, dreimal, ich weiß nicht mehr, wie oft. Simonetti ist davongewankt, das Blut spritzte nur so aus seinem Hals.«

Vito starrte in die dunkle Öffnung, die einen Durchmesser von knapp einem Meter hatte.

»Er ist die Böschung hinabgerannt und weiter unten zu Boden gestürzt. Gonzo ist an seiner Seite geblieben, hat gebellt und jämmerlich gewinselt. Es tat mir so leid, das arme Tier.«

»Marra, hören Sie. Man wird berücksichtigen, dass Simonetti Ihren Ruin wollte, um sich Ihre Pacht unter den Nagel zu reißen. Mit ein wenig Glück kommen Sie mit zehn oder zwölf Jahren davon. Aber wenn Sie einen Polizisten umbringen, dann werden Sie den Rest ihres Lebens im Gefängnis verbringen.«

Der Trüffelhändler winkte ab. »Ich gehe nicht ins Gefängnis, ich lasse mir mein Leben nicht kaputtmachen.«

»Meine Kollegen wissen, dass ich zu Ihnen gefahren bin. Man wird mich suchen.«

Marra hob die Sackkarre an, Vito schlug auf dem Boden auf und rollte auf das bedrohlich gähnende Loch zu.

Er stöhnte.

»Ja, Commissario, das ist richtig. Sie waren ja auch bei mir. Ich habe Ihnen von Vanelli erzählt, und Sie sind wieder weggefahren.«

»Damit kommen Sie nicht durch.«

»Oh, doch Commissario. Gonzo und Ihr Auto habe ich bereits hinter dem Wäldchen versteckt. Und heute in der Nacht werde ich es zum Bahnhof fahren und in der Nähe von Vanellis Wohnung abstellen. Jeder wird glauben, dass Sie zu ihm gefahren sind.«

»Man wird hier alles durchsuchen.«

Marra lächelte und wies auf die Öffnung. »Dieser Brunnenschacht reicht dreißig Meter tief. Niemand wird Sie dort finden, Commissario.«

»Und was ist mit Gonzo?«

»Was soll mit Gonzo sein? Er wird mich künftig auf meiner Suche begleiten. Und jetzt, wo ein Revier frei geworden ist, werde ich wohl noch mehr zu tun haben.«

»Man wird Gonzo erkennen.«

Marra schob sich seine Haare aus dem Gesicht. »Gonzo, nie gehört. Wer soll das sein? Wissen Sie, Commissario, niemand wird Gonzo wiedererkennen, wenn seine Haare erst grau und schwarz gefärbt sind. Pongo, so heißt mein neuer Hund, und ich habe sogar Papiere für ihn. Gut, ab und zu werde ich nachfärben müssen, aber das ist kein Problem, Commissario.« Der Trüffelhändler baute sich vor Vito auf, beugte sich hinab und wollte nach seinen Beinen greifen.

Vito zog sie blitzschnell an und trat dann mit aller Kraft in seine Richtung. Marra schrie auf, als Vito mit voller Wucht seine Magengrube traf. Ein schmerzverzerrtes Seufzen kam über die Lippen des tartufaio, dann sank der Mann in sich zusammen.

»Marra, Sie werden im Knast verfaulen!«

Vito drehte sich zur Seite, doch die Fesselung hinderte ihn daran, sich von Marra zu entfernen, der auf die Knie gesunken war und sich den Magen hielt.

»Es ist an der Zeit, diese Welt zu verlassen, Commissario.« Marra atmete noch einmal durch, ehe er sich wieder aufrichtete. Diesmal kam er von der Seite und schob Vito auf den Brunnenschacht zu.

»Marra, lassen Sie das, Sie machen alles nur noch schlimmer!«

»Was kann noch schlimmer sein? Es tut mir leid, Commissario. Sie sind eigentlich ein ganz netter Kerl, aber Sie stehen nun einmal auf der falschen Seite.«

Vito stemmte sich, so gut er konnte, gegen Marras eisernen Griff, doch angesichts der Fesseln um seinen Leib und der Kraft seines Gegners hatte er keine Chance. Unaufhaltsam kam der Schlund näher. Schon ragte Vitos Kopf über den Schacht, und der modrige Geruch nach feuchter Erde stieg ihm in die Nase. Ein Kieselstein löste sich und verschwand in der Schwärze. Es dauerte eine geraume Weile, bis der Stein im Wasser am Grund des Brunnens einschlug.

»Zeit, diesem Leben auf Wiedersehen zu sagen, Commissario«, sagte Marra und griff erneut unter Vitos Schultern.

»Marra, Sie werden in der Hölle schmoren!«, rief Vito.

KAPITEL 37

LAURA SAH SICH um, ihre Waffe im Anschlag auf den Boden gerichtet. Die Sommersonne zauberte goldene Lichtreflexe auf die friedliche Landschaft, Insekten und Vögel summten und sangen um die Wette. Nichts deutete darauf hin, dass hier etwas Schlimmes geschah, doch das Handy, das wie ein Stein in ihrer Hosentasche lag, hätte Vito niemals freiwillig aus der Hand gegeben. Vito war ein umsichtiger Ermittler, und die Frage, warum sie es ausgerechnet in einem heruntergekommen Schober gefunden hatte, stand ebenfalls im Raum. Zwar hatte Marra bisher auf Vito einen einwandfreien Eindruck gemacht, so hatte er es zumindest dokumentiert, aber Laura war sich inzwischen sicher, in diesem Punkt hatte sich ihr Partner gründlich geirrt.

Ein merkwürdiges Geräusch riss Laura aus ihren Überlegungen. Ein leises Quietschen, das nicht in die friedliche Szenerie passte.

Vorsichtig schlich sie den steilen, unebenen Abhang

hinunter. In der Mitte tauchte eine kleine Schneise vor ihr auf. Etwas Schweres musste vom Schuppen auf die Böschung herabgefallen oder gerollt sein, das Gras war platt gedrückt.

Sie eilte zu dem kleinen Weg am Fuß des Hangs, kaum mehr als ein staubiger Trampelpfad. Ein dünner Reifen hatte dort im trockenen Sand seine Spur hinterlassen.

Laura zuckte zusammen, als das Quietschen erneut ertönte. Diesmal erkannte sie das Geräusch – eine Schubkarre.

Eilig schritt sie den Pfad entlang. Ein paar Brombeerzweige verfingen sich in ihrer Bluse. Sie riss sich los, ohne die Löcher in ihrer Kleidung oder die Kratzer zu bemerken, die sie sich zuzog. Voller Adrenalin, die Waffe im Anschlag, hastete sie weiter.

Die Stimme eines Mannes im Unterholz neben dem Pfad, nur wenig Schritte vor ihr, ließ sie innehalten, ihr Atem stockte.

»Zeit, diesem Leben auf Wiedersehen zu sagen, Commissario.«

Laura gefror das Blut in den Adern. Im nächsten Moment sah sie einen Mann, graue, struppige Haare, eine gedrungene Gestalt. Es war Marra. Er beugte sich über etwas ganz in der Nähe eines Loches.

Lauras Atem stockte, und ihr Herz begann gegen ihre Brust zu hämmern. Unter dem Trüffelhändler konnte sie Beine erkennen – Vito!

Mit schweißfeuchten Händen umklammerte sie ihre Waffe und zielte auf den Rücken des Mannes vor ihr. »Hände hoch!«

Marra erstarrte und richtete sich langsam auf. »Gehen Sie weg, Commissaria, oder ich töte ihren Partner.«

Laura trat näher, umrundete dabei Marra und machte einen Schritt zur Seite, sodass sie ihn und Vito im Blick hatte. Der Oberkörper ihres Partners hing gefährlich weit über den Schacht im Boden. Erde und Gestein lösten sich und platschten tief unten ins Wasser.

»Vito?«

Sie wollte wissen, ob er bei Bewusstsein war.

Marra beobachtete sie, immer wieder starrte er zur Mündung ihrer Pistole und dann zurück zu dem Mann, der unter ihm lag.

»Laura, beeil dich. Ich rutsche ab!«, rief Vito.

»Hauen Sie ab, Signora, oder ich stoße ihren Partner in das Loch! Es ist gut dreißig Meter tief. Er wird den Sturz nicht überleben.«

Laura richtete sich auf und trat einen Schritt näher. Nur fünf Meter trennten sie von Marra, der seinen Fuß auf Vitos Rücken hatte.

Vito rutschte immer weiter ab, langsam aber stetig, zusammen mit dem unter ihm wegbrechenden Erdreich. Gleich würde er in die Tiefe stürzen – und Marra stand zwischen ihm und ihr.

»Treten Sie zur Seite!« Sie suchte den Druckpunkt an ihrer Waffe, bemühte sich, ruhig zu atmen. Ein weiteres Stück Geröll fiel nach unten, und der Commissario ächzte leise.

»Sie wissen, dass ich nicht einfach abhauen kann, Marra«, begann Laura mit ruhiger Stimme. »Ziehen Sie den Commissario von dem Loch weg, dann werde ich ein gutes Wort für Sie einlegen und dafür sorgen, dass man dies bei Ihrem Prozess berücksichtigt.«

»Ich habe nichts mehr zu verlieren. Ich gehe nicht in den Knast!«

Laura wusste, dass ihre Zeit ablief, Vito würde sterben, wenn sie jetzt nicht handelte.

»Letzte Warnung, gehen Sie zur Seite oder ich schieße!«

Marra lachte auf, ein Laut voller Bitterkeit und Resignation. »Nein. Sie werden mich schon umlegen müssen, aber Sie haben nicht den Mumm dazu.«

Sie trat einen Schritt vor und drückte ab.

Der Knall des Schusses peitschte durch die Luft, der Trüffelhändler brach zusammen. Er rollte zur Seite und schrie vor Schmerz.

Blitzschnell hechtete Laura auf Vito zu und bekam seine Beine zu fassen.

»Hilf mir, zieh mich raus!«

Laura krallte ihre Hände in die groben Hanfseile und zog. Weitere Gesteinsbrocken brachen weg. Laura musste mehrfach nachfassen, ehe es ihr gelang, Vito zurück auf festen Boden zu wuchten, in Sicherheit auf das Gras. Dort sank sie neben ihm zu Boden.

Einen kurzen Augenblick atmete sie schwer, dann erhob sie sich mit zitternden Beinen, klaubte ihre Waffe vom Boden auf und drehte sich zu Marra um. Von ihm drohte keine Gefahr mehr. Er blutete stark am Oberschenkel und starrte wie weggetreten in den Himmel.

Laura löste Vitos Fesseln. »Bist du verletzt?«

Er schüttelte den Kopf, doch die große Beule und das getrocknete Blut an seiner Schläfe bewiesen das Gegenteil.

»Lügner. Das sieht mir nach einem ordentlichen Schlag aus, den dir der Kerl verpasst hat.«

Der Commissario setzte sich schwankend auf und atmete tief durch. »Er hat mich von hinten erwischt. Zum Glück bist du rechtzeitig hier gewesen. Dieser Irre hätte mich tatsächlich umgebracht.«

Lauras Knie zitterten noch immer, doch sie wandte sich erneut Marra zu und trat vor den leise wimmernden Mann und legte ihm Handschellen an. Dann ging sie wieder zurück zu Vito, der sich durch die Haare fuhr und die Wunde an seinem Kopf betastete.

Ihre Blicke begegneten sich. »Den Bericht schreibst du. Schließlich hast du den Kerl verhaftet.«

Laura grinste, vor Erleichterung und weil Vitos trockener Kommentar genau das war, was sie jetzt brauchte. Immerhin hatte sie von ihrer Waffe Gebrauch gemacht und auf einen Menschen geschossen.

Vito blickte sie betont streng an, und ein nervöses Lachen entfuhr ihr.

Oben am Hügel tauchte Fraccinellis lange Gestalt auf. Laura lehnte sich ein wenig zurück und schloss erschöpft die Augen, während der Assistente rufend den Abhang hinuntereilte.

»Meinetwegen. Dafür erwarte ich von dir eine saubere Aussage über meinen Waffengebrauch. Immerhin musste ich schießen, um dich am Baden zu hindern.«

»Geht in Ordnung, Signora«, entgegnete Vito mit einem Lächeln. Laura konnte es nicht sehen, aber hören. Mit geschlossenen Augen blickte sie in die Sonne und war dankbar für die wärmenden Strahlen.

KAPITEL 38

KNAPP ZEHN TAGE waren seit der Festnahme Marras vergangen. Gerade kamen sie aus dem Justizpalast, von der Vorverhandlung und Kautionsanhörung zum Fall Simonetti. Laura war erleichtert, als sie das moderne Gebäude mit der riesigen Glasfassade hinter sich lassen konnte. Dieses zweitgrößte Gerichtsgebäude Italiens mochte für seine Architektur bekannt und berühmt sein, aber im Vergleich mit den alten Bauten in Florenz empfand sie es als seelenlos. Zudem war die Struktur im Inneren verwirrend, ohne Vito hätte sich Laura hoffnungslos verlaufen.

Gut, dass Vito sich auskannte und sie aus diesem Albtraum aus Stein herausgeführt hatte. Die Außenanlage präsentierte sich in saftigem Grün, Ziersträucher und Hecken säumten die Wege. Vito setzte seine Sonnenbrille auf und beschleunigte seine Schritte.

Laura eilte hinter ihm her und schwieg. Vito behauptete zwar, wieder fit zu sein, sie glaubte ihm jedoch nicht. Er würde sich schon noch schonen müssen. Die Sonnenbrille war ein Indiz dafür. Immerhin konnten sie jetzt die Überstunden abfeiern, die sie wegen des Falles Simonetti angehäuft hatten. Sie hoffte, dass ihr Partner schnell wieder ganz zu Kräften kommen würde und sie selbst sich endlich in Ruhe mit Florenz und der Umgebung vertraut machen könnte.

Vito deutete auf den angrenzenden Park. »Komm, gehen wir ein Stück, hinter dem Park gibt es eine Bar, die den besten Espresso in Florenz macht, si?«

Laura nickte, und sie liefen schweigend durch die Grünanlage. Auf dem Bürgersteig vor dem Café standen weiße Außenmöbel, sie und der moderne Schriftzug am Schaufenster konnten nicht über das Alter der Inneneinrichtung hinwegtäuschen.

Vito hielt Laura die schwere Holztür auf und trat unter dem hellen Läuten einer Glocke hinter ihr in die halbdunkle Bar. Die wenigen Bistrotische waren besetzt, zwei Herren spielten Go, eine alte Dame mit einem Pudel las Zeitung. An der langen Theke stand eine Handvoll Leute, die meisten schienen nur einen schnellen Kaffee zu trinken. Sie trugen Kostüme oder Anzüge, Büroangestellte, bestimmt auch einige Anwälte und Richter, die wie Vito und sie aus dem Justizgebäude gekommen waren.

Das unablässige Geräusch der Kaffeemaschine, das Zischen des Dampfes und das leise Stimmengewirr, gepaart mit der Enge an der langen Theke, erinnerten Laura an ihr altes Lieblingscafé in Rom. Dort hatte sie oft vor, während oder nach der Arbeit einen Espresso getrunken. Auch hier standen über der riesigen, edelstahlglänzenden Kaffeemaschine etliche Flaschen mit Spirituosen auf langen Glasregalen, in der kleinen Kühltheke neben der altertümlichen Registrierkasse lag Gebäck. Vito deutete auf einen freien Barhocker am Ende der Theke. Laura nahm Platz, er stellte sich neben sie.

»Auch einen doppio?«, fragte er und bestellte, als Laura nickte.

Zischend stieg Dampf hinter der Theke auf, der Duft nach Kaffee wehte herüber.

Vito setzte die Sonnenbrille ab und wandte sich ihr zu. »Dein erster Besuch in unserem Justizpalast ist also auch erledigt.«

»Gut, dass du dabei warst«, erwiderte Laura. »Es ist ganz schön unübersichtlich da drin, ich hätte ewig gebraucht, den richtigen Verhandlungssaal zu finden.«

Vito grinste schief. »Das erging mir am Anfang auch so, aber wenn man ein paarmal dort war, findet man sich zurecht. Ich bin zufrieden, dass Richter Falcone heute den Vorsitz hatte, er ist sehr gründlich. Und ich bin froh, dass Marra gestanden hat.«

Laura fiel der kurze, düstere Ausdruck auf Vitos Gesicht auf, als er Marra erwähnte.

»Du konntest nicht ahnen, dass Marra für einen neuen Suchhund alles tun würde«, sagte Laura. »Er hat sogar die gefälschten Papiere für einen schwarz-grauen Hund erstellen lassen. Er hätte Gonzo lebenslang mit dem Färben gequält. Aber dass er bereit war, auch dich aus dem Weg zu räumen … wer hätte so etwas erwartet?«

Vito wechselte rasch das Thema, Laura konnte es ihm nicht verdenken. »Fühlt sich Gonzo wohl bei deinen Eltern?«

»Ja, auf dem Weingut hat er genug Auslauf, und er versteht sich auch mit den beiden Cane Corso meiner Eltern gut. Und Mama ist ganz vernarrt in ihn. Isabella Simonetti war erleichtert, den Hund loszuwerden. Sie will offenbar nichts mehr behalten, was mit ihrem Mann zu tun hat.«

Vito nahm dem Barista die beiden Espressi ab und stellte einen vor Laura auf der edlen Nussholztheke ab. Ein kleiner Cantuccino lag am Rand der Tasse, und Laura steckte ihn sich schnell in den Mund. Vito reichte ihr lächelnd seinen Keks.

»Du solltest dir angewöhnen, etwas zu frühstücken. Der ganze Gerichtssaal hat sich bestimmt gefragt, wessen Magen da geknurrt hat«, sagte er und schmunzelte. Zum Glück war er wieder zu Scherzen aufgelegt.

Zwar hatte Fraccinelli immer betont, dass Vito einen Schädel wie ein Chianinabulle habe. Aber Laura war beruhigt gewesen, als er am dritten Tag aus der Klinik entlassen wurde. Auch wenn er nach seiner schweren Gehirnerschütterung noch nicht wieder diensttauglich war.

Laura lächelte. »Mit der Verhandlung enden zumindest die schwarzen Tage der Kochkunst in Florenz, und darüber bin ich ziemlich froh. Vielleicht frühstücke ich sogar mit dir, wenn du demnächst wieder ins Büro kommst.«

Vito war nur wegen der Anhörung zum Justizpalast gefahren. Immerhin war es ihr erster gemeinsamer Fall. Außerdem hatte Vito, wie er Laura erklärte, sichergehen wollen, dass man Marra nicht auf Kaution freilassen würde. Aber die Gefahr hatte gar nicht bestanden.

Marra, der wegen der Schusswunde noch im Gefängniskrankenhaus untergebracht war und auf Krücken in die Verhandlung gehumpelt kam, hatte den Mord an Simonetti und den versuchten Mord an Vito reumütig gestanden. Eine Kaution hatte man wegen Fluchtgefahr und weil er einen Polizisten hatte töten wollen, ausgeschlossen. Sein Anwalt, ein blasser junger Pflichtverteidiger, hatte nur wenige Einwände erhoben.

»Hast du gestern *La Nazione* gelesen? Den Gesellschaftsteil?«

Vito schüttelte den Kopf und nahm einen Schluck seines Espressos. Im Minutentakt ging die kleine Messingglocke über der Tür, im Café herrschte ein reges Kommen und Gehen.

»Lorano wird demnächst das Tartufo neu eröffnen. Gemeinsam mit Isabella Simonetti. Es wird gemunkelt, dass die beiden auch zarte Bande geknüpft haben. Witwe von Starkoch angelte sich neues Sternchen, lautete die Schlagzeile.«

Vito lachte auf. »Solange sie ihn nicht mit einer vanghetta erschlägt, können sie machen, was sie wollen.«

Laura zuckte nonchalant mit den Schultern. »Das war's also«, sagte Vito mit einem schelmischen Lächeln. »Unser erster Fall ist erledigt.«

Laura trank einen Schluck ihres Espressos, der in der Tat perfekt war. »Du fährst ein paar Tage weg, hat Maria erzählt?«

»Ja.« Er drehte die Espressotasse in seinen Händen. »Ich soll mich noch schonen und verbinde das mit ein wenig

Urlaub. Ich hätte lieber gearbeitet, aber Russo war deutlich. Arbeiten soll ich erst wieder, wenn ich vollkommen gesund bin. Und die Ärzte sind mir natürlich ebenfalls in den Rücken gefallen.« Er trank einen kleinen Schluck seines doppio. »Du hast jetzt auch ein paar Tage frei, richtig?«

»Ja, das habe ich. Ich werde mich noch ein wenig einleben, und einiges an Schlaf habe ich auch nachzuholen.«

Vito bezahlte beim Barista. Dann beugte er sich vor und drückte Laura einen Abschiedskuss auf die Wange. »Dann sehen wir uns bald wieder. Ciao, Laura.«

Als er aus der Tür war, trank Laura ihren Espresso leer und sah durch das Fenster, wie sich Vito die Sonnenbrille auf die Nase setzte und davonschlenderte.

EPILOG

EINIGE TAGE SPÄTER …

DIE DÄMMERUNG LEGTE sich über die Stadt und färbte den östlichen Himmel in einem zarten Rosa. Das Leben auf den Straßen kam zur Ruhe, und die Plätze und Gassen leerten sich. Vito stand auf seiner Terrasse in der Via Ottone Rosai auf dem Hügel über der Stadt und genoss die frische Abendluft.

Er hatte sich alle Mühe gegeben. Über die weiße Tischdecke schlängelte sich ein Tuch in zartem Violett, das den silbernen Kerzenständer umschmeichelte.

Zwei Wochen war er letztlich arbeitsunfähig gewesen. Die Wunde am Kopf war kaum noch sichtbar, und die Gehirnerschütterung ausgeheilt. Zur Erholung hatte er nach Marras Anhörung ein paar Tage auf Capri verbracht, am Montag würde er in sein Büro in der Questura zurückkehren. Doch den heutigen Samstag wollte er genießen, nicht alleine, denn er hatte noch etwas gutzumachen.

Laura hatte den Papierkram im Fall Marra ohne ihn

bewältigen müssen und ihm überdies das Leben gerettet. Grund genug, sie zum Abendessen einzuladen. Vito hatte alles selbst zubereitet, denn Kochen war eine seiner Leidenschaften.

Nach einem Lachscarpaccio mit Tomaten-Basilikum-Vinaigrette servierte er nun Fettuccine Alfredo, dazu einen leichten Sommerwein aus Venetien.

»Ich hätte darauf gewettet, dass du irgendetwas mit Trüffeln kochst«, bemerkte Laura lakonisch.

Vito grinste. »Nach all dem, was ich mit Marra erlebt habe, ist mir der Appetit auf diese muffigen Pilze gründlich vergangen.«

Nach den Fettuccine erhoben sie sich, nahmen ihre Gläser mit und genossen den Ausblick auf die Stadt, die friedlich im Tal lag. Nach und nach waren die Laternen in den Straßenzügen angegangen.

Laura sah hinreißend aus in ihrem geblümten Sommerkleid und mit den hochgesteckten Haaren.

»Wir sind noch nicht fertig, ich habe noch eine Überraschung.«

Vito verschwand in der Küche und kehrte mit einem Tablett zurück, auf dem zwei Schälchen standen. »Kokospannacotta mit Vanilleerdbeeren.«

Sie gingen zum Tisch. Vito beeilte sich, stellte das Tablett ab und rückte Lauras Stuhl zurecht. Danach platzierte er die Köstlichkeit vor Laura, bevor er sich selbst wieder setzte.

»Pannacotta, na, dann muss ich in den nächsten Tagen wohl noch mehr Sport treiben.«

»Garantiert fettreduziert, du kannst mir vertrauen.«

»Vertrauen«, wiederholte Laura nachdenklich. Das Lächeln wich aus ihrem Gesicht, sie blickte finster und ernst auf den Nachtisch.

»Was ist mit dir?«, fragte Vito. »Was hast du?« Vito sah in ihre Augen und bemerkte den feuchten Schimmer. »Habe ich etwas Falsches gesagt?«

Laura fuhr sich mit der Hand über die Augen. »Entschuldige bitte, nur ein Moment, vielleicht gerade, weil es hier so schön ist«, sagte sie mit brüchiger Stimme.

»Na, Tränen, bei so einer robusten Römerin …«

»Keine echte«, erwiderte sie.

»Ich weiß, du bist in Pisa geboren, aber du hast lange in Rom und der Umgebung gelebt, und ich dachte, das macht dich zu einer Wölfin?«

Laura blickte schweigend in den Abendhimmel, während Vito rätselte, was er falsch gemacht haben könnte.

»Ich bin in Pisa geboren, aber meine Eltern waren nie in Pisa, verstehst du?«

Vito runzelte die Stirn.

»Sie haben mich angelogen. Immer versucht, mir eine heile Welt vorzuspielen, die es nicht gibt.«

Vito überlegte einen Augenblick, schließlich nickte er. »Ich verstehe, du bist ein Adoptivkind. Aber ich dachte, deine Kindheit sei ganz in Ordnung gewesen?«

»Ja, natürlich … nur …«

»Es war die Sache mit dem Vertrauen, oder?«, sagte Vito.

»Ja, die Sache mit dem Vertrauen«, antwortete Laura.

»Leben deine leiblichen Eltern noch?«

Laura strich mit ihren Fingern über den Rand ihres Glases. »Es ist schwierig …«

Vito lehnte sich nach vorne und berührte ihren Arm mit seiner Hand. »Ich verstehe, das muss schwierig sein, ich kann ja nicht wirklich mitreden. Aber vermutlich wussten sie manchmal auch nicht so genau, wie sie sich verhalten sollten?«

Laura blickte ihn an. »Wie steht es bei dir mit Vertrauen?«

Vito lächelte. »Seit der Geschichte mit Marra weiß ich zumindest, dass ich mich voll auf dich verlassen kann.«

Laura winkte ab. »Das hat nichts mit Vertrauen zu tun.«

»Hat es wohl.«

»Das heißt, du vertraust mir?«

»Sicher tue ich das.«

»Wo warst du dann vor ein paar Wochen, als du dich mitten in den Ermittlungen krankgemeldet hast? Denn krank warst du ja nicht …«

Diesmal blickte Vito nachdenklich in den abendlichen Himmel. Schließlich seufzte er. »Eigentlich weiß nur Maria über die Sache Bescheid, und sie ist verschwiegen wie ein Grab. Aber ich werde es dir erzählen, ich will nur nicht, dass andere es erfahren.«

Er nahm einen Schluck Wein. »Ich war in Rom, besser gesagt im Carcere Rebibbia.«

»Im Gefängnis?«, sagte Laura.

»Ich war bei Toto Manzini.«

»Dem Mafiaboss, der untergetaucht war und den sie unlängst verhaftet haben?«

Vito griff nach dem Dessertlöffel. »Ja, genau den meine ich.«

»Was wolltest du von ihm?«

»Das ist eine lange Geschichte.«

Laura schaute ihn an. »Wir haben Zeit, ich habe heute nichts mehr vor.«

Vito räusperte sich. »Ich war vierzehn, und Lucia, meine Schwester, war vier Jahre alt, als man sie mitten am Tag entführte …«

»Ich weiß, ich weiß auch, dass der Geldbote tödlich verunglückt und die Übergabe gescheitert ist …«

»Woher weißt du das?«

»Ich habe mich über dich informiert, schließlich wollte ich wissen, mit wem ich künftig zusammenarbeite.«

Sie schob sich einen Bissen von der Pannacotta in den Mund. »Ist Manzini für die Entführung verantwortlich?«

Vito schüttelte den Kopf. »Mein Vater war Anwalt, er hatte Manzini in einer anderen Sache verteidigt. Ich dachte mir, Manzini könnte mir weiterhelfen.«

»Du suchst immer noch nach deiner Schwester?«

Vito nickte.

»Und, hat Manzini dir geholfen?«

»Ja, er gab mir einen Namen, besser gesagt einen Spitznamen, er sagte, ich solle mich an Pico in Rom wenden, er könne mir weiterhelfen. Jetzt muss ich nur noch herausfinden, wer dieser Pico ist.«

»Pico? Ich weiß, wer Pico ist«, entgegnete Laura.

»Woher …«

»Hast du vergessen, dass ich bis vor Kurzem bei der Polizei in Rom gearbeitet habe?«

Vito musterte sie mit einem intensiven Blick. »Wenn du ihn kennst, könntest du mir vielleicht wirklich dabei helfen, ihn zu finden. Ich muss unbedingt mit ihm sprechen. Ich weiß, meine Schwester ist noch am Leben und, verdammt, ich werde sie finden, koste es, was es wolle.

GLOSSAR

andiamo	auf geht's
avidità	Gier
Avvocato	Anwalt
bambini	Kinder
bastardo	Bastard (Schimpfwort)
bellezza	Schöne, Schönheit
biscotti	Kekse
Borgo Bucciano	ein Dorf namens Bucciano
buona giornata	Guten Tag
buon giorno	Guten Tag
buon pomeriggio	Guten Nachmittag
Cane Corso	Hunderasse
cane grasso	fetter Hund (Schimpfwort)
cane pazzo	tollwütiger Hund
cara	Schatz, Liebes, Liebling
carcere	Gefängnis
cazzate	Quatsch

cazzone	großer Schwanz (Schimpfwort)
Corpo Forestale della Stato	Forstbehörde
cretino	Schwachkopf (Schimpfwort)
cuore	Herz, Herzchen
dannato	verdammt
diavolo	Teufel
doppio	doppelter Espresso
faccia di culo	Arschgesicht (Schimpfwort)
fifone	windiger Hund
Giudice di Pace	Friedensrichter
Lagotto Romagnolo	Hunderasse
idiota	Idiot
mannaggia!	Verdammt!
monella	Göre
non ci piove	das ist sicher
pazzo	Verrückter
polpo	Tintenfisch
questo figlio di puttana	dieser Hurensohn (Schimpfwort)
Questore	Polizeipräsident
Questura	Polizeipräsidium
rimbombito	Trottel
rompipalle	Nervensäge
sbirro	Bulle (ugs., Polizist)
scorzone	schwarzer Sommertrüffel
scusi	Entschuldigung

stolto	Tor, Narr
tartufaio	Trüffelsucher
vanghetta	Werkzeug für die Trüffelsuche
Vice Commissaria	Vizekommissarin

Luis Sellano

Sonne, Mord und Portugal

(Band 8)
978-3-453-44177-4

Portugiesisches Erbe (Band 1)
978-3-453-41944-5

Portugiesische Rache (Band 2)
978-3-453-41945-2

Portugiesische Tränen (Band 3)
978-3-453-41946-9

Portugiesisches Blut (Band 4)
978-3-453-43922-1

Portugiesische Wahrheit (Band 5)
978-3-453-43923-8

Portugiesisches Schicksal (Band 6)
978-3-453-42454-8

Portugiesisches Gift (Band 7)
978-3-453-42455-5

Leseproben unter **www.heyne.de**

HEYNE